Contra todos

Romántica

Contra todos

Moruena Estríngana

Contra todos

Bilogía Becados y Dioses, 1

Planeta

La lectura abre horizontes, iguala oportunidades y construye una sociedad mejor.
La propiedad intelectual es clave en la creación de contenidos culturales porque
sostiene el ecosistema de quienes escriben y de nuestras librerías.
Al comprar este libro estarás contribuyendo a mantener dicho ecosistema
vivo y en crecimiento.
En **Grupo Planeta** agradecemos que nos ayudes a apoyar así la autonomía creativa
de autoras y autores para que puedan seguir desempeñando su labor.
Dirígete a CEDRO (Centro Español de Derechos Reprográficos) si necesitas
fotocopiar o escanear algún fragmento de esta obra. Puedes contactar con
CEDRO a través de la web www.conlicencia.com o por teléfono en el 91 702 19 70 /
93 272 04 47.
Queda expresamente prohibida la utilización o reproducción de este libro o de
cualquiera de sus partes con el propósito de entrenar o alimentar sistemas o
tecnologías de inteligencia artificial.

© Moruena Estríngana, 2025
© Editorial Planeta, S. A., 2025
   Avda. Diagonal, 662-664, 08034 Barcelona (España)
   www.planetadelibros.com

Diseño de la cubierta: Booket / Área Editorial Grupo Planeta
Ilustración de la cubierta: Shutterstock
Primera edición en Colección Booket: octubre de 2025

Depósito legal: B. 13.846-2025
ISBN: 978-84-08-30987-1
Composición: Realización Planeta
Impreso en España

Biografía

Moruena Estríngana nació el 5 de febrero de 1983. Es amante de un gran tazón de té al amanecer mientras el mundo despierta y ella crea cientos de historias de amor. Disfruta dando vida a sus novelas, pues siente que para ella escribir es como respirar, e ideando nuevos retos e historias en las que perderse una y otra vez. Vive la vida como si fuera una película con banda sonora incluida, porque su don es un regalo mágico que le permite existir entre la realidad y un mundo que solo ella ve antes de infundirle vida para que pueda ser parte del de todos. El 3 de abril de 2009 publicó su primer libro en papel, *El círculo perfecto*, y desde entonces no ha dejado de luchar por sus sueños sin que sus inseguridades la detengan, demostrando que las personas imperfectas pueden llegar tan lejos como sueñen. Hoy tiene más de 150 libros publicados, ha sido número uno in iTunes, Amazon y Play Store en más de una ocasión y no deja de escribir libros que poco a poco verán la luz. Actualmente es la autora nacional con más libros *new adult* publicados por editorial en España. Y, por si eso fuera poco, cuenta con un sinfín de géneros románticos a sus espaldas: romántica adulta, *dark romance*, *rom-com*, *sport romance*, regencia ¡y muchos más!

A mi editora Ade, por estos diez años juntas.
¡Porque sean muchos más!

Tu alma gemela no es alguien que entra en tu vida en paz, es alguien que viene a poner en duda las cosas, que cambia tu realidad, alguien que marca un antes y un después en tu vida.

No es el ser humano que todo el mundo ha idealizado, sino una persona común y corriente, que se las arregla para revolucionar tu mundo en un segundo.

Mario Benedetti

Nota de la autora y advertencia de contenido

Estás ante una historia de ficción, un *dark academy/dark romance* suave oscuro donde se jode a los becados con novatadas llevadas al extremo. No es real, es ficción.

Abre tu mente y déjate llevar por el mundo que he creado. No es un *fantasy*, pero tal vez desearías que lo fuera para que todo sea posible.

Contiene escenas de sexo explícitas y comportamientos tóxicos; si te gusta otro tipo de libros más dulces, tengo una gran variedad que seguro encajan con lo que buscas. Lo importante siempre es disfrutar con la lectura.

Disfruta de este libro si has decidido seguir mientras eliges bando: becados o dioses.

Normas a tener en cuenta para los dioses del internado

1. No te juntes con becados.
2. Usa a los becados para putearlos.
3. No dejes que ningún becado destaque.
4. No dejes que ninguno sea más listo.
   Y, sobre todo:
5. *No te enamores de uno.*

Uniformes

El escudo de la universidad es el de los Wilson: dos leones y en medio un escudo de armas atravesado con espadas.

Escudo de la universidad en el pecho en jerséis, chaquetas, sudaderas y camisas.

Los becados
– Chándal gris, con escudo. Detalles en verde.
– Pantalón o falda gris, camisa blanca.
– Jersey en tonos verdes.
– Chaqueta negra con ribetes verde oliva.

Los hijos de los ricos que han conseguido plaza
(vamos, por enchufe)
– Chándal gris o negro. Detalles en rojo.
– Pantalón o falda color caqui, camisa blanca.
– Jersey verde oscuro con detalles en rojo en los puños.
– Chaqueta negra con ribetes en rojo.

LOS DIOSES (LOS NIETOS DE LOS FUNDADORES)
– Chándal negro o gris. Detalles en dorado.
– Pantalón o falda negro o color caqui, camisa blanca.
– Jersey verde oscuro o gris con detalles en dorado.
– Chaqueta negra con detalle en dorado.

Vamos, que se noten bien las clases. ¿Quién querría estudiar en un lugar así? Pues, al parecer, mucha gente...

Prólogo

Toda historia oscura tiene un comienzo...
Y este es el nuestro.

Hace cincuenta años...

Uriel Nelson, de solo veinte años, se despertaba con la noticia de que había perdido toda su herencia recién adquirida. Lo habían engañado. Sus amigos lo habían traicionado. Solo eso explicaría que él les cediera todo para construir, con la totalidad de su patrimonio, un internado universitario para niños ricos. Y lo peor era que no recordaba nada de esa noche ni de las semanas anteriores. Tenía un golpe en la cabeza y pérdida de memoria, y había estado bebiendo. ¿Qué narices había pasado para que diera todo su dinero?

¡No tenía sentido!

Fue a ver a sus amigos y le mostraron los papeles firmados donde, efectivamente, les cedía toda su fortuna para crear la Universidad Uriel Nelson; es decir, perdía todo su dinero a cambio de una universidad que llevaría su nombre y estaría ubicada en el palacio de la familia de su amigo Benicio Wilson.

—¡Esto debe de ser una broma! ¡Yo nunca os regalaría mi dinero!

—Pues ayer estabas muy dispuesto a firmar lo que fuera, y a primera hora lo preparamos todo —le dijo el que hasta entonces había sido su mejor amigo, Benicio. Lo conocía lo suficiente para saber que escondía algo.

—¡Llevadme al lugar donde me emborraché! ¡Tengo que recuperar la puta memoria!

—No, allí no eres ya bienvenido —dijo otro de sus amigos, Enetz Adams—. Ya no hay nada que ver.

—Y ya han empezado las obras —añadió Benicio Wilson.

—¿Por qué tantas prisas? —Los miró: los cuatro lo contemplaban como si fuera un apestado. Y lo peor era que tenía la mente nublada. Había olvidado el último año de su vida.

No recordaba nada de nada. Por eso no sabía qué lo había llevado a firmar aquellos papeles. Su abogado los revisó mientras sus hasta ese momento amigos esperaban, sabiendo que lo tenían todo bien atado.

—Como nos diste pena —Benicio sonrió de forma siniestra—, pusimos que si uno de tus descendientes consigue ser el mejor de su promoción te lo devolveríamos todo..., pero solo si es antes de que mueras. Y dudo que alguien de tu estirpe sea lo suficientemente inteligente, viniendo de ti, o que nosotros le dejemos llegar tan lejos en nuestra universidad.

—Ahora somos los dueños de este lugar —dijo el joven Scott—. Y podemos hacer lo que nos dé la gana para joder a los nuevos.

—Cierto, ahora somos algo así como dioses por aquí, y más cuando les demos la universidad de sus sueños. —Aomar Harris miró a sus amigos con sed de poder. Siempre había sido así.

Iban a la mansión medio derruida de Benicio Wilson a hacer putadas a los jóvenes que los seguían, y hasta entonces Uriel Nelson lo había visto bien, o eso recordaba de hacía un año. Les gustaba estar allí como putos dioses y que todos los siguieran como corderitos. Pero nunca imaginó que sus mejores amigos lo dejarían fuera de esto.

—Míralo por el lado bueno: lo mismo consigues tener un hijo que no sea tan idiota como tú —apuntó Aomar Harris.

Los cuatro amigos se rieron. Siempre lo habían considerado el más tonto del grupo, por eso pusieron esa cláusula, porque no pensaban que alguien que descendiera de él pudiera ganarlos. La cláusula era una burla más.

Uriel Nelson pensaba que había piezas de ese puzle que no le cuadraban, pero, al no recordar nada de los últimos meses, sentía que estaba olvidando a alguien importante; el problema era que no conseguía recuperar la memoria. El médico le había dicho que no estaba muerto de milagro. ¿Habían intentado matarlo? Imposible, eran unos cabrones, pero no los creía unos asesinos.

Tal vez, si volviera al lugar donde todo sucedió, podría recordar algo.

—Lo que no sabes es que en nuestra universidad no entran hijos de pobretones —dijo Benicio Wilson, que al parecer se había nombrado cabecilla del grupo al ser el dueño de la mansión—; si quieren entrar se lo tendrán que currar para conseguir una beca. Y dudo que eso pase; nos encargaremos de joder bien a todos.

—Entonces tendré que cambiarme el apellido y que nadie sepa quiénes son mis descendientes. —Se dio cuenta tarde de que contar sus planes no le ayudaría en nada.

—Mira que es idiota, nos ha dado una pista. Ahora solo nos toca joder más a los putos becados. —De nuevo se rieron tras las palabras de Enetz Adams—. Porque te juro que no pienso dejar que nadie me quite nada de esto.

—Seré más listo y os venceré —juró Uriel Nelson.

—Hazlo, nadie podrá superarnos —dijo Aomar Harris riéndose y yendo hacia él—. Ahora, largo de aquí. Y como se te ocurra aparecer cerca de la mansión haré que te maten.

Uriel se marchó y, aunque trató de volver a la universidad, no pudo entrar porque había muchos guardias de seguridad. Lo peor era que, cuando intentaba acercarse, el golpe en la cabeza le dolía tanto que sentía que se moría. El médico le dijo que, poco a poco, tal vez recuperaría los recuerdos. Pero forzar las cosas podía ser peligroso, por eso no lo intentó más y se marchó. Cambió su apellido y empezó a trazar un plan para recuperarlo todo. Escondió su rastro y desde entonces vivió solamente para recobrar la herencia. En su vida solo tenía una meta, y haría lo que fuera por conseguirla. Por derrotarlos. Aunque eso le costara la vida.

Uno de sus descendientes iba a derrotarlos, y entonces él lo recuperaría todo.

Y vencería a esos traidores, esos que se creían dioses.

Él ignoraba que lo que sucedió antes de la firma del

contrato era mucho más importante que toda su herencia...

Y que había iniciado una guerra en la nueva Universidad Uriel Nelson. Una guerra entre becados y dioses.

Capítulo 1

ABBI

Ya no hay vuelta atrás. Voy de camino a un internado que puede ser para mí un infierno. Aunque mi abuelo se ha encargado de prepararme para este momento. Es todo o nada. Como nieta de Uriel Nelson, mi destino estaba escrito antes de nacer. Una herencia y una cláusula que podía devolverle todo antes de su muerte.

Mi abuelo es un hombre frío y cruel, que ha centrado toda su vida en engendrar hijos listos para llevar a cabo sus fines. Porque el que consiga vencer heredará, con su padre, toda la fortuna de mi abuelo. Os podéis imaginar la cantidad de primos y hermanos que tengo. Para ellos, solo somos rivales. Por eso, en la mansión de mi abuelo, me puteaban durante mis entrenamientos, porque odiaban que yo fuera más lista y pudiera conseguir ser quien recuperara la herencia de los Nelson.

—Si consigo tu herencia seré libre y nos dejarás en paz. —Mi abuelo me miró desde la cama tras su último ataque al corazón.

Clavó sus ojos azules en mí y asintió.

—Más te vale conseguirlo, porque si no lo haces... tal vez tome represalias contra quien más quieres.

—No serás capaz.

—No falles o sabrás lo cabrón que puedo llegar a ser.

—Te odio.

—Pero quieres a tu madre y a tu abuelo Hadrian. Por ellos harás lo que sea. Ve y saca la mejor nota y serás libre.

Me tendió unos informes sobre los hijos de los herederos y me los llevé al viaje. Los he revisado miles de veces. He tomado notas de lo más importante sobre los que se creen dioses en ese internado. También sobre mi abuelo. Antes, todos ellos eran amigos.

CINCO FAMILIAS IMPORTANTES IMPLICADAS

Nosotros. Los Nelson: la universidad está a nuestro nombre. La gente cree que mi abuelo cedió su herencia a su mejor amigo para que restaurara la vieja mansión o palacio (es enorme) con el fin de formar grandes mentes (mentira, mi abuelo dice que solo lo hizo para limpiar el buen nombre de su familia porque su padre se había visto envuelto en líos de faldas y así la gente hablaría de su gran obra en vez de eso). Ahora mi abuelo (el desgraciado al que odio con todo mi ser) puede recuperar su herencia cuando uno de sus descendientes saque la nota más alta de su promoción tras un año lectivo. Ahí es donde, por desgracia, entro yo.

LOS QUE SE CREEN LOS DIOSES (ES TAN RIDÍCULO TODO ESTO QUE ME DA LA RISA)

Los Wilson: la mansión es suya. El primer Wilson, Benicio, fue rector y director del internado (todo para él, para que nadie dude de su gran egoísmo; seguro que es un capullo, por eso años atrás era el mejor amigo de mi abuelo, tal para cual). Su nieto es Dorian Wilson y se espera de él que herede todo y se haga cargo de este lugar. Dorian es muy guapo y se nota que lo sabe, que sabe lo jodidamente sexi que es (por suerte llevo puesto un antiidiotas para no caer en sus redes). Su abuelo tiene otros descendientes, pero los ignora por no estar a la altura de sus exigencias, como sí lo está Dorian por ser superdotado. Vamos, lo que dije, un hombre ejemplar, y luego la gente se cree que le importan un pimiento los estudiantes...

Los Harris: no aportaron nada, pero se creen superiores al resto por ser una de las familias implicadas en esta universidad desde sus inicios. Actualmente son ellos los que gobiernan la universidad. La hija del rector, Idelia, está en la universidad para joder a los novatos y casarse con Dorian Wilson. Rubia, de grandes ojos azules e hija única. Se cree la mujer más hermosa de este planeta y ha sido la cara visible de varias marcas de perfume. Va a muchas galas y todo lo que lleva se convierte en lo más vendido (no la soporto).

Los Adams: son otra de esas familias que, sin aportar nada, están viviendo del cuento (a saber por qué). Salvo por el hecho de que el director es uno de los suyos. Luego está Edey Adams, le va la fiesta, el despilfarro y sigue aquí por ser hijo de quien es. Sus notas son bajas y, aunque es guapo, la suya es de esas bellezas que tienen algo tan oscuro que te da escalofríos, y no en plan sexi.

Los Scott: les ha venido muy bien vivir del cuento durante años. Son ricos y poderosos como el resto. Hermes Scott es un capullo que sabemos que no estudia nunca y aprueba a golpe de talón. Hijo de papá y el pequeño de tres hermanos, desde que nació, su mayor afición es gastarse el dinero de sus padres. Ha estampado varios coches y ha tenido problemas con la policía. Nada que por una cuantiosa suma solo sean rumores.

Cierro las notas y miro una foto de Dorian Wilson: no sé por qué, más de una vez vuelvo a sus ojos aguamarina. Es un mujeriego sin corazón, eso es todo. Y, cuando lo tenga delante..., solo será uno más. Por muy sexi que sea.

Bajo y voy hasta la ciudad cargando mi maleta. No tengo ganas de ir al internado. No me apetece meterme en ese lugar. Por eso entro en una cafetería a disfrutar de un trozo de tarta y un café.

No quiero que la ansiedad me invada. Sé qué se espera de mí. Qué debo hacer. Sé que cuando las cosas se pongan mal puedo volar con mi imaginación lejos, muy lejos. Abro un libro de mitología y me pongo a leer y tomar notas. No me sirve de nada, pero me relaja. Cuando llego a la historia de Psique y Eros, veo a Eros dándole un beso a Psique para traerla de vuelta de la muerte.

Al final, el amor rompió las cadenas más fuertes. Y la hizo libre.

Es mi historia favorita y a veces sueño con un amor tan fuerte como el de ellos.

Paso la página y veo una nota de mi abuelo Hadrian:

Querida nieta,
Sabía que llevarías este libro y mirarías la foto de Eros y Psique. Solo quiero que recuerdes que, cuando lo que te rodea te ahogue, siempre puedes volar lejos con

tus sueños. Se puede encadenar un cuerpo, pero el alma vuela libre entre nuestros sueños. No lo olvides. Y llámame si me necesitas.

Mi abuelo y su hija, mi madre, no saben mucho de lo que va a pasar aquí, ya que les he ocultado todo, incluidas las pruebas a las que me sometía mi abuelo Uriel, pero mi otro abuelo no es tonto. Sabe que no soy feliz.

Pongo en el móvil uno de los vídeos de mi abuelo. Es mago y tiene un circo que viaja por medio mundo. Su espectáculo es famoso y él también. En el vídeo se ve cómo lo meten en una caja llena de candados. La gente aguanta la respiración mientras cuentan y de golpe está sentado entre el público y la gente aplaude entusiasmada, hasta el que estaba a su lado.

—¿Cómo es posible que no te vean si te sientas a su lado? —le pregunté una vez.

—Porque el truco de un buen mago es distraer a la gente para que miren y piensen lo que tú quieras mientras obras la magia. —Me revolvió el pelo y lo miré impresionada.

Apago el móvil y tomo aire. Toca ir al internado. Toca cumplir con mi cometido e ir contra todos con tal de ganar.

Esta becada tiene mucho que decir.

Capítulo 2

DORIAN

—¿Tienes todo listo para los putos novatos? —Miro a mi abuelo mientras termino de hacer mi maleta.

A mí no me sorprende esta forma de hablar. Eso sí, cuando nadie escucha. De cara a la galería, el patriarca de los Wilson es un hombre bueno que se preocupa por los demás, un exrector de la universidad impecable y una persona respetada en el mundo. También se nombró director del internado porque, al fin y al cabo, la mansión era suya. Es un ser ambicioso y sin escrúpulos que hará todo lo que esté en su mano para que todo salga como él desea. Es el mayor capullo que he conocido. Y luego estaba su hijo...

Por suerte, mi padre pasó a mejor vida hace años y dejó de joder al resto con su odiosa forma de ser. ¿Que si me dolió? No, lo único que me jodió fue que no se muriera antes.

Aparto esos pensamientos de mi mente; pensar en mi padre siempre me crea mucha ansiedad.

—Eso lo llevan los demás, a mí no me gusta ensuciarme las manos, ya lo sabes. —Se ríe y me da unas palmadas en la espalda—. Y, por si lo has olvidado, hay becados pelotas que hacen lo que sea por nosotros, aunque eso suponga joder a los suyos.

—No lo he olvidado, esa idea fue mía.

Sí, era un rector modelo que instaba a la gente a hacer putadas.

A mí las novatadas ya me aburren, me cansa esto.

Nadie se atreve a respirarnos encima por miedo a las represalias. En este lugar es como si el tiempo no hubiera pasado. Como si se hubiera quedado anclado en una época oscura y gris. Lo odio. Pero escapar queda descartado, yo lo sé mejor que nadie.

—Que ningún becado quiera seguir estudiando —me repite por enésima vez, olvidando que de tonto no tengo un pelo—. No queremos putos becados en mi universidad. Todos fuera, y, si se quedan, que ninguno destaque por sus notas, que firmen aceptando que no destacarán y se les conseguirá un buen trabajo a cambio. Hay que atemorizarlos para que no saquen buenas notas. Tampoco queremos levantar sospechas, pero si tenéis que jugar sucio sabremos cómo silenciarlos a todos. —A golpe de talón, pero esto no lo digo. Esta es la conversación que he tenido cada día antes de empezar la universidad. Estoy harto.

Mi abuelo tiene esa costumbre de silenciar todo con dinero. Y si algo no le gusta lo cambia, con dinero, claro. Por eso, cuando algo ha salido mal, todo lo han arreglado así. Porque llevan años haciendo putadas a los pobres becados. Más de una vez debió de írseles de las manos. Tal vez nunca sepamos la verdad.

Atemorizar a los becados es lo que lleva haciendo mi familia durante cuarenta y cinco años, ya que se tardó cinco en restaurar la mansión para que estuviera lista para albergar estudiantes y ser una universidad. Y desde el principio establecieron una tradición que ha pasado de padres a hijos y que nuestros abuelos se encargan de que no olvidemos. La gente de su círculo social empezó la tradición antes de que sus hijos crecieran y, por lo que sé, cuando lo hicieron se desató el caos, sobre todo en la época de mi padre, aunque yo sé muy poco o nada de cómo mis padres se conocieron allí. El abuelo nunca me quiere contar cómo fue su historia de amor. Si es que mi padre era capaz de amar a alguien.

No sé bien por qué odian a los becados. Tiene que ver con un tal Uriel Nelson, precisamente el que cedió el dinero para crear la universidad. Algo de su pasado, ya que antes eran amigos, pero me la suda, yo odio a todo el mundo. Entretenerme jodiendo la vida de los demás no me quita el sueño y a veces me divierte, pocas veces, para mi desgracia. Cuando no sientes nada, sentir algo es maravilloso. Cuando perdiste la capacidad de sentir siendo tan pequeño, sentir algo, por minúsculo que sea, es mejor que nada. Lo peor es que no olvido: todo se queda en mi mente, lo bueno y lo malo, y lo malo suele volver a mi vida una y otra vez para joderme la existencia. Para recordarme por qué odio tanto a mi familia.

Por eso, ver que los becados sienten miedo en ocasiones me divierte un poco. Pero me gustaría que, por una vez, uno de ellos dijera basta y nos plantara cara. No, agachan la cabeza sin más y no van contra nosotros. Porque a pesar de todo quieren ser parte de nuestro mundo, aunque sea para tratarlos mal. Me dan asco por rebajarse de esa forma.

Por eso verlos llorar de miedo me divierte. Lo sé, no debería disfrutar con el miedo de otros. Pero a esa gente nadie le pide que esté ahí, vienen sabiendo lo que pasará y luego algunos hacen como si nada. Como si no hubiéramos llevado las novatadas a otro nivel.

Ellos pueden ser libres y vivir otra vida. Otra mejor, lejos de estos cabrones que se creen dioses, y sin embargo están ahí, aguantando toda esa mierda para lamer el culo a algún idiota rico en el futuro. ¿Cómo no voy a odiarlos si entre la libertad o ser el pelota de alguien eligen venderse?

No soporto a la gente en general, pero a la falsa, menos. A los que van de una cosa y luego son otra. Lo he visto toda mi vida y no puedo con las mentiras ni los engaños. Llevo años en esa universidad: acabé la primera carrera cuando no tenía ni veinte años, ahora estoy en el tercer curso de la segunda. Tengo veintidós años y estoy cansado de ir a ese internado, aunque me daría igual ese que otro. Desde pequeño he estudiado en los mejores colegios y siempre he ido por delante de mi edad. Es lo que tiene ser superdotado. Y mi abuelo lo vio como si le hubiera tocado la lotería otra vez. Mi padre también lo era, pero no le sirvió de nada.

Aunque estar tanto tiempo en esta universidad me ha hecho ver pasar a la misma gente con diferente cara. Personas que se mueren por ser algo en este mundo a base de hacer la pelota. Como si ese lugar fuera una catapulta para prosperar a la sombra de alguien rico y, por consiguiente, tener más dinero.

Supuestamente las novatadas son un secreto a voces, pero, como tanto el director como el rector son hijos de los que empezaron todo como dueños y fundadores del lugar, nunca existen las pruebas. Mi padre, como mi abuelo, iba a ser director y rector, pero, cuando murió, mi abuelo tuvo que ceder ambos puestos a dos de los hijos de sus amigos con la condición de que cuando yo tuviera la edad suficiente sería el director o el rector. El problema es que, para cederme el puesto cuando acabe la universidad, una de las condiciones que ha establecido el actual rector es que me case con su hija, Idelia Harris. Como si yo deseara alguna de las dos cosas.

Pero lo que yo quiera poco importa. Mi vida está trazada desde antes de que yo naciera. Por eso en un punto dejé de sentir, porque hacerlo no cambiaba mi historia y, además, me hundía. Aprendí a sobrevivir mientras era un títere.

Aun así, pienso que esos becados son masoquistas. Les gusta creer que son invencibles y, tras las putadas de las noches, hasta he recibido insinuaciones sexuales, como si les diera igual. Claro que he aceptado. ¿Quién rechaza un coño caliente? Pero tras el sexo, nada más. No puede haber nada más. Mi mente solo está ahí mientras dura el placer. En cuanto se apaga, siento asco de estar en un lugar que no me hace sentir nada y me marcho sin dar explicaciones antes de que alguien vea la ansiedad en mi rostro. Odio cuando la ansiedad me deja noqueado. Y me cuesta horrores encerrar todos mis fantasmas para seguir impasible con una vida que, aunque es la mía, no lo parece.

Vienen a recoger mis cosas y al poco me informan de que la limusina está lista. Entro en ella sin despedirme de mi abuelo. Saco el móvil para hacer menos largo el camino. El chat que comparto con los otros del grupo de los fundadores está inundado de tonterías. Somos los cuatro nietos de quienes crearon esto y por eso somos los dioses de este lugar. Vamos, una gilipollez para marcar más las diferencias de clase y que se note que nosotros estamos por encima.

Leo lo que dicen, pero ni contesto. No me molesto en hacerlo porque me da igual lo que puedan decir. Al final decido ponerme música, a ver si así mi mente me da un respiro y deja de dar vueltas de un lado a otro sin encontrar paz.

Tercer curso de esta carrera. Con suerte, en dos años acabo y me marcho lejos, si consigo escapar de él...

Capítulo 3

DORIAN

Nos adentramos en el bosque y vamos por una carretera de un solo carril hasta la mansión de mi familia, del siglo XVIII, que convirtieron en una universidad de prestigio tras varias remodelaciones. El edificio está rodeado de bosque y tiene una piscina climatizada, un pabellón para el baloncesto y varias zonas de recreo, tanto dentro como fuera. En el ala de la derecha están los cuartos de los estudiantes. Todos hijos de papá, menos los becados. A más rico, mejores condiciones, por lo que sus habitaciones son las de las plantas más bajas, las peores. Cómo no. Las de los hijos de los cuatro fundadores están arriba del todo, en la zona que llaman «el ático». Hasta instalaron tronos en la sala de ocio para que nos sintiéramos destacados. Cada uno bajo el escudo de su familia. Odio toda esta mierda. Y en una pequeña colina se alza el sauce llorón que se plantó para simbolizar este nuevo comienzo. Con su placa y todo. Y el busto de Uriel Nelson sonriendo, como si les importara a sus amigos.

La comida es en un salón común para todos y hay zonas de juego. Salas de billar y biblioteca al más puro estilo *La bella y la bestia*. Un lugar de ensueño para todos los que desearían ser parte de esto. Así es como lo venden entre la gente de dinero que paga una pasta para que sus hijos entren aquí. Algo que yo no haría ni loco, pero quien entra en este lugar espera salir con un buen puesto de trabajo.

La limusina se detiene y bajo de ella para ir a mi cuarto. Siento la mirada de los estudiantes. Por este lugar somos como putos dioses a los que quieren hacer la pelota y más a mí, que llevo ya tantos años aquí. Si no llevaran toda la vida mirándome de esta forma me sorprendería, o me subiría el ego. Pero a estas alturas de mi vida me resulta hasta molesto. A veces solo me gustaría desaparecer y pausar todo. Tener el control de mi vida por una sola vez. Saber qué se siente al ser algo más que un Wilson.

Tras dejar todo en mi ático, un lugar que no debo compartir con nadie, subo a la azotea para fumar sin que me toquen las narices por las normas de este lugar: nada de fumar, nada de alcohol... Ya, claro, como si cuando hay fiestas no se hicieran los tontos..., o cuando emborrachamos a los becados para que hagan cosas ridículas que grabamos para la red interna de la universidad, una red que no puede salir de este lugar porque tiene códigos que capan esos vídeos y todo lo que se mande desde aquí afuera no llega. Por supuesto, están prohibidas las cámaras, para la seguridad de los alumnos, dicen...

Cuando queremos evadirnos nos vamos a la ciudad,

que no queda muy lejos. Yo lo hago a menudo porque necesito escapar de este sitio.

Hipócritas, como si nuestros padres, antes, no hubieran sido lo peor. Puedo dar fe de que mi padre lo era. Y siempre repetía que aquí hizo cosas muy malas. Que se les fue de las manos. A veces, borracho, gritaba que lo dejaran en paz los fantasmas. Odiaba esos momentos. Me ponían la piel de gallina. Ojalá pudiera olvidarlos, pero no puedo. Por eso intuyo que su generación de dioses hizo algo muy malo, pero les da igual. Aquí, en este lugar, nunca habrá justicia.

Saco el paquete de cigarrillos y voy hasta la barandilla de piedra sin fijarme mucho en el entorno. Desde aquí se ven las montañas y por el otro lado, al fondo, hay un acantilado por el que si te caes te matas, cerca de un frondoso bosque. Por eso no vamos por allí.

Enciendo el cigarro. En realidad, odio fumar, pero a mi abuelo le jode tanto que fume que es mi forma de mandarle un mensaje a ese cabrón. No vuelvo a tocar el cigarro y dejo que se vaya consumiendo entre mis dedos.

—¿Puedes quitarte de delante? Me jodes el atardecer.

¿Pero qué narices? Este lugar tiene llave y la única copia es mía por ser el futuro dueño de esto.

Me giro y veo a una chica morena tumbada con la cabeza hacia abajo en uno de los salientes de piedra de la calefacción. Mira el atardecer al revés.

Sus ojos marrones se centran en los míos. Tiene la cara roja, al habérsele subido la sangre a la cabeza, y parece ridícula así. Y, sin embargo, cuando la miras, ves que tiene algo diferente al resto.

Por su ropa es una de los becados; la gente rica de

este lugar siempre se empeña en dejar claro su estatus cuando no vamos con uniforme, pero ella lleva ropas sencillas, sin usar marcas. O tal vez sea alguien a quien no le gusta seguir las normas. Miro sus uñas. Cortas y sin pintar. Becada. No lleva maquillaje. Ni tacones, ni uñas a la moda... Una becada pirada. Su ropa es ancha y oculta sus curvas, pero tiene una mirada y una cara que te hacen perderte en ella más de una vez, y eso estando al revés.

—Por favor —me dice y cierra los ojos; cuando los abre, mira al fondo. Al anaranjado del cielo. La barandilla tiene pequeños huecos por entre los que se ve el sol esconderse tras la montaña—. Mi hora favorita. Es cuando los seres sobrenaturales pueden ser libres y el sol deja de ocultarnos las estrellas.

—Creo que la sangre se te ha subido a la cabeza. —Se ríe y se da la vuelta—. Este lugar es privado. Tenía un candado.

—Me da igual. Pienso ir donde quiera.

Se muerde la boca y me mira con firmeza y con algo más, algo dulce. Algo diferente a lo que se ve por aquí. Fuerza salvaje. No sé de dónde ha salido ese pensamiento y lo aparto de mi cabeza.

—No deberías hacerlo; te puede salir caro, becada.

—¿Tengo que llamarte yo a ti pijo de mierda? Es por hacer las presentaciones.

¿Pero qué cojones...? Descarada y no sabe quién soy, o sí y le da igual.

—No te interesa tenerme de enemigo —le digo y se levanta. Es más bajita que yo, que mido más de metro ochenta, mientras ella solo debe de llegar al metro sesenta y poco.

Alza la cabeza y me centro en qué narices va a hacer

ahora esta loca. Tiene el pelo largo y castaño, en ondas. Los ojos, grandes y marrones. Una boca roja y muy sexi. Sonríe y me fijo en sus pecas acariciándole las mejillas. Y de golpe se lleva mi cigarro aún sin consumir a su boca. ¿Cómo me lo ha quitado? Le da una calada. Tose y lo tira al suelo.

—Una mierda. Siempre lo supe. Gracias por mi primera y última vez con el tabaco.

Sonríe, es preciosa. Tiene un aire inocente que la hace muy deseable.

—¿Sabes cómo se le llama al brillo de la luna? —Me mira de reojo. Mira a la luna, que ya asoma. Hoy es cuarto menguante y hay una parte que brilla mucho y otra que debería estar a oscuras, ya que no tiene luz.

—Luz cenicienta —respondo. Agranda los ojos y me mira con admiración. Le brillan con tanta intensidad que me pierdo en ellos.

—Es la luz que se refleja de la Tierra. Al parecer, aparte de pijo, eres listo. Nos vemos, pijito de mierda. —Me guiña un ojo.

Sin más, se marcha y me quedo sin saber cómo catalogar lo que acaba de pasar aquí. Es una becada, así que nos volveremos a ver. De golpe, joder a los becados tiene más atractivo que nunca; ella no sabe con quién está jugando. Y seguro que pronto es una más de las que me ruegan para meterse en mi cama... hasta que las folle.

Quizá esta vez hasta lo disfrute.

No sabe lo lejos que puede llegar este pijo de mierda.

Capítulo 4

Abbi

La puerta de mi cuarto se abre y aparece una chica rubia menuda que parece muy nerviosa. Aparenta mi edad, pero quizá sea algo mayor porque en esta universidad hay gente de diferentes edades que ha decidido estudiar más tarde. Parece tener una de esas caras que se mantienen juveniles con el paso de los años.

Entiendo su miedo por recorrer este edificio. Y no por los altos techos oscuros, las pinturas antiguas o los largos pasillos con puertas que parecen cerrarse solas. No, lo que da miedo aquí es saber que a los becados se les hacen putadas hasta que abandonan por no poder soportar la presión.

Tengo un libro en que se recopila todo lo que han ido haciendo a lo largo de los años, con mis propias notas, y me tocará añadir las cosas nuevas que puedan venir. Ninguno de mis hermanos más pequeños destaca académicamente, eso oí gritar a mi abuelo una vez, por eso hay tanta presión sobre mí. Desde pequeña he sido preparada para este momento.

Mi padre, después de mi nacimiento, dejó a mi madre cuando esta no quiso tener más hijos. La trató fatal por su decisión y al poco supimos que se había liado con otra mujer y esperaba un niño. Con los años entendimos su insistencia en tener más hijos. Todos los hijos de mi abuelo han tenido tanta descendencia como han podido, y lo mismo la siguiente generación. Y, por extraño que parezca, soy la única mujer entre todos. Lo triste es que en toda esta historia ni uno solo renunció al dinero por amor o por su familia. Para ellos los hijos solo son una forma de conseguir la meta final.

Y a esto se le suma que cada niño adopta los apellidos de la madre en vez de los del padre. Y a nadie, nadie, podemos hablarle de ello. Por eso a mi abuelo lo veo en contadas ocasiones, pero se encarga de que me lleguen los mensajes. Aunque perdió todo hace años, después se hizo con una buena fortuna, que regentan otros, que son la cara visible, mientras él lo maneja todo en la sombra para que nadie lo reconozca, pero no tiene suficiente: quiere más y quiere lo que es suyo. Algo pasó aquí hace años que causó que mi abuelo renunciara a todo su dinero. Ni siquiera él lo sabe. A veces me he preguntado qué hace que un hombre renuncie a todo. Siempre suele ser para silenciar algo. Una vez lo vi como ido, sentado junto a la ventana, y de sus labios salía el nombre de Vicent. Cuando me acerqué a él me miró como si no me viera. Estaba en trance, aún dormido. Se durmió de nuevo y al despertar le pregunté:

—¿Por qué no vuelves a la universidad para ver si recuperas tus recuerdos?

—La única vez que estuve cerca me dolió tanto la cabeza que el dolor casi me mata. El médico me recomendó no forzar las cosas. Si un día regreso será porque sé que voy a ganar, y si el dolor me mata..., no perderé mi herencia.

—Yo habría invertido mi vida o en saber la verdad, o en ser un buen abuelo.

—Por suerte para mí, lo que tú pienses no me importa.

Y tras decir eso pidió a sus otros nietos que me dieran un baño de agua fría para que dejara de pensar tonterías. No volví a sacar el tema. Pero siento que mi abuelo se cegó por la herencia sin pararse a pensar en nada más. Y por culpa de sus decisiones yo me he visto arrastrada a este lugar.

Por eso no solo estoy aquí para librarme de él. Una parte de mí se pregunta qué pasó. Y tal vez antes de irme descubra la verdad.

A nadie más parece importarle saber la verdad. Solo el dinero, pero, por desgracia para ellos, yo no soy así. Y pienso descubrir todo lo que pueda para unir las piezas.

—Hola, soy Abbi. —Tiendo una mano a mi nueva compañera y le ofrezco una de mis mejores sonrisas.

La misma que he usado también con el borde del tejado. El borde y sexi a rabiar. Por suerte, a mí un guapo rubio de ojos aguamarina no me hace mojar las bragas. Soy inmune a los encantos de los hombres idiotas. Al ser superdotada, siempre he ido cursos por delante. No he podido hacer amigos de mi edad, y no conozco a mucha gente con la que compartir cómo me siento, aparte de los integrantes del circo de mi abuelo materno. Allí he aprendido muchas cosas cuando he podido estar con ellos. Algunas me han marcado porque tristemente personas indeseables hay en todos lados.

Por eso he tenido que lidiar con muchos idiotas desde que era pequeña. Y muchos tíos que se creían que por ser más joven podían meterse bajo mi falda con más facilidad.

A ver, me gusta el sexo, pero no me gusta que me miren quitarme la ropa sin mi permiso, o que cuando bailo o actúo solo les interese como rebotan mis tetas. Tal vez por eso, o porque en los internados siempre era la más joven y algunos se creían que por eso podían aprovecharse, siempre suelo ir con ropas anchas. Pero no tengo complejo de mi cuerpo. Al contrario, me encanta, pero me gusta lucirlo cuando yo decido.

Este lugar va a estar plagado de niños de papá y de personas que se creen que solo por tener dinero debes besar el suelo donde pisan. No todos son así, lo sé. He tenido la mala suerte de conocer a los peores. Y si quiero saber a qué grupo pertenecen, solo deberé mirar los uniformes. Se dice que se hizo para que los becados nos pudiéramos costear la ropa, ya que los hijos de papá querían un uniforme de marca y así todos contentos. Ja, lo hacen para trazar líneas visibles.

A mi mente acude de nuevo la imagen del rubio de la azotea. O, mejor dicho, de Dorian Wilson. El nieto del dueño de este internado. Uno de los cuatro dioses de este curso.

Dorian tiene veintidós años, es superdotado y lleva aquí desde los dieciséis. Ha cursado ya otra de las carreras que se imparten en la universidad y obtuvo la mejor nota, pero aquí sigue e iremos juntos a las mismas clases.

Mi abuelo me ha preparado para enfrentarme a ellos. A los cuatro nietos de sus antiguos amigos.

Dorian es el más difícil de batir, no solo porque es muy sexi y un mujeriego, sino también porque sin esfuerzo saca buenas notas. Mi abuelo piensa que esto no es real, que puede estar amañado, pero no lo creo. Hace años acusaron a la universidad de hacer trampas. Fue uno de los amigos de un tío mío, ya que los Nelson no queremos llamar la atención, es preferible influir sobre la gente para que haga lo que tú quieras (palabras de Uriel, cómo no), y desde entonces, para que vean la trasparencia del centro, los exámenes los revisan ante notario; así de lejos han llevado todo en este lugar. Me tocará saber si tengo que ir contra él para conseguir la nota más alta. Y lo bueno es saber que nadie podrá amañar mis resultados.

De nuevo mi mente va a Dorian. Estaba preparada para verlo. Pero cuando lo he tenido delante he contenido el aliento. En persona es mucho más atractivo y las fotos no le hacen justicia.

Pero más allá de eso, su cara de capullo, ese hoyuelo en la mejilla y esos aires de «sé que soy un puto dios bajado a la tierra» no me han impresionado. Aunque, al mirarlo, es como si viera en persona a Eros, o como siempre he imaginado que sería. El atardecer resaltando su pelo rubio solo ayudó a mi fantasía. Eros es uno de mis personajes mitológicos favoritos. Su historia de amor es mi preferida y mi abuelo tiene un espectáculo sobre ella que me pone la piel de gallina. De cuando Eros baja a los infiernos a por su amada Psique.

Si Eros fuera real, sería como Dorian Wilson, pero no lo es y no quiero que me joda el mito.

A veces mi cerebro tiene demasiada imaginación. La uso para escapar de la vida. Para poder perderme mientras todo a mi alrededor se desmorona.

Se ha encendido un cigarrillo odiando fumar. Lo he notado enseguida por su cara de asco cuando aspiraba el humo. Quitárselo ha sido muy fácil, no en vano mi abuelo Hadrian es el mago del espectáculo. Y cuando nos hemos visto me ha enseñado sus trucos y cómo hacer que alguien centre toda su atención en otra cosa mientras tú elaboras la «magia».

Tengo la capacidad de fijarme en detalles que otros no ven y a veces necesito desentrañar los misterios de la gente que me rodea por mero aburrimiento. La mirada de Dorian fue de asombro un segundo antes de ocultarla bajo capas de indiferencia.

Es alto, muy alto, y sus ojos aguamarina son mucho más impresionantes de cerca. Por un segundo contuve el aliento ante su afilada mirada. Mi corazón emitió un pequeño aleteo, que reprimí, y traté de no hacer un eterno contacto visual.

Es muy atractivo, pero ahora mismo es mi enemigo.

Que supiera lo de la luna no me sorprendió, pero me gustó hablar con él de datos curiosos que mucha gente ignora. No debí hacerle esa pregunta, pero mi lengua fue más rápida. A veces me pasa cuando estoy nerviosa, lo que no quiere decir que estuviera nerviosa por él...

Observo a mi compañera de cuarto. Se muerde las uñas y el labio. Es nerviosa y asustadiza. No durará nada en este lugar.

—Dafna. —Su voz es temblorosa y está a punto de echarse a llorar.

—Encantada de conocerte. ¿Quieres elegir cuarto? A mí me da igual.

Asiente mientras yo espero en la salita que comunica con los tres cuartos y, como yo intuía, se queda con la mejor habitación y más soleada. Algo que está bien, pero que habla de una persona que mira por sí misma más que por los demás.

Bueno, lo tendré en cuenta. Tampoco he venido a hacer amigas.

Hay otro cuarto más. Falta una de las chicas y sé qué cuarto es peor. Cuál es más feo y cuál ninguna de las tres quiere.

La puerta se abre y entra una chica menuda como yo con una maleta pequeña.

—Hola, me llamo Guillermina. —Me tiende la mano y se la estrecho—. Me suelen llamar Mina.

—Yo soy Abbi, y puedes elegir cuarto.

—¿No te importa?

—No.

Voy hasta la ventana y espero mientras juego con una moneda de la suerte. La escondo entre mis dedos. El primer truco que me enseñó mi abuelo Hadrian.

—Este cuarto es oscuro. Lo echamos a suertes, si te parece.

—No hace falta, no me da miedo la oscuridad. —Miento, la odio. Es mi talón de Aquiles. Muevo mi maleta vacía hacia allí; en realidad, mis cosas ya están en ese armario, pero antes quería averiguar cómo eran. Dejar que descubrieran sus cartas.

—¿Segura?

—Sí. —Meto la maleta que faltaba y abro el armario, donde, en un doble fondo, estaban el resto de mis cosas.

Antes de que ellas vinieran, ya preparé mi cuarto para que nadie supiera dónde guardo mis cosas más importantes y varios chándales de repuesto porque paso de ir con el otro tipo de ropa de uniforme, que la tengo ahí también guardada, pero no me siento cómoda con ella, tan ajustada y las faldas tan jodidamente cortas. Por eso no han visto nada, aunque todo estaba ahí. Allí está también el libro que me dio mi abuelo Uriel con todas las novatadas hasta la fecha y un diario. Lo saco y apunto algo al tuntún sin pensarlo mucho:

He conocido a alguien que tal vez me ayude..., un aliado.

El abuelo quiere que use mis armas. ¿Podré usar la seducción con Dorian Wilson? ¿Sería capaz de seducir a alguien solo por llegar hasta el final?

No creo que pudiera hacerlo, pero sé que si Dorian fuera mi aliado esto sería más fácil. Pero nunca me he acostado con nadie para conseguir algo y no pienso empezar ahora. Cierro el diario y lo guardo sabiendo que tal vez no vuelva a escribir nada más.

Hay ropa que mi madre me compró. Vestidos preciosos que resaltan mi figura. Y los horribles uniformes de becados. No pueden ser más feos. Cierro la madera y me tumbo en la cama.

Escucho a Dafna y Mina hablar en la salita y hacerse amigas. Yo me quedo durmiendo; la primera prueba empieza en unas horas y quiero estar descansada. Aunque, si soy sincera, siento un poco de envidia por sus risas cómplices y por no saber cómo hacer amigas e integrarme en el grupo.

Mejor me centro en descansar: el juego está a punto de dar comienzo.

Capítulo 5

ABBI

Entran en nuestros cuartos y nos sacan de la cama tras ponernos una capucha negra. Tiran de nosotros hacia fuera y escucho gritos y lloros. Como si no supieran a dónde venían. Yo no hago nada. Solo tratar de no dejarme llevar por la ansiedad. No me gusta que me toquen y siento manos que tiran de mis brazos. Me centro en respirar y llevo mi mente a otro lugar. A las letras y cuentos de hadas y mitología..., donde, sin querer, pienso otra vez en Eros, pero le pongo la cara de Dorian... Mierda. El espectáculo de mi abuelo Hadrian hila el mundo mágico con sus trucos. Por eso siempre me ha encantado.

Salimos. Hace frío y los guijarros del suelo se clavan en la planta desnuda de nuestros pies. Tomo aire para ser fuerte; mi abuelo Uriel me ha preparado para esto. Y he odiado cada día de los que pasé en su casa. Nos tiran de rodillas y atan nuestras manos a la espalda. Escucho mi respiración resonar en los oídos y no veo nada tras la capucha negra. «Ya estamos listos para el sacrificio de las brujas», pienso para centrarme en todo menos en el frío y las heridas de mis pies.

Vamos, tú puedes, puedes con esto, Abbi.

Esto solo es el principio de un horrible juego macabro donde las novatadas son el hilo conductor.

Nos quitan las capuchas negras y siento el frío de la noche posarse en mis acaloradas mejillas. Veo que estamos ante el gran sauce llorón, el árbol que se plantó cerca de la universidad como símbolo de este nuevo comienzo. Y no muy lejos hay un busto de mi abuelo cuando era joven. Era muy guapo, pero yo solo veo al monstruo que es ahora.

Observo a todos los niños ricos mirarnos como si fuéramos su cena. No solo están los dioses, sino todos los hijos de papá que les hacen la pelota. Idiotas. Y también hay becados de cursos superiores, con pasamontañas negros, que son los que han claudicado y ahora hacen todo lo que les piden. Vamos, el trabajo sucio.

No sé cómo pueden caer tan bajo. Hace que sienta asco por ellos. Asco porque saben lo que es ser jodido en este lugar y, aunque hay becados que firman no subir de nota y se mantienen al margen de las novatadas, estos hacen cualquier cosa con tal de ser uno de ellos.

Todos parecen disfrutar de esto. Todos menos Dorian Wilson. Está al fondo, apoyado en el árbol, mirando aburrido el espectáculo. Sus ojos se cruzan con los míos y le sonrío como si esto fuera lo más divertido del mundo. Va todo de negro y juega con un Zippo de su bolsillo. El pelo rubio le cae sobre las cejas como si se lo hubiera revuelto o como si antes de venir hubiese estado follando con alguien y le hubiera tirado del pelo mientras entraba en ella... ¿Por qué he pensado eso?

Aparto esos pensamientos calenturientos de mi mente y me centro en este espectáculo, que parece sacado de una película mala de terror.

—Estáis aquí para sufrir, jodidos becados de mierda. —Quien habla es Hermes Scott—. ¿Estáis asustados? Deberíais...

—¿Es ahora cuando nos quemáis por brujos y brujas? —Hermes me mira por mi chulería y por interrumpirlo—. Lo digo porque hace frío y así de paso me caliento un poco. A mi hoguera dadle más potencia, que me pone lo ardiente. Por suerte estamos en Europa, y aquí a los brujos se los quemaba, solo faltaba que estuviéramos en Salem y nos cortaran la cabeza de cuajo.

Vale, sé que debería callarme. Pero, cuando estoy nerviosa, a veces me pasa que doy datos o menciono cosas aleatorias. Casi nadie me sigue el ritmo o sabe de lo que hablo. Salvo Dorian. Él sí sabía lo que era el brillo ceniciento. Lo miro y parece divertido por mis palabras. Luego se da cuenta de su sonrisa y cambia el gesto.

—Cierra la boca, pequeña zorra —dice Idelia como si le debiera miedo y respeto. En persona es muy guapa, pero tiene una belleza demasiado falsa tras tanto maquillaje.

—Joder, qué gran piropo, ser una zorra es un don. Ser astuta, ágil e inteligente. Algo que seguro que por aquí escasea.

Vale, para..., o no, tal vez así me cierren la boca con algo y eso iría genial para la siguiente prueba.

—Los zorros controlan las plagas. Ya sabes, ratas, ratones y víboras. —La miro, dejando claro que lo digo por ella—. Así evitan que se extiendan...

Como era de esperar, me cierran la boca con una mordaza y casi lo prefiero. He interrumpido su gran discurso. Hermes Scott tiene fama de perder los nervios con facilidad.

A su lado está Edey Adams; parece tranquilo, que no ha roto un plato, pero circula por redes el rumor de que le gusta abusar de la gente. Nunca han probado nada, aunque seguramente sea por el dinero. Han silenciado los rumores. Pero yo no me fío.

—Bienvenidos a la Universidad Uriel Nelson.

Hay bustos y fotos de mi abuelo. Retratos por todos lados. Yo sé por qué lo hicieron: era la forma de que todos supieran esta historia, para encontrarlo. Pero mi abuelo se escondió bien. Muy bien, y seguramente por eso se los lleven los demonios, por no saber si sigue vivo. Si sus nietos un día aparecerán y reclamarán su herencia. No sé cómo fueron tan idiotas de robarle la herencia y dejar una opción de recuperarla.

Pero no lo van a encontrar a menos que él quiera.

Para empezar, mi abuelo se juntaba siempre con mujeres de pelo castaño y ojos negros o marrones, para que sus genes se perdieran con los años. Él es rubio de ojos azules. Y le dijeron que el color de ojos marrón era más dominante. Alguno de sus nietos tiene los ojos claros y de esos no ha querido saber nada. Solo de los que, gracias a sus manejos, no se le parecían nada. Es todo tan retorcido que da para una película. Hasta dónde es capaz un hombre de llegar para conseguir su venganza y recuperar su ansiada herencia.

—Preparados para sufrir —dice Idelia Harris.

Idelia mira a Dorian como si esperara que él la devorara con los ojos. Hacen buena pareja, la verdad. Pero, por cómo él la mira cuando ella le lanza un beso, si hay algo es puramente sexual. Sus ojos siguen impasibles. Como si el mundo lo aburriera, como si nada alterase sus emociones. Salvo yo y mi palabrería incesante.

Siento a gente tras nosotros. Me vuelvo, pero antes de que pueda ver qué pasa nos tiran cubos llenos de comida podrida. Es asqueroso, aunque yo tengo una mordaza en la boca, que hace que no me entre nada. Es lo bueno de saber lo que iba a pasar y anticiparme.

Cierro los ojos y escucho cómo se ríen mientras la gente grita y llora. Yo solo me concentro en otra cosa. Llevo mi mente lejos de aquí. En mi imaginación, el árbol cobra vida y sus ramas les hacen pagar por esto. Se les enredan en la cintura y los lanzan lejos. Los oigo gritar y lloriquear. Es entretenido. Imagino a una gorgona transformando a todos en piedra. Sería divertido.

Mi abuelo Hadrian me dijo hace años:

—Eres muy lista, pequeña Abbi, y puedes hacer que tu inteligencia te salve usando tu imaginación.

—El abuelo Uriel espera de mí que estudie cosas aburridas.

—Hazlo solo hasta que te libres de él, pero, hasta entonces, sueña, vive, ama. Nadie puede dominarte la mente. Solo tú y seguro que sabrás cómo hacerlo. Crea magia. —Me tocó la oreja y de esta sacó un dulce de chocolate—. Crea ilusión mientras el resto piensa que han conseguido lo que quieren. Solo así serás libre.

—¡Quiero saber ese truco! —Mi abuelo dejó una moneda en mi mano.

—¿Estás segura?

—Sí.

—Pues empecemos. Vas a ser la mejor maga.

Lo miré ilusionada y le di un fuerte abrazo mientras mi madre nos miraba desde la puerta con mi padrastro. Un malabarista que se incorporó al circo poco después de que yo naciera. Es un buen hombre y, lo mejor, la ama con locura y ella a él.

Le hizo olvidar a su primer amor. Mi padre. Solo la sedujo porque mi madre era muy lista y se rumoreaba que era superdotada. Aun así, mi madre ama el circo y no quiso estudiar, o eso me han contado, pero a veces siento que hay algo en toda esta historia que no me cuentan.

Mi padre se acercó a ella y la ilusionó. Hasta que le dio lo que quería: un hijo. Y luego cambió y de ella solo quería otro hijo, pero mi madre no deseaba tener nada más que ver con un hombre que la engañaba con otras mujeres. Cerdo asqueroso... Y, cuando yo tuve edad suficiente para saber si destacaba en el colegio, apareció mi abuelo Uriel con mi padre... y me llevaron a los mejores internados. Había entrado en su juego.

Regreso a este mundo lleno de mierda y nunca mejor dicho. Nos van a dejar aquí solos con las manos atadas para que pasemos la noche. Para eso nos atan los tobillos y luego unen una cuerda a las manos, para que movernos sea imposible. Y luego se marchan. Dorian me mira al pasar y antes de que me dé cuenta me ha quitado la mordaza y puedo respirar mejor. Lo ha hecho tan rápido que nadie se ha dado cuenta.

No sé si lo ha hecho para ayudarme o para escucharme gritar pidiendo clemencia. Dudo que haya sido un gesto de bondad.

Hay varios becados con pasamontañas que nos vigilan y cuando alguien dice que renuncia lo desatan. Yo cierro los ojos y me concentro en todo menos en esta pesadilla para la que ya estaba preparada. ¡Sorpresa! Mi abuelo Nelson me hizo esta putada varias veces de niña, hasta que me acostumbré a ella. Esta gente está pasando todo esto por primera vez, pero a mí me han hecho revivir las novatadas desde niña. A mí y a todos los primos o hermanos que tienen potencial para entrar aquí, que no eran muchos. Los suficientes para saber qué es lo que hacen aquí.

El tiempo pasa y la gente implora. Siento frío y asco. Pero en mi cabeza estoy en el circo. Viendo a mi abuelo Hadrian hacer trucos de magia y, mientras la gente lo mira a él, los escenarios cambian, el entorno se vuelve diferente y cuando dice: «Nos hemos trasladado a un mundo mágico», la gente no entiende cómo no se dieron cuenta del cambio. Los aplausos, la felicidad. Dejo que todo eso me envuelva.

Y de golpe nos riegan con agua fría. Siento el agua a presión en mi cuerpo y hace daño. No me inmuto. No hago nada. Por dentro me estoy muriendo de frío. Pero dejarles ver mis debilidades es darles demasiado poder. Y, cuando me quitan las cuerdas, me levanto con chulería y con una amplia sonrisa les digo:

—Buenas noches, ha sido una ducha increíble. —Mis ojos se cruzan con los de Dorian, que ha regresado en algún momento. Les hago una reverencia.

Es mi forma de reírme de ellos por ir de dioses. Con paso firme y seguro ando hasta mi cuarto y al entrar voy derecha al aseo y solo ahí me permito temblar y agitarme. Y esto solo acaba de empezar. Toca tener la mente fría y mantener la ansiedad a raya.

Ahora ya saben que nunca me faltó ni inteligencia ni chulería.

Esto segundo sacaba de quicio a mi abuelo.

Capítulo 6

DORIAN

Entro en la cafetería a primera hora para coger algo de desayuno. No he dormido una mierda. Entre otras cosas, por las primeras pruebas y porque Idelia me invitó a su cama tras ellas. Follamos juntos con frecuencia. A ambos nos gusta el sexo. Aunque me aburre desde hace tiempo hacerlo con ella y con otras personas y, de hecho, no recuerdo si alguna vez lo disfruté. Siempre siento ese subidón de que me gusta. De follar hasta perderme, pero luego, tras tener sexo, me quedo frío. Y más desde hace años, cuando se me pasó la novedad. Tras probar con varias mujeres y tras probar varias cosas. Tríos u orgías. Nada de eso conseguía hacerme sentir algo más allá de ese placer momentáneo antes de correrme. Un instante de liberación antes de sentir asco por estar en ese sitio. Por eso, tras el sexo me fui a mi cuarto. Me duché y a mi mente vino cierta morena de grandes ojos almendrados.

Su mirada es desafiante y llena de vida. La vi sonreír

mientras los demás imploraban piedad. Su gesto era tranquilo y parecía imperturbable. No les gustó que le quitara la mordaza. No sé bien por qué lo hice; a ellos les dije que era para que los olores le jodieran más. Ni se pararon a pensarlo.

La busco entre la gente. La veo al fondo con sus dos compañeras. No tienen buena cara, las compañeras, pero Abbi, que así es como se llama la joven de la azotea, sonríe como si hubiera dormido de lujo y se sintiera de maravilla. O está loca o es jodidamente fuerte.

Como ayer, usa ropas anchas que parecen decir: «No me mires dos veces, que no hay nada para ti». Dudo que sea el caso. Ella llama la atención hasta llena de basura por el cuerpo.

Hasta que no empiecen las clases no tenemos que usar los uniformes.

Se está tomando una manzana jugosa. Cruza su mirada con la mía cuando la muerde y juro que es como si me mordiera a mí y me mirara mientras lo hace. Noto latir algo bajo mi pecho y miro aturdido a Idelia mientras habla.

—Dentro de dos noches daremos otra lección a los becados. Me dan hasta asco. ¿Has visto sus ropas tan poco favorecedoras?

Ni lo comento, solo me termino el café y me marcho. Idelia me llama porque cree que tiene poder sobre mí. Aún no ha entendido que solo la busco para follar, pero que nunca será nada para mí si puedo evitarlo. Decírselo una y otra vez no hace que lo comprenda. Al final me cansé de dejarle claras mis intenciones con ella porque acaba por pensar lo que le da la gana. Y, mientras crea que me tiene, mi abuelo y su familia me dejan en paz.

Al pasar por la mesa de Abbi me mira con intensidad y me pregunto si esa sonrisa no se irá convirtiendo en otra más oscura y triste. No sabe lo que se le viene encima, o sí; si está aquí es porque ha decidido que un puesto de trabajo vale más que todo lo demás. Si yo pudiera elegir, nunca elegiría estudiar aquí, pero no puedo. Por eso a mí los becados me dan rabia. Porque tienen un mundo de posibilidades y eligen este lugar apestado. No me importa su ropa, o cómo son, me importa que no valoran la libertad que tienen sin darse cuenta.

Llego a mi cuarto, donde me espera una de las pelotas de Idelia, que me tiende una lista y sale corriendo. La abro ya dentro de mi habitación; es la letra de Idelia:

Para que no se te olviden las normas:
1. Nada de confraternizar con becados.
2. Nada de tenerlos en cuenta como personas en este lugar.
3. No evitar su destino aquí.
4. Joderles la vida hasta que estudiar sea lo último que deseen.
5. Y, por supuesto, nada de enamorarse de becados.

Arrugo la nota y la tiro a la basura. No sé a qué viene esta mierda, pero con Idelia es así: o te vas cuando ella te ordena, o te manda notas o recados con las jóvenes que se mueren porque les haga caso. Me sé las normas de memoria, las escribió mi abuelo y me las ha repetido desde pequeño una y otra vez.

Salgo a la azotea y veo a Abbi subida a la barandilla. Voy hasta ella preocupado, algo raro en mí porque me la suda el mundo. Anda por la barandilla como si estuviera en el circo. Y puedo verla allí, rodeada de luces y haciendo a la gente feliz cuando, en vez de matarse, sale ilesa.

Me siento donde ella estaba apoyada la última vez. Si se cae, se mata, pero siento que necesita esa certeza. Esa victoria. Anda por la barandilla y luego se pone recta y sale dando una voltereta en el aire. Cae de culo, muy poco artístico. Pero se ríe.

—Nunca se me ha dado bien la salida, por eso siempre lo hago sobre colchonetas. —Se levanta y viene hacia mí limpiándose la gravilla de los vaqueros anchos.

Por qué me quedo aquí es algo que ahora mismo no quiero analizar.

—Estás loca. —Saco un cigarro y lo enciendo odiando ese instante, luego lo dejo entre mis dedos hasta que ella me lo quita y lo pisa con sus deportivas.

—Necesitaba tener el control.

Que me confiese eso me pilla por sorpresa; sabe que ahora mismo somos enemigos en este lugar. Y lo peor es que sé lo que es eso. Esa sensación de que la vida va demasiado rápido y necesitas algo que te recuerde por qué merece la pena respirar.

Nos miramos a los ojos. No lleva casi nada de maquillaje y su mirada guarda una inteligencia increíble. Sé por los estudios a los becados que es superdotada. Ha estudiado siempre en cursos en que la gente era mayor que ella. Yo le saco tres años, pero siento que a su corta edad ha visto demasiado. Tal vez lo esté confundiendo todo, perdido en sus grandes pozos marrones. Sus pestañas son oscuras y le hacen una mirada felina. Podría seducir a un muerto solo así.

Pero a mí, no. Solo es una becada más.

—No deberías hablar conmigo. Luego te putearé y pienso disfrutarlo mucho.

—Contaba con eso. Pero aquí estamos los dos.

No digo nada, solo veo cómo el atardecer da paso a una noche muy oscura.

—Es la hora de los monstruos y de la magia. —Se gira y me mira con una sonrisa. Luego me acerca su mano a la oreja, en la que no parece haber nada, y casi sin tocarme saca una gran moneda plateada—. Tachán.

Deja la moneda en mi mano. Es pesada y grande. ¿Cómo narices la ha escondido entre sus pequeños dedos?

—Ese truco es infantil y estúpido. —Uno que yo conozco, pero la gente que lo hace me sigue sorprendiendo.

—Seguramente, pero siempre me recordará de dónde vengo y hacia dónde quiero ir. —Nos miramos a los ojos. Es preciosa; sus labios son grandes y jugosos. Tiene la nariz y las mejillas salpicadas de pecas, pecas reales, no como las que usa Idelia para estar a la moda—. Nos vemos esta noche. Intentad esta vez llevarnos a un *spa*.

Algo parecido a una sonrisa se pinta en mi cara y cuando bajo la mirada me ha quitado la moneda sin que me dé cuenta. Solo un truco de niños que me recuerda que esta becada es peligrosa y no es como el resto.

Es mejor no olvidarlo.

Va a ser divertido verla caer y tal vez antes la ponga de rodillas y le diga qué puede hacer para darme placer con esa boquita. Noto cómo mi polla da una sacudida ante esa idea y algo fuerte me late en el pecho. Al parecer, la idea de que me la coma no me desagrada...

Capítulo 7

Bajo con mis compañeras a cenar. Falta poco para que empiecen las clases y la gente trata de disfrutar de los últimos momentos de paz antes de los deberes y los estudios. Entramos a la cafetería y vamos a una mesa al fondo. Dejamos nuestras cosas para ir a coger la comida. Miro lo que hay y no me apetece mucho nada. Al final acabo con un sándwich frío y un zumo.

—Dime que no estás a dieta —me pregunta Dafna.

—No, solo...

—¿Por los nervios de las novatadas? —No lo confirmo porque ella lo sabe.

Odio esta debilidad; me han preparado para esto y no debería estar inquieta. Pero estar aquí altera mis sentidos. La casa de mi abuelo, donde me hacía las putadas, ya era conocida para mí y en cierta forma sabía qué esperar de él.

—Yo también estoy nerviosa —añade, y pone en mi

59

bandeja y la suya dos trozos de tarta de chocolate—. Para los nervios.

Me gusta el detalle y por eso la dejo ahí. Mina se nos acerca en la mesa, con su bandeja llena.

—Como nos hagan correr esta noche voy a acabar vomitándolo todo. A ver si con suerte lo hago encima de ellos. —Se ríe.

—Eso sería muy divertido —apunta Dafna.

Hablan de sus vidas mientras yo me como la cena a trozos. Paseo la mirada por el comedor común y veo a Dorian entrar con cara de pocos amigos. Idelia se le acerca, pero él la ignora. Esto la molesta, y se va hacia donde unos novatos le piden que les cuente cosas. Dorian se dirige a la zona de restaurante y entra a por su cena. Seguramente se la suba a su cuarto. Lo pierdo de vista y al poco sale con una bolsa de cartón y de nuevo ignora al mundo. Hasta que nuestras miradas se cruzan y siento como si el mundo desapareciera o los gritos bajaran su intensidad. Tomo aire mientras decido si seguir un segundo más perdida en su mirada o no. Al final, él corta el contacto visual y se marcha solo.

Viendo al resto de los dioses disfrutar de las atenciones, me pregunto dónde encaja Dorian, porque de momento no está siendo como creía. Es solitario, como yo.

No quería tener nada en común con ninguno de ellos.

Idelia se marcha a su mesa y manda mensajes. Al poco se van, y con ellos, varias personas que ni han terminado de comer, aprovechando que los becados estamos cenando. Yo sé qué viene ahora, y va a ser un asco.

Centro la mirada en mi cena y como lo que puedo.

Volvemos de cenar, y Dafna entra en su cuarto y luego sale con algo verde en la mano. La noche del *slime*.

—¡Me han pringado toda la ropa con esto! ¡Hasta los uniformes!

Entro en mi cuarto y tengo el armario lleno. Por suerte mi ropa, la que suelo usar y algunos uniformes, está en la parte de atrás.

Mina dice que es asqueroso. En verdad, no sé por qué aguantan esto. Dafna dice que su padre estudió aquí y consiguió un buen puesto de trabajo y Mina quiere hacerlo para poder llegar a la élite y ser mejor que ellos; se le nota en la voz que es muy ambiciosa. Su madre trabajaba limpiando en una casa de ricos y quiere darles en toda la boca. Las entiendo, pero son listas y podrían emplear sus esfuerzos para conseguir todo eso sin pasar por este lugar.

Limpiamos los cuartos hasta altas horas de la noche y al acabar tengo heridas en las manos y me duelen de tanto frotar, y ellas temen que sus ropas no se arreglen tras los lavados. En la lavandería había muchos becados. Nos hemos turnado para mirar las lavadoras y poner las secadoras. Ahora me toca a mí y son casi las dos de la mañana.

Espero que acabe la secadora y me entra sueño. Intento por todos los medios no dormirme, pero fracaso.

Cuando me despierto sobresaltada, han pasado varias horas. Es casi el amanecer. Saco las ropas y las doblo para meterlas en una cesta de mimbre. No han quedado muy bien porque pusieron tinte al *slime* y muchas no van a poder usarse. Salgo del lugar cansada y con dolor de espalda. El amanecer se empieza a filtrar por los grandes ventanales mientras voy hasta la escalera que lleva a nuestros cuartos. El lugar huele a madera y a antiguo; aunque se reformó hace años, quisieron mantener la misma decoración y usar los mismos elementos para romper lo menos posible la estética.

Paso por el pasillo donde hay fotos y retratos de mi abuelo. Lo pintan como un joven dulce, muy listo y dedicado a la música. Que tuvo la mala suerte de perder a su familia en un accidente de coche y luego él desapareció tras esta gran obra.

Si ellos supieran...

Oigo pasos y al girarme veo a Dorian acercarse con ropa deportiva sudada y el pelo alborotado. Dudo que esté así por follar, parece más que ha estado corriendo hasta quedarse sin aliento. A pesar de eso, ese aire de recién follado hace que algo lata bajo mi vientre. Este idiota no debería estar tan bueno. La camiseta blanca se le pega a los abdominales y puedo ver sus perfectos oblicuos.

—Eres una descarada, becada.

—Como si tú no miraras si yo llevase una camiseta pegada a mis tetas.

—Miraría, por supuesto. ¿Qué tal la ropa? —Sonríe sabiendo que está perdida.

—Genial, me encanta la ropa diferente. Os doy las gracias por esta sesión de moda gratuita.

No dice nada, pero sus ojos, por lo general sin vida en las fotos o cuando lo vi por primera vez, emiten un brillo diferente. Mira las fotos de mi abuelo y se apoya en la pared para estudiarme. Sé que buscan a los descendientes de mi abuelo y también esperan que haya muerto. Pero siguen haciendo esas pruebas por si acaso.

—¿Qué mirabas?

—Nada en particular. Donar toda la herencia para este lugar debió de ser de alguien muy bueno o muy idiota.

—Quién sabe. —Su mirada es aguda. Me estudia y hago lo mismo.

Gran error, porque se me seca la boca de ver lo bueno que está. No me he acostado con muchos, pero tampoco ha sido tan malo. Pero nunca, ninguna de esas veces, al mirarlos sentí que mis entrañas se hacían papilla. No me suelen llamar la atención los hombres como Dorian, que saben que son guapos, pero con él es como si no tuviera control de lo que siento y pienso cuando lo tengo cerca.

Solo eso explica que lo comparara con Eros. Aunque, si soy sincera, Eros era tan atractivo como letal. Sobre todo, cuando elegía sus objetivos. El dios de la seducción y la atracción sexual. Que le venga que ni pintado esto no mejora las cosas. Porque la parte que más gusta de Eros es la de su amor por Psique.

—Sea como sea, este lugar de mierda no existiría si no fuera por su herencia.

—Intuyo que no te gusta. Siempre puedes irte —me sugiere. Empiezo a andar y me sigue—. Y la verdad es que sería lo mejor. —Nos miramos de reojo y se me hace raro sentir que si me fuera no lo vería más.

Qué tontería.

—Sí, sería lo mejor —digo cuando llegamos a nuestras escaleras. Las suyas están a la izquierda—. Pero no os vais a librar tan pronto de mí.

—No, claro, tú eres una zorra que está aquí para eliminar a las víboras, ¿no? —Su mirada es de admiración.

—Por supuesto. Acabar con ellas es mi gran pasión. —Nos aguantamos la mirada más tiempo del que debería. Recordarme que es mi enemigo cuando me mira así me resulta a veces imposible—. Nos vemos, dios de la noche.

—Hasta pronto, bruja de las cavernas. —Sonrío sin poder evitarlo. Y me siento tonta por ello, muy tonta.

No debo olvidar mis objetivos y que aquí somos enemigos.

Capítulo 8

Voy con la ropa llena de tinte a la zona común, donde he quedado con mis compañeras de cuarto. Preferiría estar leyendo en mi cama, pero me he obligado a venir. Tal vez estar aquí pueda hacer que escuche o vea algo interesante para la investigación de por qué mi abuelo donó su dinero.

Entro y veo a Dafna con Mina en unos sofás. Su ropa también está tintada, como la de casi todos los becados. Muchos han pedido ropa *online*, otros se han ido a comprar a la ciudad. Yo les he dicho que he pedido *online*, porque de momento tengo de repuesto.

—Me encantan vuestras camisetas —les digo sentándome en un sillón con un pie debajo del culo.

—Es la última moda —añade Dafna.

—Moda idiotas. No paran de marcarnos como si fuéramos borregos antes del matadero —apunta Mina nerviosa.

65

Por mi mente pasa decirle que siempre puede irse. Pero no lo hago, claro.

—Las marcas siempre han sido una forma de determinar la propiedad. Antes lo hacían con los esclavos. Porque, tristemente, se los consideraba un objeto, una propiedad...

Me callo cuando Mina pone cara de aburrimiento.

Me muerdo el carrillo, me levanto para ir a por algo de beber y les pregunto si quieren algo. Por cosas como esta me cuesta hacer amigos. Tengo muchos datos en la cabeza y a veces hablo sin pensar, como si al resto le gustara escucharme.

—Entonces, cuando alguien se tatúa el nombre de su enamorada, ¿es una forma de esclavitud? —Me giro hacia Dorian en la barra donde cogemos las bebidas.

—Por supuesto. Y cuando te dejan chupetones en plan cerdo para que todos vean que te la has follado primero. —Sonríe de medio lado y trato por todos los medios de no mirarlo, pero fracaso, sobre todo cuando habla.

—La esclavitud empezó antes de lo que la gente cree. Hay datos de tres mil años antes de Cristo.

—Y a veces las marcas eran una forma de castigo. —Miro mis marcas en la ropa—. Admite que por eso lo hacéis.

—Tienes suerte de que no te pongamos un hierro al rojo en la frente para que todos vean que eres una becada.

Nos miramos; hablar con él no tendría que gustarme tanto. No parecen impresionarle todos los datos que tengo en la mente porque él es igual. Coge un refresco y se marcha como si nada. Lo hace con esos andares chulos que le caracterizan y se va a la zona de billar porque Idelia lo llama. Luego se le cuelga del brazo y, aunque Dorian no hace nada por querer estar con ella, la chica lo trata como si fuera de su propiedad. No lo ha marcado como a los esclavos, pero siento que él lleva esa marca de alguna forma. No. Para, no hagas más humano a diosito.

Yo también tengo una marca que me hace sentirme como esclava de los deseos de mi abuelo. No se ve, pero siempre dejó claro que yo, desde que nací, soy de su propiedad.

La esclavitud se abolió, pero no la mente de personas que se creen con el poder de decidir sobre las vidas de otros.

Vamos de camino a la ciudad para comprar ropa. Dafna y Mina me dijeron que tenían que comprar algunas cosas y que debía ir con ellas sí o sí. Esta noche dormí pensando en mitos y soñando con un Eros con la cara de Dorian, que me hizo despertar agitada y excitada. Joder. Esto no estaba en mis planes, por eso he aceptado irme. Porque necesito alejarme de este internado y centrarme en mis prioridades.

Llegamos a la ciudad y Mina aparca. Salimos y vamos de una tienda de ropa a otra. Compro algunas cosas y las veo reírse cuando se prueban cosas muy feas. Al final acabo probándome un vestido por insistencia de ellas.

—Puede ser perfecto para la fiesta de otoño —dice Dafna—. Anda, sal del probador para que te veamos.

—Obedezco sin muchas ganas—. ¿Ves? Te queda increíble.

—No sé si me gusta. —Me resalta mucho los pechos y el culo.

—¿No te gusta? Pero si tienes un cuerpazo.

Lo sé, hago deporte desde niña y sé que lo tengo.
A la tienda entra un chico con su novia y se me queda
mirando descaradamente las tetas cuando ella no se
da cuenta. La situación me trae recuerdos de un amargo
pasado, y siento como si estuviera desnuda. Tomo aire.
Su mirada es lasciva. A ver, no veo mal que alguien con
pareja me dé un repaso, pero su actitud al lado de ella es
asquerosa.

—¡Eh, tú! Córtate un poco —dice Dafna al darse
cuenta.

El tío se pone rojo y la novia sale enfadada de la
tienda.

—Decidido, te lo pones para joder a los dioses
—apunta Mina.

—No lo sé. —Entro a cambiarme. Y cuando salgo
llevo de nuevo mis ropas anchas.

Mina se va a mirar ropa y Dafna tira de mi brazo.

—¿Todo bien?

—Sí, solo me ha hecho sentir demasiado desnuda.

—Lo entiendo, pero algún día deberás ser quien tú
quieras ser porque mirarte siempre te van a mirar. Eres
jodidamente preciosa y no puedes ocultarte por serlo.

—Bueno, poco a poco.

Me da un abrazo que me pilla por sorpresa. Sonríe
cuando se aparta y vamos a otra tienda. A la hora de la
comida elegimos una pizzería y Mina sube varias fotos y
vídeos a sus redes de lo bien que lo está pasando con sus
nuevas superamigas. Vale, somos compañeras de cuarto, pero creo que esta chica corre demasiado. Me centro
en la comida y dejo que crea lo que quiera.

Al regresar al internado, vamos hasta nuestro cuarto
temiendo que nos vuelvan a putear esta noche. Odio

esta sensación de tener que estar alerta todo el rato, por eso decido coger un libro para leer. Necesito ser una persona diferente. Vivir la vida de otros a través de sus letras. Vidas que no tienen nada que ver con la tuya.

A medianoche no puedo dormir y decido irme a correr ahora que todos duermen y el lugar es solo para mí.

Capítulo 9

DORIAN

Idelia no me deja en paz. Me ha dicho que fuera a su cuarto para una reunión. La reunión era verla follar con otra mujer por si me unía a ellas. He estado ahí mirando cómo se lo montaban sin sentir nada. Y luego me he ido a ponerme ropa deportiva y marcharme corriendo. Tuve sexo con ella cuando vinimos, pero no siento deseos de repetir porque esa vez fue peor que nunca; al acabar casi tuve un ataque de ansiedad ante ella del asco que me dio lo bajo que caigo por un polvo, por sentir algo más que este vacío en el pecho.

Le dije que nunca más, pero le da igual. O no, mientras ella disfrute y crea que me tiene y que un día seré todo suyo.

Estoy agotado de la carrera y quiero una bebida energética. Llego a la máquina expendedora que hay antes de subir a nuestros cuartos y veo a Abbi sacar justo la que quería. Y no quedan más putos botes. La acorralo contra la máquina cuando se gira.

Lleva el pelo mojado y ropa deportiva demasiado ancha. Seguramente también ha estado corriendo, pero no nos hemos encontrado hasta ahora. O ha estado follando... La idea de ella con otro no me es tan indiferente como debería.

—Es mía —digo mirando el bote y tratando de no devorar sus rojos labios y su respiración agitada.

Tiene la piel sonrojada y está jadeante. Joder, esto no ayuda para que no la imagine follando.

—¿Tiene tu nombre? —La lee y niega con la cabeza—. No, aquí no pone «capullo» por ninguna parte. Lo siento. —Lo abre y me acerco más a ella.

Alza la mirada y me observa retadora mientras su cuerpo tiembla por mi cercanía. No nos tocamos, pero siento el calor de su cuerpo. Alza el bote y da un gran trago. Veo cómo la bebida le baja por la garganta y cómo se le escapa un poco de la boca. Antes de que termine de beber se la quito y le cae un poco sobre la camiseta ancha. Me llevo el refresco a la boca mientras protesta. Le pongo mi mano en el cuello y la dejo ahí. Se queda quieta al tiempo que bebo.

Su piel es suave y vibra bajo mi contacto. Nos miramos a los ojos mientras termino el bote.

—Deliciosa —digo contemplándola a ella—. La bebida. No me ponen las becadas.

—Pues por ahí circula que sueles follar con ellas. Qué tristeza cuando las de este año descubran que no se te levanta con ellas. —Sonríe descarada.

Aparto la mano y tiro el bote a la papelera.

—Se me levanta. Te haría una demostración, pero me gustan sumisas...

—Y yo de eso tengo poco. Lo pillo. —Se lleva la mano al corazón y finge estar dolida—. No sé cómo voy a poder dormir tras esta confesión. Yo que esperaba arrodillarme a tus pies y tener el gran placer de lamerte la polla.

Sonríe y mi mente va por libre mientras Abbi me mira divertida. La imagino de rodillas justamente haciendo eso que dice y mi polla da una sacudida.

—No pienso darte ese placer —la pico. Debería irme, nunca pierdo mi tiempo hablando con nadie, pero aquí estoy. Y no es la primera vez que lo hago. La otra noche, cuando la vi mirar los cuadros cargada de ropa, me paré a su lado. Podía haber elegido irme, pero me quedé a su lado un poco más, tal vez tratando de adivinar qué tiene ella que la hace diferente al resto. Tal vez que está más loca. Pero eso no explica por qué la escuché hablar de esclavitud con sus compañeras y quise decir algo. Su mente llama a la mía como no lo ha hecho ninguna hasta ahora. Y eso me cabrea, la verdad, pero aquí sigo. En vez de ignorarla como al resto de las personas.

—Voy a llorar porque no quieres que te la mame. —Finge pucheros y luego se gira hacia la máquina. Saca otra bebida.

—¿Acaso no tienes nada mejor que hacer que llenarte de azúcar hasta las orejas?

—No puedo dormir y he optado por beber azúcar y ahora leer novelas en mi cuarto.

—Seguro que en tu planta alguien ha montado una fiesta.

—De hecho, sí, creo que mis compañeras se fueron a una, pero yo paso.

—Entonces eres la empollona rarita.

—No, me gustan las fiestas, pero no todas. —Coge el refresco—. Adiós, a ver si puedes dormir sabiendo que soy la única mujer inmune a tus encantos.

—O tú sabiendo que no me pones nada. Lo mismo eso te jode el ego.

—No, tranquilo. Sé que estoy jodidamente buena.

—Por eso te ocultas. Lo pillo. —Me enseña un dedo corazón con una sonrisa.

Se marcha a la sala de estar común, seguramente para acabar allí la bebida viendo la tele. La miro alejarse hasta que me doy cuenta y me marcho a mi cuarto a darme una ducha. Abbi se equivoca, el que es inmune a sus encantos soy yo.

Llaman a mi puerta a primera hora con insistencia. Salgo de la cama y voy hasta allí en pelotas. Me la suda quién me pueda ver. De paso, que no solo vea mi polla y disfrute de mi cara de enfado.

Idelia me mira la polla y pone cara de deseo. Ando hasta donde tengo mi ropa sabiendo que entrará.

—Vaya cuarto más horrible, solo tienes libros.

—¿Qué quieres? Y la próxima vez no me jodas a estas horas.

—Se me ocurren muchas formas de joder diferentes... —Me ve ponerme el bóxer. Anoche me di una ducha y no me molesté en vestirme antes de meterme en la cama.

—Paso. Di qué quieres y lárgate —le digo ya con los pantalones puestos.

Se sienta en la cama y se quita el vestido. Siento la ansiedad correr por mi pecho y no entiendo cómo tener sexo con ella de golpe me crea tanta angustia. No es que antes disfrutara, pero tras el orgasmo sentía unos instantes de paz. Ahora ni ganas tengo de llegar a ese punto.

—No pienso volver a follar contigo. Ya te lo dije.

—Vamos, no seas tan duro.

—¿Te largas?

—Vale. —No se viste, se levanta enseñando su ropa interior sexi y viene hacia mí. Me pasa las largas uñas por el pecho—. Ayer una de mis chicas me dijo que te vio hablando con Abbi Morris. ¿Es por eso que me rechazas?

—No.

Le aguanto la mirada porque quiere ver cualquier debilidad en mí para destruirla.

—Es que dice que compartiste bebida con ella.

—Le quité la bebida porque tuvo el descaro de dejarme sin ella. Que te informen bien la próxima vez. Yo solo le estaba demostrando quién está al mando aquí —miento, pero se lo cree.

—Bien, me gusta que así sea. —Se alza y me da un beso en la mejilla.

Luego se marcha en ropa interior con su vestido en la mano. Cierro la puerta y noto cómo se aceleran los latidos de mi pecho. Mi mano tiembla y más cuando llaman a la puerta y la veo ahí de nuevo.

—Te espero en la piscina luego, no faltes o pensaré que este año estás distinto.

—¿Acaso antes era diferente?

—No, pero antes no hablabas con nadie. Y ahora, de golpe, hablas con una zorra.

—Pues pienso seguir hablando con ella si quiero joderla. Y no voy a dejar que ni tú ni nadie me cuestione mi forma de joder a los becados.

—Vale, si es para joderla no me meteré. Pero recuerda que eres mío.

Cierro la puerta y trato de contener la ansiedad. Tal vez ir a la piscina hasta me venga bien. Y no pienso dejar que Idelia me diga qué tengo que hacer.

Capítulo 10

ABBI

Voy con Dafna y Mina a la piscina. Aún no ha empezado el frío y esta piscina está climatizada. En cuanto llegamos se quitan los vestidos y se meten al agua. Me
quedo bajo la sombrilla. No me importa ir a la playa,
quedarme en bañador y disfrutar del sol. Lo que no me
gusta son las miradas que nos lanzan los de segundo.
Como si nunca hubieran visto un par de tetas. Y suelo ir
a playas con mucha gente, donde eres uno más entre
cientos de cuerpos medio desnudos.

Idelia se acerca a la piscina con un traje de baño
ideal. Mira a las de primero como si fuéramos escoria y
se tiende en una tumbona, creyéndose la mismísima
reina. Luego alza la mano y sus pelotas le traen varias
bebidas. Madre mía, qué patético es todo esto.

No hay dioses entre los humanos, solo personas a las
que estos convierten en intocables.

Y eso ocurre con estos cuatro. Dorian pasa por su
lado y la ignora, cosa que a Idelia le molesta mucho y va

tras él. Dorian se quita la camiseta blanca y se tira a la piscina sin hacerle caso tras tirar su ropa a la silla.

Tiene un cuerpo fibrado y tentador. Se me seca la boca solo de mirarlo emerger y dar varias brazadas. Gira la cabeza y su mirada se encuentra con la mía. Cuando me guiña un ojo porque me pilla mirándolo sé que he tenido suficiente.

Y luego me quejo yo de la gente que me mira a mí... Soy patética.

El problema es que yo lo digo por lo que viví, porque eso me marcó. Ojalá ese momento no hubiera pasado y pudiera ser libre para que las miradas de la gente no me llevaran a ese instante.

Saco el móvil y miro las redes como si todo este espectáculo no me importara nada. Lo hago hasta que alguien me tapa el sol y me moja las piernas. Alzo la mirada sabiendo qué persona necesita que lo mire hasta idolatrarlo.

Dorian.

—¿Qué escondes bajo la ropa?

Lo miro, gran error. Está mojado y solo lleva un bañador negro, que se le pega a la piel. Y madre mía. Su cuerpo parece de verdad tallado en piedra o hecho para el pecado...

Eros...

¡¡Que no, joder!!

Lo miro a la cara tras empaparme de su tonificado torso y sus tatuajes con motivos celtas y también alguno con letras griegas. No debería sentir calor bajo mi vientre. Acierto a centrar mi atención solo en partes de su cuerpo poco comprometidas y veo cómo el pelo rubio parece más oscuro por el agua.

Recuerdo su pregunta y le respondo:

—Unas tetas tan impresionantes que acabarían por eclipsar las del resto y no me apetece deslumbrar a nadie. No estoy aquí para convertirme en estrella.

—Para saber si tienes razón tendría que verlas.

—No vas a tener ese honor y ahora aparta, que me mojas.

—Admites que te mojas por mí. —Se acerca y pienso en qué cojones hace cuando tira de la toalla que tengo tras de mí y la coge—. De nada.

Se marcha con mi toalla, como si este lugar fuera suyo y pudiera tomar todo lo que se le antojase. La miro enfadada y más cuando, tras secarse, me la tira a la cara.

—¡Eres un capullo!

—Dime algo que no sepa, becada.

Idelia me mira, contenta del desprecio de Dorian. No pienso dejar que me hundan. Por eso sonrío y tiro de mi vestido playero hasta arriba. Luego dejo al descubierto mi cuerpo tonificado y mis pechos. Sé que tengo unas buenas tetas. Un cuerpo con curvas y moldeado por el ejercicio duro al que me ha sometido mi abuelo paterno desde niña.

Idelia echa chispas al verme en bañador y tensa la mandíbula. No es la única que me mira mientras voy a la piscina corriendo y hago un salto con voltereta antes de caer al agua. Aquí da igual si caigo de culo.

Que se joda. Lo peor es que sé que ahora, cuando salga, sentiré muchas miradas indiscretas. Me quedo bajo el agua tomando fuerzas y luego salgo y nado hasta la escalera. Tiemblo, pero nadie lo nota. La gente me mira, entre ellos Dorian, que no aparta los ojos de mí. Y noto cómo eso, sumado al viento que hace, me endurece los pezones.

Voy hasta donde tiró su camiseta y la cojo para pasármela por el cuerpo. Idelia agranda los ojos y más cuando se la tiro a Dorian a la cara. Este levanta una mano y se aparta antes de que le dé.

—Como decía, no quería eclipsar a nadie con mis tetas bien puestas y naturales.

Sonrío y me marcho a por mis cosas. No me pongo el vestido y entro al edificio descalza, mojada y medio en pelotas. Lo peor. Las miradas lascivas me recuerdan momentos de mi pasado que quisiera olvidar.

Al menos me queda el consuelo de que esta guerra de momento la voy ganando yo.

Capítulo 11

DORIAN

Los cuatro hijos de los herederos vamos hasta la caseta que hay cerca de la piscina. No los seguiría, pero Idelia está mosqueada porque me acerqué a Abbi y más tras haberla visto sin el vestido. Yo siempre supe que esa becada era explosiva. Sin ropa es sexi a rabiar. Tiene un cuerpo tonificado, con buenas curvas y unos pechos firmes y redondos, que atraen la mirada de todo el mundo. Son grandes, de esos que caben en una mano y hacen que desees jugar con ellos hasta que se corra. A mí todo esto no me ha sorprendido, pero al resto sí, e Idelia está que rabia porque le ha salido competencia y nada menos que de una becada.

—Si hacemos algo con la becada, me apunto —dice Hermes de golpe—. Vamos, Idelia, a ti te gusta atraerlas a tu cama para que Dorian se ponga cachondo.

—No me atrae —dice ella desenredándose el pelo.

—Lo que te jode es que alguien te haga sombra —apunta Edey antes de quitarse el bañador e ir en pelotas hasta donde tenemos ropa seca en esta caseta.

—A mí esa no me hace sombra en nada. Ya quisiera tener mi clase y mi cuerpo. No es más que una desgraciada que se cree alguien por tener un buen par de tetas.

—Si solo fueran las tetas... —apunta Hermes e Idelia le da en el brazo.

Entonces me miran los tres.

—¿Qué?

—¿Por qué has ido hacia ella?

—Para picarla, ya te dije que no me interesa y que tú no me gobiernas. ¿Acaso no es ese nuestro cometido en este puto lugar? Joder a los becados.

—Ya, pero ¿por qué a ella? —pregunta Idelia moviendo el pie nerviosa contra el suelo.

—Dejadme en paz.

Salgo de este lugar con la ropa mojada. Normalmente no me importa cambiarme delante de ellos. Hoy no me apetece pasar más tiempo con todas estas tonterías. Ando hasta mi cuarto y no paro de escuchar hablar de Abbi y su espectacular cuerpo. Algunos han hecho fotos y vídeos. Como si nunca hubieran visto a una tía buena.

Subo a mi cuarto y me doy una ducha. Aburrido, cojo un libro de misterio, pero descubro todo demasiado pronto. El tío le mandaba cartas codificadas que parecían de amor, pero escondían mensajes. Ella no lo sabe hasta que un amigo policía ve algo raro en una de ellas. Y en todas la avisa de que la va a matar el último día. Yo ya había descubierto los mensajes, por eso el desenlace me impresionó menos. Oigo a Idelia llamarme diciendo que me sume a la fiesta de su cuarto, la ignoro y ponen la música alta. Joder, aquí no hay quien desconecte.

Subo con el libro a la azotea, donde no se oye nada

y no hay nadie cerca. Tarde recuerdo que cierta becada la frecuenta. Digo «tarde» porque me ve entrar con el libro.

—Lo he leído, no me gustó —apunta—. Lo de las cartas estuvo bien, pero yo lo sabía desde el principio.

—Gracias por joderme el final. —Se ríe—. En serio, yo también lo vi venir. ¿Por quién me tomas?

Me siento a su lado a acabar el libro porque no puedo dejar ninguno a medias, aunque no me guste. Es una puta manía que tengo, que a veces me pone de los nervios. Abbi mira hacia las montañas con las piernas encogidas. Vuelve a llevar esa ropa ancha que oculta sus impresionantes curvas.

—Menuda has montado en la piscina, becada. Ahora la mitad de los tíos quieren acostarse contigo.

—Así tendré más donde elegir si me apetece follar —lo suelta con tranquilidad, pero ha dicho: «Si me apetece».

—Eres de las estrechas.

—Algo que tal vez no entienda alguien que, según dicen, se tira a todo lo que se menea.

—Ya, por eso estamos aquí sin hacer nada en vez de en las fiestas que están dando. Tal vez es que quiera algo contigo —la pico y sonríe—. No, nada, no me atraes ni una pizca.

—Porque no soy tu tipo.

—Cierto. No lo eres en absoluto.

—¿Te sabes la leyenda del sol y la luna? —suelta de repente, y me doy cuenta de que parece nerviosa. Tal vez hablar sin pensar sea su escudo. Como el mío lo es no hacerlo.

—¿Por quién me tomas? —digo. Se ríe y su risa es dulce y sincera.

—Afrodita era una celosa de cuidado. Y odiaba a la gente que le podía hacer sombra. Como el sol y la luna eran eternos enamorados, los separó en noche y día... para que nunca se juntaran.

—Pero Zeus los apoyó y en cada eclipse solar pueden volver a verse unos segundos... Historias para niños.

—Mi abuelo Hadrian tiene un espectáculo sobre el sol y la luna. Yo una vez hice de sol y me metí en el papel. Es triste que ames a alguien tanto que otros lo envidien hasta el punto de destruirte para sentirse mejor con su mierda de vida.

—Así es la vida, becada.

—Ya lo sé. Yo solo envidio una cosa en esta vida. —Espero atento—. La libertad.

Cuando dice eso se me cierra la boca del estómago porque es lo único que envidio yo. Luego me recuerdo que es becada y que puede ser libre, no como yo. Se gira y me mira nerviosa, como si hubiera confesado algo que no debería. Se levanta y se marcha. ¿En serio? ¿Qué narices acaba de pasar?

Esta becada es rara de cojones y mientras acabo el libro pienso en que más lo soy yo porque me he quedado a su lado sin esperar nada a cambio.

Abbi

Entro a mi habitación nerviosa. Mina y Dafna me miran. No debí decir eso. Si piensa que añoro la libertad, se preguntará por qué no la busco. Dorian no es como el resto. Es muy inteligente, aunque lo oculta bajo esa cara de «me importa todo una mierda». Debo tener cuidado, pero a su lado me olvido de que en verdad somos enemigos.

—¿Y esa cara? ¿Es porque la gente no para de hablar de ti en la red de la universidad?

—No —respondo a Dafna y me siento a su lado. Han calentado pizza y la han subido aquí.

Debería irme a mi cuarto, en mis planes no entra hacer amigos. Pero me quedo.

—Ya se les pasará cuando alguien la cague o en la siguiente novatada. —Que será pronto. Carreras de sacos, pero ellas no lo saben y no se lo puedo decir. ¿Qué clase de amiga soy?

Cojo un poco de pizza y me marcho a mi habitación. Me da miedo hacer lazos con la gente a la que tengo que mentir sobre mis razones para estar aquí. Es más fácil todo esto si no intimo con nadie.

Muerdo la pizza y mi mente va hacia Dorian. Debería estar prohibido estar tan jodidamente bueno. Ojalá pudiera olvidarlo medio desnudo en la piscina, pero sé que no se me borrará de la memoria en la vida. Ningún enemigo debería calentarte así las entrañas...

¡Tengo que centrarme en la misión!

Solo así podré ser libre.

Capítulo 12

Salgo de mi cuarto y veo a varias de las pelotas de Idelia enfrente. Me dispongo a ignorarlas cuando me cogen y me llevan a rastras hasta un cuarto que no se usa. Me empujan dentro e Idelia se levanta del sofá.

—No me gustas, no me gustas un pelo.

Ahora es cuando sería bueno callarse, pero no puedo.

—¿Qué parte de mí no te gusta —me señalo las tetas—, esta o esta? —Idelia me mira enfurecida—. Ah, no, que a ti lo que te molesta es mi inteligencia... o no, porque eso te da igual.

Me cruza la cara. Me da una bofetada que me dan ganas de llorar.

Tristemente, no es la primera vez que sufro acoso. Que alguien me humilla o me hace sentir débil. Por eso le aguanto la mirada con una sonrisa, a pesar de que por dentro duele su bofetada y sentir cómo me desprecia.

—Y yo que pensaba que no te gustaba ensuciarte las manos.

—Te la merecías. Ellas son testigos. Me has provocado tú, metiéndote con mi físico y con mi inteligencia. Que todos saben que me tuve que operar para tener mejores tetas. Eres una zorra rastrera.

No lo sabía, aunque lo intuía, pero no lo dije por eso. Me encantan las personas, se pongan o no tetas. Lo que me jode es que lo hagan para sentirse superiores a los demás, como ella. Por eso lo dije.

Las demás la miran como si la pobre estuviera sufriendo mucho y yo fuera lo peor. No digo nada. O, bueno, lo intento.

—Si quisiera meterme con tu físico habría empezado por hablar del grano tan enorme que te está saliendo en la mejilla derecha, pero me he callado, ¿verdad?

Me mira enfurecida y se toca el minigrano. Es ridículo, pero sé que ella se irá corriendo a ponerse crema y me dejará en paz, o eso creía.

—Metedla en la ducha con agua fría. Que se joda, por zorra.

—¡Y dale con las zorras!

Idelia se marcha y sus amigas, o pelotas de turno, me golpean y agreden hasta que me tiran dentro de la ducha. Noto cómo me arañan, cómo me lastiman mientras trato de defenderme. Al final abren el grifo y se ríen de mí.

—No eres más que una ridícula.

Cuando era pequeña me decían lo mismo. Ahora la edad no importa, pero en el colegio ser la más pequeña de la clase era horrible. Y pagué las consecuencias. Dejo que el agua fría me congele y trato de no temblar mientras se ríen y me hacen vídeos para mandarlos al grupo y que todos se burlen de mi cara con el rímel corrido.

Por eso no pierdo la sonrisa, no queriendo que mis fantasmas les demuestren cuánto me jode esta humillación que va más allá de las novatadas.

Al final se marchan. Dafna entra corriendo con ropa seca.

—He visto el vídeo.

—Sí, parece que a Idelia no le gustan mis tetas.

—No le gusta nadie que le haga sombra, y menos una becada —dice y me seco delante de ella—. ¿Cómo estás?

—Bien, esto no es la primera vez que me pasa.

—Vaya. Lo siento.

—Solo me hizo más fuerte. Y tal vez hasta me preparó para esta mierda. No van a romperme.

—No, claro que no. Cuanto más sonrías, más les jodes.

Termino de arreglarme y salimos del cuarto.

—Novatadas para ti sola, no te quejarás —dice uno—. Yo, si quieres, me doy una ducha fría contigo. Y te caliento.

Le saco un dedo corazón, eso sí, con una sonrisa. Vamos hasta el cuarto y Mina entra corriendo.

—¿Estás bien? —Asiento—. Vale, pues vamos a coger las cosas e irnos a la ciudad. Así te alejas de esas pavas.

—Me apunto. Vamos a pedir un coche prestado.

En el garaje hay coches para los estudiantes. Bajamos y solicitamos uno para ir a la ciudad. Conduzco yo y trato de no pensar en lo que ha pasado y en cómo eso me lleva a cuando de niña me quitaban el almuerzo o me lo tiraban al suelo las otras crías. Para ellas ser tan lista era de raritos y ser rarito en un internado era una condena. O en un colegio. Pero allí lo sufría a cada hora.

Y, cuando tenía un descanso, mi abuelo Uriel me recogía para llevarme con él a su casa y que practicara.

Tomo aire y me centro en mis metas, en mis objetivos, que están lejos de personas que se creen superiores por hacer llorar a los demás.

Ellos no saben lo dura que puedo llegar a ser. No voy a dejar que me rompan.

Capítulo 13

Abbi

Miramos varias tiendas de ropa, ya en la ciudad. No necesito nada, pero cojo algunas cosas para disimular. Luego proponen ir a tomar algo y veo que las dos se piden cervezas sin importar que supuestamente Mina deba conducir a la vuelta. Piden otra ronda y proponen comer algo. Por suerte, nos iremos de aquí antes de que se haga de noche. Odio conducir de noche.

Por la tarde estoy aburrida de verlas beber y no me hacen caso para volvernos. Salgo a llamar a mi madre para distraerme y no ponerme en modo madraza con dos personas que casi ni conozco.

—Hola, hija, qué bien que me llames. Te echaba de menos.

—Hola, mamá, estoy bien y de una pieza.

—No digas eso, que mi mente te ve en trozos como cuando tu abuelo hace ese número de magia.

—Por suerte mi hermano te deja parar poco. —Se ríe.

Mi madre me tuvo muy joven, con solo dieciocho

años. Cuando se volvió a casar descartó tener más hijos, y ella y mi padrastro lo veían bien, pero el destino tenía otros planes y hace tres años trajo al mundo al niño más bonito que he tenido la suerte de conocer. Lo malo es que lo veo muy poco y cada vez que nos separamos se me rompe el alma. Desde que Defin nació empecé a preguntarme qué sería de mis otros hermanos. Si, como yo, se veían atrapados en esto. Conozco a varios hijos de mi padre y son a cuál más idiota y mis primos, igual. Pero esto no acabará. Mi abuelo, mientras viva y no consiga su herencia, hará de la vida de todos un infierno. Tengo que detener esto también por ellos.

—No me deja, no. Te echa mucho de menos.

—Y yo a él. Es el mejor de mis hermanos. —Ella se ríe.

—Con diferencia, no es clon del resto. —Se queda callada—. Por un lado, me arrepiento de haber conocido a tu padre, pero, por otro, me dio lo segundo mejor de mi vida... Siento que por su culpa te veas metida en esto.

Mi madre sabe lo justo, pero sí que estoy aquí por exigencias de mi abuelo y que ellos me dejaron ir de pequeña. Muchas veces me he preguntado por qué no lucharon más por mí. Pero sé que mi abuelo Uriel no los habría dejado ir tan tranquilos y, al fin y al cabo, ellos no saben lo terrible que es. Todo lo vivido con él siempre me lo he guardado para mí misma porque no se puede cambiar y mi madre sufriría mucho si lo supiera.

Ella no puede perdonarse, siempre es así, y explicarle que esto no es su culpa no cambia nada. Mi abuelo Hadrian también se siente culpable por haberse visto envuelto en cosas turbias para salvar a sus trabajadores.

Un día me dijo que por ellos haría lo que fuera, pero no esperaba que, una vez zanjado el asunto, quedara ahí marcado para ser algo con lo que presionarme. Mi abuelo es muy honrado, pero ama con intensidad. Y por la gente que quiere va a los infiernos si hace falta. Un día me dijo que yo era como él. Que un día amaría tanto a alguien que por él no me importaría bajar al inframundo y enfrentarme a sus demonios. Él lo hizo por mi abuela, hasta que ella se marchó con otro que le prometió una vida mejor.

La sigue amando y un día me dijo que, aunque la odia con todo su ser, a veces se pierde en el recuerdo de lo feliz que era cuando ella lo veía a él entre toda la multitud. Era bailarina y su amor fue corto pero intenso.

Sigo hablando con mi madre hasta que decido volver junto a mis compañeras y sacarlas a rastras. Por suerte me siguen cuando amenazo con irme sin ellas.

Conduzco de vuelta y ambas se quedan dormidas.

Aún es de día, pero cada vez se ve menos. Aprieto las manos en el volante y tomo aire varias veces para no agobiarme.

Lo malo de odiar la oscuridad y conducir es que cuando conduces no puedes imaginar libremente sin arriesgarte a tener un accidente. Por eso ir tan pendiente de la carretera sin luz me tensa mucho. Llegamos al internado y dejo el coche. Despierto a mis compañeras, pero ni puñetero caso. Las dejo en el coche y le digo al que registra los vehículos que entran y salen que hemos vuelto. Le entrego las llaves y me marcho tras informarle de que mis acompañantes no quieren salir.

Voy a salir del garaje cuando el rugido de un coche caro llama mi atención. Giro la cabeza en esa dirección y veo un cochazo negro que rezuma lujo por los cuatro costados. Dentro está Dorian, que resalta rodeado de tanta oscuridad por su pelo rubio. Junto a él va Idelia, que baja la mano por su pecho. La mirada de Dorian y la mía se encuentran un segundo antes de que rompa el contacto visual y me marcho a mi cuarto a guardar mi ropa nueva a buen recaudo.

Mis compañeras llegan entre risas bien entrada la noche. A ver cómo se toman que nos vuelvan a sacar de la cama. Esta noche tocan carreras de sacos y me siento un poco traidora por no haberlas avisado.

Tengo que recordar que mi misión no es hacer amigos. Pero que ellas hayan cuidado de mí tras lo de la ducha hace que me sienta peor. Tal vez no debería estrechar lazos con ellas. Sin duda lo haría todo más fácil.

Capítulo 14

DORIAN

Carreras de sacos mugrientos. Qué patético y aburrido. Siempre lo mismo. No quieren cambiar. Porque esto les funciona. Miro cómo preparan los sacos y los llenan de barro y mierda de los establos. Estoy apoyado en el sauce llorón, como siempre. Paso de implicarme. Idelia no anda lejos. Fuimos a la ciudad a por algo de ropa que quería porque, sobre todo, tras lo de Abbi en la piscina, quiere seguir siendo la más guapa de este lugar. Es una celosa de cuidado y me recuerda un poco a Afrodita; ella también sería muy capaz de separar al sol y la luna solo por joder. La llevé para que luego me dejara en paz. No tengo ganas de volver a acostarme con ella. Me aburre el sexo, con ella y sin ella, y ahora que lo he admitido me siento mejor. Y cada vez más es como si todo lo vivido hasta ahora solo hubiera sido con el deseo de encontrar algo, tal vez felicidad, tal vez olvidar.

Lo raro es que cuando pienso en meterme en un coño prieto y mojado me excito, hasta que llega el momento y no siento nada salvo el deseo de que pase el subidón y marcharme. Entonces es cuando mi traicionera mente me recuerda el cuerpo sexi y mojado de Abbi y noto cómo los pantalones me aprietan y más si recuerdo cómo sus pezones se endurecieron hasta doler bajo mi mirada... Para, eso no va a pasar. Esa becada es peligrosa.

Espero que traigan a los becados del primer curso y a Abbi. Los veo aparecer, la gran mayoría con malas caras. Todos menos Abbi, que se toma esto como una fiesta, o eso quiere aparentar. Nuestras miradas se cruzan y siento opresión en el pecho. No me gustó que me viera mientras Idelia me metía mano. Aunque le aparté la mano pronto, no me gustó que presenciara ese momento. Algo que normalmente me importa una mierda; he tenido sexo delante de más gente de la que recuerdo en este lugar.

Aparta la mirada y se centra en los sacos. Mete los pies descalzos en uno de ellos y ni se inmuta. Parece imperturbable, como si esto no fuera con ella. Toma aire y agarra el saco con fuerza mientras les dicen que los primeros en cruzar la meta no tendrán que beberse lo que han preparado. Lleva el suficiente alcohol para despertar a un muerto. Por eso estoy lejos. Odio ese olor. Me trae amargos recuerdos.

Veo cómo empieza la carrera y los tíos más fuertes van contra las mujeres. Derriban a varias y les pasan por encima, y luego los malos somos nosotros. Abbi los esquiva y se va hasta una zona con pendiente, que parece que la derribará, pero no es así. Tiene mucho equilibrio. La recuerdo en la azotea andando por la barandilla como si nada. Sigue corriendo con el saco cogido hasta que uno de baloncesto muy alto la sujeta por detrás y la tira aposta, haciendo juego sucio. Abbi cae contra el suelo y se da con una piedra.

La veo quieta, inmóvil. Nadie se da cuenta. Maldigo y voy hasta allí al tiempo que Abbi se levanta y se toca la frente. Tiene un feo corte sobre la ceja. Por un momento, al verse la sangre, parece muy vulnerable y una parte de mí quiere abrazarla y protegerla, ¿de dónde mierda ha salido eso? Alza la cabeza y me ve. Su mirada cambia y quiere aparentar que no le importa. Se levanta con la cabeza alta y pasa por mi lado.

—Sígueme —le digo cuando está cerca y el resto de las personas están centradas en la meta.

—No, he perdido y tengo que beberme esa mierda.

Anda, pero se marea. Tiro de su codo y esta vez no protesta cuando nos metemos entre los árboles. La llevo hasta una cabaña que antiguamente usaban los cazadores y ahora es un refugio para las fiestas de mi familia cuando están aquí. Solo yo tengo la llave y uso este lugar para escapar del internado.

Entramos en la cabaña y le digo que se siente en el sillón. Tiene la piel pálida y me preocupa que el golpe sea grave. No porque me importe, sino porque no quiero esa mancha en mi expediente. Hago las novatadas, pero no soy un cabrón sin corazón y muchas veces he tratado de frenarlas si se pasan o me he preocupado por alguien si no está bien. Bueno, a mi modo. No sé ser dulce, pero no me gusta que esto se vaya de madre. Una cosa es hacer una novatada y otra llevarla a un nivel cruel. Pero el resto no lo ve así, por eso muchas veces ni aparezco, porque no sé cómo lidiar con su crueldad.

Salgo del cuarto de aseo con todo lo necesario para curarla y le limpio la herida con cuidado.

—Se te da bien curar.

—De pequeño ayudaba al veterinario de mi casa con los animales... —Me molesta haberle confesado eso—. Nada importante.

—No, sí lo es, ahora soy un caballo, por suerte son mis animales favoritos.

—¿Sabes montar?

—No, pero me gustaría, a veces imagino que monto.

Centra sus ojos marrones en mí y me recuerdan a una taza de chocolate caliente. Son muy cálidos. Y tienen pequeñas motas de más a menos marrones. Pero mi mente calenturienta no la ha imaginado montando caballos precisamente. Enfadado, me centro en el corte. No es profundo. E intento no acariciar su piel, aunque me veo tentado a ello.

—¿Te desmayaste?

—No, pero me quedé aturdida y con miedo de lo que podría pasarme. —Aparta la mirada como si se avergonzara de sentir esa debilidad—. ¿Me has traído aquí para ahora burlarte de mí o algo? Somos enemigos. Vas contra mí.

Voy a decir que no, pero la puerta se abre y aparecen mis «queridos» amigos.

—Y aquí está la última, como ya sabíamos. —Abbi me mira con una triste sonrisa—. Gracias por vigilar que no esté muerta. —Idelia le tiende una botella para que beba—. No te creas importante, Dorian tiene la manía de vigilar que no nos pasemos con los novatos. —La miro frío—. Tú no eres más importante que nadie, querida.

—¿La has traído aquí para que podamos follar todos con ella? —Edey es un cabrón. Se acerca a Abbi, pero esta lo coge de los huevos y se los estruja con fuerza.

—Antes me meto a monja que dejar que un cerdo como tú me toque. —Vale, sabe defenderse solita.

Idelia se ríe y le acerca de nuevo la bebida. Abbi la coge y se la bebe de un trago casi sin pensar. Luego eructa de forma poco femenina y no sé quién la mira más sorprendido.

—Gracias, estaba delicioso.

Se marcha y veo cómo se tambalea. Iría tras ella para asegurarme de que llega bien. No lo hago porque eso no es propio de mí, que una cosa es controlar y otra llegar tan lejos, y porque haría que el resto se preguntaran qué mierda hago.

—¿Por qué la has traído aquí? —Idelia se sienta donde antes estaba Abbi.

—Para follársela —apunta Hermes—. Está claro. Menudo culo tiene la becada, debe dar mucho gusto entrar entre sus nalgas. Yo, si quieres compartir, me apunto, ya lo dije.

—No, si tonto no eres —dice Edey sentándose repantingado en un sofá—. Estaba medio atontada por el golpe y la traes aquí para desplegar tus encantos y poder meterte entre su buen par de tetas. Eso es más propio de mí que de ti, pero me encanta que la gente caiga.

No digo nada. Les hago creer que todo es cierto. Da igual lo que piensen. Cuanto más crean que me conocen, más me dejarán en paz.

Se quedan para beber algo y me marcho a mi cuarto. Les dejo que hagan lo que les dé la gana; seguramente acabarán follando entre ellos. Antes de dormirme pienso en si Abbi estará bien. Que se muera no me es tan indiferente como me gustaría. Lo que me faltaba, que una becada me importe lo suficiente para joderme la vida.

Capítulo 15

ABBI

Me di una ducha y me puse ropa cómoda, pero no he dormido en toda la noche por el colocón y por el golpe. Me daba miedo dormirme y que me pasara algo. Saber que Dorian me llevó allí solo para hacerme más daño con sus amigos me dolió. Contaba con todo en este juego menos sentirme atraída por uno de los cuatro. Ojalá todo esto pase pronto.

Estoy en la biblioteca tratando de leer y he ordenado algunos libros de los carros para estar distraída. También me he reído y bailado. Y luego, con el bajón, he llorado como una tonta. Ahora tengo sueño, pero estoy viva y cansada.

—Hola. —Alzo la cabeza y veo a un joven un poco mayor que yo mirarme con un café en la mano—. ¿Has sido tú la que ha ordenado los libros?

—Sí y lo siento, me di un golpe en la cabeza y no podía dormirme. —Me mira preocupado.

Es muy guapo, moreno, de ojos verdes. Se acerca a

mí y me mira el golpe. Me ha bajado la hemorragia y estoy horrible.

—¿Por las carreras de sacos?

—Sí, un capullo me tiró desde detrás... y caí sobre una piedra o algo así, la verdad es que no me acuerdo.

—Vaya. —Me tiende su café—. Soy Marvin, becado de tercero.

—Abbi, y también soy becada. Aunque este es mi primer año, iré a tercero.

—La chica superdotada nieta del gran Hadrian el mago. —Sonríe con cariño al pensar en mi abuelo—. Lo vi en escena, es increíble.

—Lo es, sí. Ya veo que soy famosa por aquí, y no solo por lo de la piscina. —Él se sonroja, lo que quiere decir que, o estaba ahí, o vio los vídeos.

—Tu abuelo es famoso y antes del vídeo de la piscina y el de la ducha fría... ya corrió la noticia de que vendrías y que eras superdotada. Algo que no gustará por aquí. Odian que un becado sea más listo que ellos, o más atractivo. —Intenta no mirarme las tetas y casi lo consigue.

—Pues vaya. —Me hago la tonta como si no lo supiera.

—Pero si pasas el curso y tus notas no son mejores que las de ellos te dejan en paz porque ya no eres una amenaza.

—Qué bien, mi libertad depende de hacerme la tonta —digo, y se ríe. Doy un trago al café y se pone a recoger libros—. ¿Trabajas aquí?

—Sí, la biblioteca la suelen cuidar estudiantes. No muchos trabajadores quieren estar tan lejos de la ciudad. —Es un poco exagerado porque como mucho tardas veinte minutos en llegar a la ciudad, pero lo dejo pasar—. Por eso hay trabajo en la universidad si te quieres sacar un dinero extra.

Yo creo que no hay más gente de la ciudad porque no quieren testigos de las putadas a los becados.

—Pues me encantaría trabajar aquí, es un sitio precioso. La parte central se parece a la casa de *La bella y la bestia*.

—Eso pensé yo.

Lo ayudo a colocar un poco porque estoy agotada. Al final relleno un formulario para trabajar en este lugar y me marcho a dormir. No me despierto en más de día y medio. Y a nadie parece importarle. O eso creo hasta que, al despertarme, veo un libro sobre mi mesita con una nota:

> Lo que pasa cuando se juega a ser dios... Acabas destruido. Léelo, te gustará.

Pienso que es de Dorian, pero no: la firma Marvin. Lo ha debido de mandar y lo han dejado en mi mesita. Me siento tonta por mi primer deseo de que fuera cosa de Dorian; él solo jugó conmigo. Lo peor fue que cuando me llevó a la cabaña y me curó me pareció ver algo bueno bajo todas sus capas de indiferencia. Algo que no concuerda con la imagen fría y despreocupada que quiere dar, y luego está el latido de mi cuerpo. Ese temblor por tenerlo cerca. Vibro a su lado como una hoja ante el suave viento. Y no me gusta. Por eso me siento tonta al haber deseado su preocupación.

Bueno, al parecer sí se han preocupado de si estaba viva. Algo raro. Pero, cuando salgo del cuarto, Dafna y Mina muestran alivio.

—Así que tienes un nuevo amigo muy sexi —me dice Dafna.

—Tal vez.

Ambas se ríen y proponen ver *Friends* juntas en plan maratón. Me dejo llevar y no se está tan mal aquí, lo que me da miedo. Es más fácil sobrevivir en un entorno hostil si no te importa nadie. Si ellas me importan, no podré mirar a otro lado en los juegos.

El problema es que tras un episodio ponen otro y no me muevo. Me quedo con ellas, como he hecho ya más de una vez desde que llegué. Si mi abuelo paterno me viera se enfadaría, pensaría que esto me está debilitando. Y seguramente prepararte para algo no es lo mismo que vivirlo.

Queda poco para empezar las clases y por eso cada vez hay más gente. Algunos becados esperan casi al último día para evitar ciertas novatadas. Es comprensible. El líquido que me hicieron tomar era una bomba. Y, aunque mi abuelo Uriel me obligaba a beber para tolerar el alcohol, eso fue demasiado, sumado al golpe en la cabeza.

Voy hasta la biblioteca y devuelvo el libro a Marvin. Lo veo al fondo, ordenando libros.

—Buenos días —lo saludo. Se gira y sonríe hasta que ve mi cara horrible por la hemorragia. Me han examinado en la enfermería del centro y no tengo nada de gravedad. O eso dicen ellos.

—Buenas, qué cara.

—En realidad soy más fea. —Eso lo hace reír. Luego le doy el libro—. Gracias.

—¿Ya lo has leído?

—Sí.

—¿Te ha gustado?

—Está muy bien y el hombre nunca dejará de jugar a ser dios.

—Cierto, pero a algunos se les sube más a la cabeza que a otros.

—Eso sin duda.

Lo ayudo un poco a recoger y me dice que pronto sabremos si me contratan o no. Nos damos el número de móvil y antes de ir a mi cuarto subo a la azotea. Pienso que es por contemplar el atardecer, pero cuando veo a Dorian apoyado en la barandilla dejando que el cigarrillo se consuma sé que mentía.

Era por él y eso me aterra más que cada una de las pruebas.

Capítulo 16

ABBI

En verdad lo odio por lo del otro día, pero un lazo inexplicable me trae hasta este lugar sabiendo que me lo puedo encontrar. Como si no pudiera escapar de esta atracción sin sentido que siento a su lado. O cuando me clava sus ojos. Como ahora.

Sus ojos aguamarina se posan en mí. Me parece advertir en ellos algo más oscuro cuando ve mi lado de la cara morado. Tensa los músculos y tira el cigarrillo.

—Vaya pintas. Estás más fea que de costumbre, becada. —Su forma de llamarme becada no es despectiva. Es como si fuera un mote cariñoso o un recordatorio de que los de su clase no se mezclan con novatos.

—Para desgracia de los tuyos sigo viva.

—Eso veo.

—Siento que te saliera mal tu plan de matarme o de que tus amigos me destrozaran más. —Aguanto su mirada y abre la boca para decir algo, pero se queda callado.

—Deberías irte, seguro que te admiten en otra universidad en la que no tendrías que lidiar con todo esto.

—No pienso irme solo por unas novatadas de mierda.

—¿Novatadas de mierda? Casi te matan esas novatadas.

—Y es culpa vuestra.

—No, es culpa de la gente como tú, que por un trabajo de mierda son capaces de todo. Sorpresa, el dinero no da la puta felicidad. Y no merece tu vida.

—¡Sorpresa! Lo dice el que conduce un coche que vale millones. No me vengas con lecciones moralistas, Dorian, cada uno tiene sus motivos para estar en este lugar.

—¿Y cuáles son los tuyos? —Su mirada se agudiza como si ansiara y deseara leerme la mente.

—Ayudar a mi familia. —No miento, por eso ve la verdad en mis ojos—. Por mi abuelo Hadrian, mi madre, mi padrastro y mi hermano pequeño haría lo que fuera. Y si me tengo que dejar la piel en este lugar para poder cumplir mis objetivos, lo haré.

Todo lo que le he dicho es verdad y lo nota. Mi abuelo Hadrian me dijo un día que a veces, para que la gente nos deje en paz, debemos usar la verdad en nuestro beneficio. Cuando hablamos con la verdad, las emociones son más fuertes y eso siempre se puede usar para tu provecho.

—No merece la pena, Abbi. —Aparta la mirada al usar mi nombre y es raro escucharlo en sus labios, pero me gusta cómo lo dice—. Este lugar está podrido.

Que diga eso me pilla por sorpresa porque no esperaba que él quisiera salvarme o alejarme de este lugar. Es como si todo lo que sé de él no importara. Como si solo se hubiera filtrado una pequeña parte de quién es Dorian. Me siento intrigada por todo lo que no sé y es algo peligroso, sabiendo quién es él y quién soy yo.

—Tú eres uno de los que organizan todo esto. Si no te gusta, deberías dejarlo. O no ser tan cabrón.

—No tengo elección —su mirada se hace más oscura—, no todos nacemos libres como vosotros. Tenéis un mundo a vuestros pies y acabáis aquí... En verdad os odio por no valorar la libertad tanto como lo haría un preso.

—Fenrir. —Alza su ceja rubia sin entender. Me pone nerviosa, pero sigo como si nada explicando una leyenda que me contaba mi abuelo Hadrian—. Era el hijo de Loki y Angerboda. Como de él solo se esperaba que fuera malo y tenía una gran fuerza, crearon una cadena indestructible para tenerlo sujeto. Pero mientras se la ponían mordió al dios y este lo encadenó para siempre. Y ahí yace, esperando ser liberado para vengarse de los dioses.

—¿Por qué me cuentas esa historia? —Lo entiendo, decirle lo que se me pasa por la cabeza es algo que suelo hacer. Y más a su lado, que siento que puedo dejar de fingir que sé más del mundo de lo que aparento. Y que nací con una mente curiosa.

—Me la contaba mi abuelo Hadrian de pequeña. Le encanta la mitología de todo el mundo. Y su espectáculo va de eso. Según la ciudad o el país en que esté cambia los espectáculos para hacerlos más atractivos para el público. Si tú estás aquí y te sientes preso, tal vez seas como ese lobo. Que tiene algo muy fuerte en su interior, pero está encadenado por deseo de sus padres...

—No tengo padre, murió y no, no soy como ese lobo. Yo puedo irme cuando quiera.

Aparta la mirada como si no dijera la verdad.

—Entonces hazlo tú, largarte. Si dices que puedes y no lo haces, no me juzgues a mí por querer quedarme. Al menos yo sé cuál es mi meta final.

Nos miramos desafiantes a los ojos.

—Eres insoportable, becada. —Se marcha y siento que he tocado algún tema peliagudo para él.

No debería importarme, pero conocer los secretos de Dorian me parece altamente atractivo.

Estoy jugando con fuego.

DORIAN

Por culpa de Abbi me veo mirando en mi móvil cosas de ese lobo. En la cultura nórdica, el lobo simboliza traición. El lobo atado se suelta y mata a varios hasta su muerte. Qué bien, está loca.

Solo a ella se le ocurre contarme esta historia. Aunque, en realidad, me encanta cómo piensa y dijo la verdad, está aquí por su familia. Vi la fuerza brillando en sus ojos.

Somos como la noche y el día. Ella haría lo que fuera por su familia y yo odio a la mía con todo mi ser. Tal vez no tenga cadenas visibles, pero siempre han estado ahí y cada vez me asfixian más. Podría huir de todo..., pero mi abuelo siempre me encontraría. Ya ha pasado otras veces. Hasta que mató mi deseo de escapar... e hizo de mí este ser sin emociones tras lo que pasó y que no recuerdo bien...

Ahora soy... alguien a quien odio.

Voy a guardar el móvil, pero me meto en el perfil del gran Hadrian, el mago. El abuelo de Abbi tiene varias fotos con su nieta. Ella lo ayuda en algunos números y se nota el amor en los ojos de Abbi al mirarlo.

Tiene un motivo fuerte para estar aquí. Pero este lugar acabará con ella. Al final, la gente que queda solo son personas temerosas que agachan la cabeza ante los de arriba y aceptan cualquier trabajo con tal de creer que un día podrán ser como ellos. Y muchos lo consiguen y son aún más odiosos. Muchas de las pruebas que organizamos son con hijos de becados que nos dan ideas para putear a los nuevos, olvidando que un día ellos lloraron estando en su lugar. Van siempre ocultos con máscaras y luego se mueven entre ellos como si fueran sus amigos, cuando en verdad solo están deseando hacerles lo mismo que ellos pasaron. Al menos yo no me oculto, soy como soy y lo ven.

La gente pronto olvida que un día fueron ellos los que suplicaban piedad a los de arriba.

Capítulo 17

ABBI

—Vaya cara —dice Idelia cuando me la cruzo por el pasillo de camino al comedor—. Así estás más guapa. No se te ve tanto la cara de pobretona que tienes.

—Lo que te gusta de mi cara es que te crees que así puedes ser mejor que yo.

—Soy mejor que tú, no lo olvides. —Se me acerca con la clara intención de intimidarme.

Lleva tacones y es mucho más alta que yo. Un día leí algo que es cierto: a veces despiertas los demonios de la gente sin hacer nada para ello.

—No pienso lo mismo —digo, y ella levanta el pie y me clava el tacón a mala leche.

—Ups, lo siento, no vi tu horrible pie debajo mientras trataba de aplastar una molesta cucaracha. —Sonríe maliciosamente—. No te conviene cruzarte en mi camino. —Le sostengo la mirada—. Un día agacharás la cabeza ante mí.

—Antes me saco los ojos.

No dice nada más y se marcha. No la soporto. Estoy temblando y no sé bien por qué. No le tengo miedo, pero su forma de mirarme y de tratarme despierta algo angustioso en mí. Algo que me recuerda mis momentos de debilidad cuando era más joven. Odio que siempre existan personas que se creen con el derecho de hacer daño a los demás solo por diversión.

Tomo aire y entro a la cafetería. Dafna mueve la mano para que la vea y voy hacia ellas olvidando mi comida.

—¿No tienes hambre? —pregunta Mina.

—Eh..., sí, ahora vengo.

¡Joder! Yo soy más fuerte que todo esto. Cojo la comida enfadada y molesta por mi debilidad, y poco a poco recupero el control de mi cuerpo y mantengo mis recuerdos a raya. Cuando voy a la mesa, sonrío y hago creer a todos que estoy bien. Que todo me importa una mierda. Ojalá fuera cierto. Como no tenga cuidado, este lugar puede acabar rompiéndome. Y con esto no contaba. No contaba con ser el blanco de las novatadas, esperaba ser una más.

Salgo a correr cuando aún no ha salido el sol. Todos duermen y por eso me gusta este momento. He dormido mal. Porque se supone que esta noche nos hacían una novatada, pero no han pasado a por nosotros.

Las clases van a empezar ya y entonces las novatadas irán a más. Para que nuestro ritmo académico empeore. No me separo de la casa porque paso de adentrarme en la oscuridad del bosque. Aun así, lo miro de reojo y me inquieto por cada ruido que escucho. Es lo malo de tener tanta imaginación, que en mi mente hay cientos de monstruos mirándome escondidos tras los árboles. Y no monstruos como los que imaginaba desde niña. Esos ya no me dan miedo. Ahora son personas que me han jodido la vida. Recuerdos horribles que cuando estoy a oscuras acuden a mi mente para crearme más ansiedad y dolor.

Miro agitada hacia el bosque oscuro y por eso no veo lo que tengo delante y me acabo por chocar con un duro torso. No me caigo al suelo porque mi obstáculo me sujeta por los brazos.

Antes de alzar la mirada, mi cuerpo ya está temblando por la cercanía de Dorian. Como si lo reconociera a pesar de la penumbra.

—¿Qué hay en el bosque que te aterra tanto? Tenías una cara de puro pánico mientras lo mirabas.

—Recuerdos.

—Joder, eso sí asusta.

Me acaricia los brazos y noto cómo mi cuerpo tiembla por ese contacto que no debería estar ahí. No me aparto, no puedo. Me tiene atrapada lo que siento ante sus caricias.

—No deberías contarme tus miedos, becada.

—Ya. —Me observa la frente y alza la mano para acariciar la herida y luego la hemorragia.

Su caricia es tierna, como un aleteo. No deberían gustarme tanto sus dedos sobre mi piel. Ni tampoco cuando me pasa el pelo tras la oreja. Algo que a él también parece sorprenderle.

—Aunque no te lo creas..., yo no quería que esto pasara.

—Tienes razón, no te creo —digo, y él sonríe de medio lado hasta que oímos unas risas y tira de mí hasta un hueco de la casa donde no llegan las luces y la oscuridad nos cubre.

Tiemblo por su cercanía, su cuerpo me cubre por completo. Todo se torna oscuro a mi alrededor hasta que me acostumbro a la poca luz y puedo verlo. Sus manos están a mi espalda. Las mías, posadas en su torso duro y sudado. Mi mente traicionera nos imagina así de sudados, pero haciendo cosas más cochinas. Noto cómo mi sexo tiembla de puro y denso deseo. Algo que no debería estar ahí.

Su aliento me acaricia cuando se acerca más al escuchar las risas muy cerca de nosotros. Alzo un poco la cabeza, lo justo para que nuestras mejillas se toquen.

—Me pareció ver a Abbi corriendo —dice una mujer.

—Sí, debe de estar por el bosque —añade otra—. ¿La esperamos en la puerta de su cuarto?

—Vale.

Noto pesar en el pecho. Voy a decir algo, pero Dorian me pone su dedo en los labios como si lo adivinara y los silencia. Las dos idiotas se ríen y se marchan agitando lo que parece un bote de nata o algo similar para echarme por encima.

Todo se queda en silencio, pero no puedo moverme mientras Dorian me acaricia el labio y tira del inferior con sus dedos. Quiero que me bese, joder, necesito que me bese. Sentir su lengua devorar mi boca y sus dientes morderme.

Se pega más a mí y siento su duro cuerpo. Me encanta cómo huele: a bosque, a él, a libertad.

Mi respiración se agita mientras me derrito entre sus brazos hasta que recuerdo que me espera una putada en la puerta de mi cuarto.

—¿Por qué a mí me hacen putadas por separado?

—Tú lo has dicho: son putadas contra ti que nada tienen que ver con las novatadas.

—¿Por qué?

—Idelia. —Dorian se separa de mí—. Ya te lo dije, vete.

—Ya te respondí que no pienso hacerlo.

—Entonces no te quejes porque todo irá a peor cuando empiecen las clases.

Se marcha enfadado, molesto. Como si le fastidiara que me quede. El frío del amanecer se posa en mí mientras cojo fuerzas para ir a mi cuarto. Una cosa es una putada en grupo, pero para estas no estaba preparada. Mi abuelo no contó con eso, porque siempre han sido hombres los que han venido aquí y no entienden cómo muchas mujeres joden a otras solo por existir. Solo por destacar más que otras.

Porque la sombra que proyecta la envidia es más grande que la de cualquier estrella.

Capítulo 18

ABBI

Empiezan las clases y sí, cuando llegué de correr me esperaban con espuma de afeitar, que me echaron por encima y me cayó dentro de los ojos. Acabé con la herida infectada y los ojos rojos. Todo lo grabaron, así que no tuve que explicar a mis compañeras por qué me lloraban tanto los ojos al día siguiente.

He tomado notas de todo, pero me ha dado lástima que, si esto sigue y alguno de mis tíos o mi padre tiene una hermana o una prima, pase por esto. Una cosa es algo contra todos. Otra es contra ti. Pero esto solo me hará más fuerte, lo sé. No pienso dejar que me hundan.

Por suerte mi abuelo no vivirá cien años, o sí, quién sabe, por eso puse esas notas.

No he visto a Dorian desde el amanecer en que nos encontramos por casualidad y casi ardí entre sus brazos, algo que odio admitir, por cierto. Pero seguramente lo veré en clase. En esta universidad, o estudias Empresariales o Administración de Empresas. Además, hay clases de mates y lengua. Y varias especialidades por si quieres ampliar conocimientos. Pero no hay mucho donde elegir. Yo estudio Empresariales y, por lo que sé, Dorian ya acabó la carrera de Administración de Empresas con la mejor nota y esta es su segunda carrera; va a ser duro de batir.

Pero yo no estoy aquí para estudiar lo que quiera, sino lo que esperan de mí. Para mí es altamente aburrida y no me desafía. Sacar buena nota en los otros cursos fue pan comido. Tener que ajustar mis conocimientos para no destacar, horrible, pero mi abuelo quería que no llamara mucho la atención. Me tuve que conformar con un notable cuando sabía que podía sacar matrículas. Pero aquí puedo destacar y cuando acabe con mi cometido de sacar la mejor nota de mi clase al acabar el curso todo habrá acabado.

Entro a la primera clase agotada. No estoy durmiendo bien por las pruebas; a primera hora de la mañana nos sacaron de la cama para hacer sentadillas. Lo hacen aposta para que no nos quede tiempo de estudio. Por suerte, esta vez yo era una más.

No estaba ni uno solo de los hijos de los creadores. Pero sí todos los que se mueren por una atención de estos y que van con las caras tapadas para que no sepamos quiénes son, cobardes de mierda. Todos menos los nietos de los creadores y sus amigos.

Aunque no siempre es oro todo lo que reluce y yo lo sé muy bien.

Ando hasta la primera fila con el chándal puesto. Es horrible, pero es ancho y me siento más cómoda con él. El resto van con faldas o pantalones. Ellas casi todas con faldas y las camisas bastante ajustadas. Muchas han personalizado con broches el uniforme para darle un toque propio. Yo paso de hacer nada de eso. Chándal gris horrible y punto. Hace juego con el morado de mis ojos, que cada vez está mejor, por suerte.

Saco mis cosas, lista para empezar a desplegar mi encanto académico. Aunque tal vez eso haga que pronto descubran mis armas. Mi abuelo Uriel no tenía claro si era mejor pasar el curso anterior desapercibida y ahora sacar toda la artillería, por eso quería que hiciera dos cursos fuera del internado, para que no me tuvieran tan en cuenta, y luego solicitar la beca para acabar aquí los años que me quedasen. Solo tengo que sacar la mejor nota una vez al final de un curso y eso hará que Uriel lo recupere todo y salga de entre los muertos para reclamar su herencia a sus cuatro amigos. Si mi abuelo se muere antes, la herencia se pierde.

Si fallo este curso, me quedará el otro, pero si fallo el otro..., mi abuelo Hadrian podría ir a la cárcel, o no, pero su espectáculo se verá afectado.

Sé que cuando destaque irán a por mí, pero he sido entrenada para esto.

Toca ir a por todas.

DORIAN

Entro a clase casi de los últimos y solo hay sitio delante. Cómo no, todos odian estar cerca del profesor. A mí me da igual. Ando hasta la primera fila y veo a Abbi sacando sus libretas y colocando los bolígrafos por colores. Idelia la mira y se ríe de ella porque ha elegido el chándal horrible de los becados para venir a clase y la ve como una pardilla. Pronto ha olvidado todo lo que oculta debajo; tal vez ella sí, pero yo no. A veces, cuando duermo, la imagino sobre mí, desnuda, y despierto agitado y excitado como nunca, pero no he cedido a hacerme una paja porque sé que pensaría en ella para correrme y no quiero hacerlo. No quiero creer que me importa más que otros becados. Solo es una más. Una que me atormenta cuando no puedo evitar pensar en ella. Sobre todo, tras ese amanecer en que su cuerpo se pegó al mío y me sentí... bien, joder, muy bien, quería tocar sus curvas. Pegarla más a mí. Acariciarle el labio fue un error: era suave y firme. Lo quería en mi boca. Entre mis dientes... Ella me hace sentir cosas que nunca han estado en mí y no me gusta, por eso paso por su mesa y se lo tiro todo.

—¡¿Se puede saber qué haces?! —Al ver que soy yo su mirada se oscurece más—. No podía ser otro.

—Lo siento, becada, no podía pasar. —Me dejo caer a su lado y, como ya suponía, recoge todo con prisas y se olvida de organizarlo—. A ver qué tan lista eres. Tu media es de notable. Aunque se dice que eres superdotada.

—Me costó adaptarme, demasiadas fiestas y sexo descontrolado. —No me sostiene la mirada. Por eso sé que miente. Cuando dice algo real sus ojos se llenan de brillo. Curioso. Abbi pone pasión en lo que hace con el alma. Y ahora miente. No pienso olvidar este dato.

Me mira de reojo observando mi uniforme, que odio, por cierto. Llevo un pantalón negro y una camisa blanca algo abierta. No llevo la chaqueta ni nada más porque no hace frío para ir con ella. Si no le gusta al rector de la universidad, que se joda. No pienso asarme de calor solo porque un día se le ocurrió a mi abuelo que lo mejor para que se notara que era un lugar de categoría era lucir uniformes y que se separaran bien las clases. Para que no se mezclen, claro.

—¿Mucho sexo? —Me mira de reojo y se sonroja.

—A todas horas y en todas las posturas. —Su mirada es esquiva—. Me encanta el sexo. —Ahora no y la miro sorprendido. Así que miente en lo del sexo sin parar, pero no en que le gusta follar. Vale.

—Qué bien, pues si alguna vez quieres hacer algo con todo lo aprendido, puedo ayudarte a descubrir alguna postura nueva —se sonroja—, pero por escrito. No te vayas a creer que es una propuesta. Para que puedas sacar el mayor partido en la cama.

—Por lo que dicen, tienes mucha experiencia. Tal vez te pida consejo.

Su sonrojo va en aumento. Se muerde el labio con sus blancos y rectos dientes; ahora soy yo el que tiene un problema. Imaginarla sobre mí no es tan horrible como podría creer. Por un segundo fantaseo con ella arrodillada a mis pies tirando de mis vaqueros.

Me remuevo inquieto.

—Pero, recuerda, no es porque te desee a ti.

—Antes me hago el harakiri que liarme contigo. ¿Sabes lo que es?

—Sí, yo mismo puedo comprarte el *tantō*. Porque los dos sabemos —me acerco a su oído— que si desplegara mis encantos caerías a mis pies. —Tomo aire y cometo un error; huele a vainilla, un perfume sutil pero fresco a la vez. No recargado y muy placentero.

Dan ganas de lamerla entera..., aunque a mí no, por supuesto.

Se gira y quedamos muy cerca. Su boca está a centímetros de la mía. Y puedo ver la forma de corazón que tiene. Es jodidamente preciosa sin hacer nada. Solo eso explica por qué me veo atrapado por ella. Solo siento atracción por una chica guapa, solo eso.

Aparta la mirada, pero antes he podido contar las catorce manchitas que tiene en sus ojos, que van de más claro a más oscuro... Parpadeo agitado recordando las normas. Las que dejan claro que las líneas entre los becados y nosotros no se cruzan.

—En tus sueños. Y no necesito ese pequeño cuchillo para quitarme la vida. Yo optaría por la katana. Por marcar la diferencia. —Cómo no, es como si le gustara ir contra el mundo. Tiene un punto rebelde que la va a meter en problemas.

Sobre todo, con Idelia. Que cuando ve a alguien que destaca más que ella hace lo imposible por joderle la vida. No le gusta que nadie sea más guapa o más feliz que ella.

Sonríe y me gusta hablar con ella de todo. Si le digo a Idelia algo de esto no lo entendería, no sabría que un *tantō* es un arma corta, a veces de doble filo, con la que los samuráis se quitaban la vida para morir sin perder su honor. Pero Abbi sí lo sabe. Y es agradable hablar de algo más que de novatadas o de perseguir a todos los que llegan a este lugar.

La clase empieza y Abbi toma notas de todo a pesar de que el profesor va muy rápido. Yo no hago nada. Solo me quedo quieto memorizando cada cosa que dice. Algo maravilloso cuando tienes una vida feliz, una mierda cuando tienes un padre alcohólico que encuentra divertido amargarte la vida.

Yo estaba con él el día que murió. Y en ese momento... deseé que se muriera. Cuando ocurrió sentí que lo poco que me quedaba de humanidad se había ido porque, aunque yo no lo había matado, sí deseé ese final y sentí que lo sucedido era culpa mía por desearlo con tanta fuerza.

Aparto ese pensamiento de mi mente y mi mirada va a la perfecta letra de Abbi. Tiene mal varios datos y cojo el bolígrafo para corregirlos.

—¿Se puede saber qué haces?

—Este profesor es un poco idiota. Y dice cosas sin sentido, o sin datos reales. Si no me crees, mira el libro.

Cómo no, coge el libro y comprueba los datos, luego se siente perdida. Su mirada deja de tener ese brillo y cuando me mira parece agitada.

—¿Cómo lo sabías?

—¿No estabas al tanto? Soy superdotado como tú, y cuando me aburro leo todas las materias.

—Lo de que eres superdotado lo sabía... —Parece agitada—. Pero no esperaba que lo leyeras todo antes. Soy mejor que tú, por cierto, se acabó el chollo de ser el número uno.

—Eso ya lo veremos.

Abbi no dice nada, solo se gira a la clase y deja de tomar notas. Se ha dado cuenta del nivel que tiene el profesor y de que yo, sin hacer casi nada, sé más que él solo tras haberme leído el libro una vez por aburrimiento este verano, porque a mí sí me pasan las materias elegidas antes, a los becados, no. He replicado a los profesores en todo lo que hacían mal. Odiaban tenerme ahí, pero, claro, mi abuelo les pagaba por soportarme. Yo no tengo la culpa de ser más listo que ellos. Mi abuelo no me cambió de curso, porque era su mejor baza para destacar muy por encima de los demás estos cuatro años de carrera. Venir a clase para mí es un aburrimiento, pero aquí estoy y, como me aburro tanto, cojo la libreta que Abbi ha dejado de usar y le escribo una historia que leí hace años. Sobre Freya, la diosa del amor nórdica. Que transformó a un hombre en jabalí y se la ve muchas veces representada junto a él. Porque ella era la líder de las valquirias, las guerreras que elegían a los mejores guerreros muertos en batalla para llevarlos junto a Odín en el Valhalla.

Me arrepiento y la arrugo tras arrancarla. ¿Qué narices hago?

Salgo de clase y el profesor me llama. Ni puto caso le hago. En la siguiente hora me pongo lo más lejos posible de Abbi para evitar mirarla hoy y los días siguientes. Pero tengo que asistir a una de las novatadas que van a hacer esta noche y que mi abuelo me ha dicho que supervise.

Abbi me desconcierta como nadie. No le tengo miedo a ella, pero me aterra lo que deseo cuando la tengo cerca.

Capítulo 19

ABBI

Dos semanas de curso y sigo viva. Al final voy a tomarme esto con algo de humor porque si no acabaré trastornada. En estas semanas no nos han hecho nada. A mí, solo mirarme como si fuera una apestada. Porque, como Idelia me odia, el resto no tiene personalidad propia y hacen lo mismo. Algo que ya me ha pasado otras veces.

El golpe de la cabeza ya no se nota y los moretones tampoco. Al fin tengo una cara que reconozco.

Íbamos a ir a la ciudad Dafna, Mina y yo, de fiesta, pero está lloviendo y nadie tiene ganas de coger el coche con la que está cayendo por una carretera tan pequeña. Entramos a la sala común, donde hay billares y una zona para pillar bebidas, todas sin alcohol. Pero hemos visto a Marvin y nos ha dicho que aquí podemos pasarlo bien. Iba con un amigo suyo, Elias, que se nos ha presentado. Y los hemos seguido. Aunque yo tengo mis dudas de que en este lugar nos lo podamos pasar bien.

Hay muchos estudiantes porque, como llueve, casi

nadie se ha ido. Miro hacia las ventanas y dudo que nos dejen en paz esta noche. Pero Dafna y Mina están tranquilas, como si pudiéramos hacer una fiesta aquí sin ser carne de cañón.

Tomo aire y siento que alguien me mira. Giro la cabeza sabiendo con quién me encontraré: Dorian.

Está sentado en un sillón de madera que parece un trono bajo el escudo de su familia, que es el mismo que llevamos en los uniformes. A su lado hay otros tres más e Idelia está en el suyo haciendo un vídeo para sus redes sociales. Tal vez ella sí pueda mandar vídeos fuera; el resto, no podemos, pero ya no me extraña nada. Dorian clava sus ojos aguamarina en mí antes de apartar la mirada como si le aburriera mirarme.

No he estado cerca de Dorian desde la primera clase, cuando escribió con una letra masculina y preciosa la historia de Freya y las valquirias. Me la sabía, el mundo nórdico siempre me ha gustado. Pero arrugó las hojas y se las llevó. Y desde entonces me evita. Me habría gustado que compartiera conmigo esa historia. Como si entendiera que a mí me fascina todo lo que sabe. Dorian es muy listo. Muy muy listo. Ganarle va a ser complicado y más si no tengo tiempo para estudiar. No me mandaron las materias hasta que empezamos y cada año cambian los temas para que nadie pueda aprenderse todo antes de empezar el curso.

Está claro que me evita.

A pesar de eso, subo a la azotea y cada atardecer espero verlo. No debería, lo sé, estoy jugando con fuego con uno de los cuatro dioses que van a por mí. Pero soy incapaz de usar la cordura cuando se trata de él.

—Listo, ya las tengo. —Marvin abre su chaqueta y muestra una petaca.

Vamos a por bebida y le echamos un chorro de alcohol. Yo no bebo mucho porque he pillado a Idelia mirándome como si quisiera matarme con sus propias manos. Me pregunto si así se sintió Psique cerca de Afrodita cuando quería destruirla solo por puros celos.

Alguien se acerca a Idelia y ella asiente.

—Nos van a putear —digo, y el resto me miran.

—No creo —dice Mina y reparte cartas de un juego algo subido de tono que te pregunta cosas sexuales—. Que beba quien haya follado con más de dos a la vez.

Bebo, pero no por su pregunta, sino por la boca seca. El resto se ríen y creen que me lo he montado con más de dos. Y así siguen preguntando y contando cosas indecentes. Se lo están pasando bien y querría ser parte de ese juego despreocupado.

Dorian me mira de nuevo y luego se levanta, aburrido. Me he fijado en que, aunque siempre está rodeado de gente, no habla con nadie. Como si solo estuviera físicamente mientras en realidad su mente se hallase muy lejos de aquí. Sé lo que es eso y no debería comprender tan bien a alguien que he venido a ayudar a destruir. O a su familia. Porque sé que, cuando tenga su herencia, mi abuelo irá a por ellos.

O no, a saber.

De repente las luces se apagan y nos ponen unas capuchas. Cierro los ojos y me concentro en todo menos en la oscuridad. Como ya esperaba, por este día de lluvia, nos sacan fuera. Y el agua de la tormenta nos moja la ropa. Ya va haciendo frío y noto cómo esta me cala los huesos.

Para mí, estar bajo la lluvia no es nada nuevo. Mi abuelo Uriel me lo hace desde niña.

—Tengo frío, abuelo —le dije una vez llorando.

—Lo siento, esta es tu única meta en la vida.

Poco después me puse enferma y estuve en cama varios días, pero no dije nada a mi madre porque mi abuelo me amenazó con hacerle daño. Mi madre no sabe que mi abuelo me sacaba de los internados a golpe de talón para llevarme con él a pasar sus pruebas.

El agua me empapa y nos llevan a la zona embarrada de la montaña.

—Os toca coger piedras hasta que os digamos que paréis. —Quien nos lo dice lleva la cabeza tapada y no, ninguno de los cuatro está aquí.

Cogemos una piedra tras otra. Noto cómo la arena se me mete bajo los dedos y el frío me penetra hasta los huesos. Aparto piedras para Dafna y Mina. Se las dejo cerca para cuando regresan y llevo mi mente lejos. Estoy en el circo viendo a mi madre bailar con mi padrastro y a mi abuelo contando el mito de Eros y Psique.

Mi madre se mueve con la música.

—A veces el amor duele y nos pone a prueba —decía la voz de mi abuelo—, y si no, que se lo digan a Eros, que se enamoró de la mujer que debía destruir.

Cuando la gente baja a los infiernos, de golpe, ven que en sus manos tienen papeles rojos. Están tan metidos en el sufrimiento de Eros que no se dan cuenta de lo que pasa. Y tras el gran beso desaparecen y aparece mi abuelo:

—Un día uno de vosotros amará tanto que será capaz de bajar a los infiernos por esa persona.

La gente aplaude con fuerza y yo entre ellos. La imagen se disipa y sigo aquí. Rodeada de piedras y barro hasta que no puedo más. Por suerte nos dicen que regresemos dentro.

De vuelta nadie dice nada. Y miro a mis amigas sin saber por qué soportan todo esto. Eso me hace desconfiar de ellas. Y pensar en lo que me dijo Dorian de que la gente se rebaja solo por el placer de conseguir ser como ellos. ¿Merece la pena? No, no la merece.

Entro en la cama y no aguanto un solo segundo despierta.

Capítulo 20

DORIAN

Necesito un libro de la biblioteca, o más bien me he cansado de releer todos los que tengo en mi cuarto. No pienso admitir que vengo a buscar uno para ver si me cruzo con Abbi. Evitarla es una de las mejores decisiones que he tomado. Esa y dejar de acostarme con Idelia. Este año está más insoportable que nunca. Se le ha subido a la cabeza que la idolatren y cada vez tiene más gente a su alrededor dorándole la píldora. Se cree intocable. Que le hayan dado varios premios de belleza y la inviten a eventos para lucirse no mejora las cosas.

Se considera una puñetera diosa... Afrodita. Descarto ese pensamiento que me llevaría a recordar a cierta becada.

Entro en la biblioteca y me recibe la risa de Abbi. Pronto recuerda dónde está y se tapa la boca. Está colocando libros al lado de Marvin, que se la come con los ojos. Abbi va con una sudadera ancha, pero él la devora como si estuviera desnuda. No soporto a ese imbécil y nada tiene que ver que quiera meterse entre las piernas de la becada más insoportable de este lugar.

Voy hasta los libros que busco. Abbi no me ha visto. Y observo cómo trabaja ajena a mis miradas. Tiene ojeras y gesto cansado. Pero aquí sigue, y eso me da mucha rabia porque no entiendo por qué no se quiere lo suficiente para decir basta.

No merecen mi respeto si soportan tanta humillación y no dan un paso adelante exigiendo algo mejor.

Lo mismo es porque les pone esto. A saber. Busco varios libros y se me cae uno de arte. En la portada está la obra de Antonio Canova *Psique reanimada por el beso del amor*. Muestra el momento en que Eros bajó a los infiernos y la besó, incapaz de aceptar el destino de su amada.

Miro el libro y lo dejo ahí, asqueado con las puñeteras casualidades que me recuerdan a cierta becada de grandes ojos almendrados.

Despierto agitado. Tengo el móvil lleno de mensajes de Idelia de las novatadas de esta noche. Los han hecho correr hasta cansarlos. Hay vídeos de ellos riéndose cuando les ponían en el oído un sonido fuerte y se asustaban. Todos menos Abbi, que no se inmuta y sé que sorda no es.

Idelia la mira enfadada.

Dejo el móvil y me marcho a la ducha para quitarme el sudor por las pesadillas. He soñado con mi padre y luego con la nada. Y me pregunto si en esa nada está la única noche que he olvidado en mi vida y con la que mi abuelo me presiona.

El agua me cae por el cuerpo y me enjabono. Me llevo el jabón a la polla y me tienta hacerme una paja para relajarme. Empiezo a hacerla, pero de golpe en mi mente aparece Abbi arrodillada ante mí, lamiéndomela y mirándome con seguridad. Con la seguridad de alguien que, a pesar de estar de rodillas, sabe que tiene todo el control sobre la otra persona.

Aparto la mano y me ducho con agua fría. No quiero ceder. Ella no es especial. Solo es una becada más que se ha colado bajo mi piel. Solo eso.

Mi pregunta es cuánto tiempo seguiré evitándola y mirándola cuando nadie me ve.

Capítulo 21

ABBI

Nos sacan del cuarto a medianoche. Estoy agotada. Entre estudiar, las clases, el trabajo en la biblioteca y las putadas casi no tengo tiempo para nada. Porque esto no son novatadas: son putadas a lo grande.

Ahora mismo bajamos las escaleras y nos llevan a una sala oscura, lo cual me aterra, pero me pongo a pensar en historias o cosas para distraerme. No se ve nada y de golpe Idelia se ilumina la cara. Como siempre, va impecable como si fuera una diosa, con tacones altos y el pelo recién salido de la peluquería. Dan ganas de tirarle barro a la cara. Y no tiene nada que ver con que Dorian y ella parezcan pareja. Y que siempre esté al lado de este. Por suerte, han dejado de tomarla a solas conmigo, de momento.

Miro a Idelia y luego enfoca a Dorian apoyado en la pared con gesto aburrido; pone mala cara y ella le quita el foco. Hace semanas que nos ignoramos. Aunque lo busco sin querer en cada sala a la que entro. Siempre está solo. O rodeado de gente con la que no habla. Esa soledad duele más. A veces lo veo con el móvil y siento que está leyendo algo.

Subo siempre que puedo a la azotea. Lo busco allí sintiendo que un día dejará de huir. Me encantaría que dejara de hacerlo. A veces siento, al mirarlo, que somos las dos únicas personas que en una sala llena de gente nos sentimos en soledad.

Dorian está resultando ser mucho más de lo que esperaba. Sobre todo, cuando corrige a los profesores, cansado de su incompetencia. Lo haría yo más de una vez, pero no quiero destacar demasiado ahora que Idelia ha decidido dejarme en paz. Los profesores siempre lo miran con odio antes de recordar quién es y darle las gracias. La verdad es que no entiendo de dónde los sacan. Pero, viendo este lugar, seguro que son enchufados o antiguos alumnos que saben lo que pasa aquí y les da igual.

Este lugar apesta lo mires por donde lo mires.

Por eso estamos aquí, esperando esta novatada sin que los adultos responsables hagan nada, porque años atrás ellos hicieron lo mismo.

Estamos en un sótano de la mansión. Este edificio tiene bajo el suelo varias salas y sótanos. Antes se usaban para meter a los presos de la mansión o para putear a los empleados. Siendo de los Wilson no lo descarto. Mi abuelo nos contó que en el subsuelo de la casa hay hasta un pozo. O una sala que, si la cierras, puede llenarse de agua. Antes era un pozo del que se sacaba agua. Luego lo transformaron en una sala con puerta por la que no puede pasar el agua. El techo es curvado y tiene, o tenía, una ventana al fondo. Alguna vez han metido ahí a becados para asustarlos cuando el agua sube y crees que van a ahogarte. Pero algo salió mal hace años. No sabemos qué pasó. Dejaron de usarlo de golpe. Otro misterio de este lugar de mierda. Pero mejor. Un lugar oscuro y lleno de agua no es donde quiera pasar mis noches.

El resto de las salas son de piedra y tienen cadenas colgadas. No he estado ahí desde que llegamos, porque están cerradas con llave. Pero mi abuelo tiene un mapa con todas las descripciones que le han ido dando.

Este sitio es donde más odiaba estar. Pero estaba preparada para ello porque mi abuelo compró una casa con sótano y nos ha encerrado ahí desde niños. Un puñetero psicópata es lo que es Uriel Nelson.

—La oscuridad, donde los mayores miedos salen a la luz —habla Idelia—. Y más si este lugar está lleno de ratas, insectos... y personas que van a aprovechar que no se les ve la cara para hacer lo que deseen. Si aceptáis un consejo, corred y no os dejéis atrapar. Y recordad: aquí no ha pasado nada, o si no, haberos ido, pedazos de mierda. Pero os pudo el morbo de ser tocados sin permiso. Dais asco... o no. Porque yo también voy a tocar... ¡Tres!

No espero más y me marcho hacia donde estaba Dorian. ¿Por qué? No lo sé. Pero voy hacia él.

—¡Dos!

Estoy casi llegando cuando toco la pared.

—¿Dorian? —Intento calmarme, pero la oscuridad y que me manoseen sin mi permiso me aterran mucho.

Mi abuelo me obligó a hacer esta prueba, el cabrón, y me dejó más secuelas que ya tenía por culpa de algo que pasó en el circo. Por eso no quiero pasar por ella. Aunque, por lo que sé, la gente solo te toca si quieres y solo pasa algo si te apetece tener sexo. Esta prueba es más bien para una noche de placeres prohibidos. Lo sé, pero no por eso me aterra menos.

—¡Uno!

—¡Dorian! —grito y siento a alguien ponerse tras de mí cubriéndome con su cuerpo, como aquella vez cuando salimos a correr.

—¿Por qué me eliges entre todos los males? —Sube su mano por mi costado.

Tiemblo, pero no es de miedo. Es algo más denso, más peligroso, que siempre está ahí cuando me toca. Me arrepiento de haberlo buscado y de quedarme a su merced, pero algo me decía que él no era el mal mayor.

—Tal vez porque a ti no te atraigo nada.

Su mano se queda cerca de mis pechos y noto que se ponen duros bajo el calor de su palma. Quiero que me toque y no puedo contener la presión bajo el estómago.

Me gira y apoya mi espalda en la pared. Entonces su cabeza se acerca a la mía. Su aliento me acaricia los labios y mojo los míos como si así pudiera saborearlo. Tarde me doy cuenta de que estamos a oscuras y no tiemblo de miedo. Tiemblo por él.

—Dorian, vamos —es Idelia quien habla y, cuando nos va a enfocar, él me empuja y veo cómo Idelia va hasta él—. Los cabrones se lo están pasando bien..., vamos a gozar. —Le va a tocar la polla, pero él la detiene.

Idelia pone mala cara.

—No olvides que eres mío. Nunca podrás escapar de los deseos de tu abuelo. —Dorian mira hacia mí y ella se marcha sin verme.

Nos quedamos a oscuras y espero que me encuentre, pero alguien tira de mi mano. Grito y pataleo, pero no me suelta. Me lleva hasta una zona húmeda y, aunque pido ayuda, no me hace caso.

Me quedo en blanco, recordando un momento parecido.

DORIAN

Oigo los gritos de Abbi y enfoco con la linterna. La gente que está asustando a los becados tiene órdenes de no tocar ni violar a nadie. Solo cogerlos de las manos y hacerles creer que pasará algo más. Pero no me fío. Por eso, cuando oigo sus gritos desgarrados, noto que se me clavan en el pecho y siento deseos de liarme a puñetazos con el cabrón que sea que la esté tocando.

Y, de golpe, la nada; no sé dónde está. No la oigo. La busco por estas salas oscuras, pero este lugar parece un laberinto y es fácil perderte en él, aunque yo no porque me lo sé de memoria. Está lleno de pasadizos y salas secretas. Voy de una a otra y veo a gente que se está dando el lote. El morbo los pone cachondos. En una sala está Idelia liándose con un par de tíos. Y en otra, Hermes y Edey con dos tías. Pero no son los únicos. Varios becados se han dejado llevar por el placer de enrollarse con alguien que no sabes quién es. A mí esta prueba no me gusta. Pero el primer año también me dejé llevar, hasta que salí asqueado. Los gemidos se mezclan con los gritos, pero ni uno solo es de Abbi.

Cada vez que enfoco con la linterna temo ver que están abusando de ella o que ella está ahí de buen grado. No quiero verla con otros. Llego hasta el final enfadado y la veo al lado de Marvin, el bibliotecario. El capullo con el que pasa casi todas las tardes. Él le seca las lágrimas y la abraza. Marvin me ve.

—Si la violas te juro que te destruyo.

—No se puede violar, capullo.

Marvin me odia. A mí y a los otros tres. Pero en este momento yo lo odio más a él. Sobre todo, cuando Abbi se marcha con él sin mirarme siquiera. Que me duela verla con él es raro. Me ahoga y me hace desear destruir cosas.

Llevo más de un mes ignorándola o eso cree ella; en realidad, la miro de reojo cuando entra en la cafetería con ojeras y una sonrisa para no dejar que nadie crea que le afecta todo esto. Aunque desde ese día en la biblioteca intento no buscarla con la mirada.

Por eso, cuando vino hacia mí, me sorprendió y no pude evitar tocarla; me muero por hacerlo casi desde el primer día, aunque no quería admitirlo. Me duelen las manos por resistirme a hacerlo. Solo sería un roce, una caricia o tal vez un beso robado. He regalado muchos, pero con ella sé que todo sería diferente. Por eso me obligo a estar alejado de ella. Pero me buscó y su cuerpo menudo me tentó. Sentí su aliento en mi boca. Quería besarla, saborearla lentamente. Perderme en su sabor sin pensar, sin que importe quiénes somos lejos de esta oscuridad. Pero Idelia rompió el momento y me devolvió la cordura. Mejor, porque no quiero cruzar esa línea.

Siento que, como la cruce, nada será igual tras ella.

Subo a la azotea al atardecer y veo a Abbi sentada donde siempre. No me mira, tampoco me pregunta nada.

—Mi historia mitológica favorita es la de Eros y Psique. ¿La conoces? —me dice.

—Sí.

—Él era el esclavo de su madre. Lo obligaba a hacer cosas que no quería y Afrodita odiaba tanto la belleza de Psique que la mandó matar con una flecha directa al corazón. Pero Eros se enamoró de Psique y la ocultó en la oscuridad para que nadie pudiera encontrarla. A pesar de no ver nada, ella se enamoró de él... y él de ella.

—Pero no le bastaba con eso y quiso verle la cara, por si acaso Eros era un ser horrible.

—Hay gente horrible que luce las más bellas caras y ahora cállate, que viene la mejor parte. —La miro de reojo: sonríe de esa forma dulce y sincera cuando me cuenta algo que le apasiona—. Ella lo quemó con el aceite y él, enfadado, se fue. Pero ella lo buscó por todo el mundo hasta llegar al infierno, donde cayó presa del sueño eterno. —Se levanta y va hacia la barandilla—. Él se arrepintió y fue a buscarla, bajó a los infiernos por ella y la besó. Ese beso la devolvió a la vida.

—Muy a lo Blancanieves.

—Tonto. Me gusta esta historia porque quiero creer que, a pesar de los deseos de otros, al final prevalece lo que más amamos por encima de todas las cosas.

La miro mientras se sube a la barandilla y camina por ella.

—Para que me gustara esta historia tendría que creer en el amor.

—Y no crees.

—Ya no.

—Es triste. —La miro y me dice adiós con la mano—. Nos vemos en el infierno —dice en plan dramático y luego se deja caer. ¡¿Pero qué cojones...?!

Se me para el corazón y voy hasta la barandilla pensando que esta loca se ha matado. Este final melodramático le pega. Cuando miro, está abajo, en un balcón, y puedo jurar que recuerdo cómo se respira de nuevo. Ahora mismo la quiero matar por este susto de mierda.

—Estás loca.

—Pero te importo, tu cara era de puro terror.

—No quería que me cargaran con tu muerte.

—Mi abuelo siempre dice que la gente solo ve la verdad que le interesa. Que, aunque tengan delante de sus ojos el camino correcto, solo se fijarán en el que prefieran y no el que deban, por eso la magia sorprende a niños y adultos, porque usando las palabras adecuadas y el enfoque perfecto puedes engañar a todos.

Y tras esto, alza un pañuelo negro y desaparece. Vamos, no me jodas.

Veo que donde ella estaba hay una nota. Bajo hasta ese lugar. Es una antigua clase que ya no se usa. Salgo al balcón y veo que hay un colchón que ha detenido su caída. En la nota pone:

Sabía que volverías, espero que te haya gustado el número. No vuelvas a huir de mí, me gusta hablar contigo... de todo. Y a esta becada no le importa que seas un dios y ella, una simple mortal.

P. D.: La historia de Freya y las valquirias me encanta. Espero que la próxima la compartas conmigo.

Es raro saber que lleva días preparando esto. Sabiendo que un día volvería a este lugar y me haría este truco. Es raro considerar que alguien en este mundo piense un poco en mí a cambio de nada. Entro dentro y veo el libro que se me cayó y que dejé en el suelo. Sobre él hay un pósit:

Otra vez lo recoges. Y más este, con esa portada...

Salgo con el libro pensando que tal vez la he evitado para nada. Ella me ve a pesar de que nadie se dé cuenta. Y tal vez ese sea el problema, que siento que ve demasiado y me aterra.

Capítulo 22

ABBI

Subo a la azotea y me pierdo en el atardecer. Hace frío y llevo bajo la sudadera una camiseta térmica. No puedo ir con el abrigo porque la gente lo vería raro. Y hay demasiados espías por los pasillos, por eso subo aquí sin que nadie me vea ni despertando la curiosidad de nadie.

La noche cae cada vez antes. Y Dorian no aparece. No debería esperarlo, es mejor así. Lo sé. Pero aquí sigo, como si sintiera que debo romper sus defensas. Al mirarlo me veo a mí misma muchas veces. Cuando eres diferente poca gente entiende cómo te sientes. Y, aunque lo expliques, no es lo mismo que una persona a la que le basta una mirada para comprenderlo todo.

Eso me pasa con Dorian y estoy siendo idiota. Irresponsable y tonta, pero aquí sigo.

Bajo a mi cuarto con la mala suerte de cruzarme con Idelia. Me contempla de arriba abajo. Va con un precioso vestido de fiesta. Está claro que tiene un evento.

—¿Qué miras?

—Nada. —Se me acerca, aunque no hacía nada. Aunque solo la observaba de reojo.

Sus amigas la siguen cuando me acorrala contra la pared.

—No tienes permiso para mirarme.

—Un día te tocará irte de esta universidad y ese día la vida te dará una bofetada, cuando no haya cientos de personas lamiendo tu horrible culo. —Vale, debí callarme, pero no puedo.

—Creo que no sabes quién soy fuera de aquí. Deberías poner más atención a las páginas de sociedad.

—No, gracias. Te tengo muy vista. Si coincidimos más acabaré vomitando por el horror.

«Cállate», me dice la voz de la cordura.

Idelia cada vez me mira más enfurecida. Odia que no la tema, que no la idolatre y que le sostenga la mirada con fuerza.

—Dadle un escarmiento. Lo que sea con tal de que no le queden fuerzas para faltarme al respeto. —Mira su móvil—. Yo me marcho, que Dorian ya está listo para la fiesta.

Saber que va con él a una fiesta me retuerce las tripas. No me gusta verlos juntos, pero sé cómo acaba esta historia. Ellos dos casados, para que sus familias afiancen más sus alianzas.

Se marcha, y sus amigas, vamos, las idiotas que la siguen a todas partes por las migajas que les da, tiran de mí hasta un cuarto de limpieza y me encierran en él. No es lo peor que me podían hacer.

Lo malo es que no llevo el móvil y no sé cuándo me sacarán de aquí. Golpeo la puerta, pero nadie hace caso. Este lugar está podrido por todas partes y la gente no se

138

ayuda cuando está en apuros. Si me oyen gritar pidiendo ayuda se mantienen al margen, pensando que es una novatada y que si hacen algo les traerá problemas. Hasta que un día los becados digan basta.

La puerta se abre cuando la luz del techo hace amago de apagarse y aparece Dafna.

—Me pareció oírte cuando pasaba por aquí. —Me enseña una horquilla del pelo—. Por esto siempre es bueno llevarlas. Vamos.

Salgo del lugar y nos dirigimos a nuestro cuarto. Le cuento lo que ha pasado.

—Al parecer, Idelia suele tomarla con algunas mujeres que le hacen sombra.

—Tiene sus propias novatadas. —Se sienta en el sofá tras ir a buscar una bolsa de patatas a su cuarto.

—Eso parece.

La puerta se abre y aparece Mina. Entra y coge patatas.

—¿Eras tú la que pedía ayuda en el armario de la limpieza? —Se interesa.

—Sí.

—Lo imaginé y salí corriendo, por si me metían a mí en otro. Lo siento, pero estoy harta de las novatadas.

—No pasa nada. Yo habría hecho lo mismo —le respondo, pero miento; yo la habría ayudado.

Mina nos cuenta que ha ido con Marvin y Elias a la sala de juegos y que podríamos bajar y así despejarnos un poco. Lo hacemos, aunque no tengo muchas ganas, pero tampoco me apetece quedarme sola en mi cuarto tras pasar horas encerrada también sola en el armario. Al bajar, muchos me preguntan si me duele la garganta de gritar pidiendo ayuda. Capullos. Este lugar no cambiará como la gente no se plante.

139

Veo a becados con gente rica como si nada. Como si luego no los putearan. Claro que yo hago lo mismo buscando a Dorian en la azotea. Pero al mirarlo siento que él es tan esclavo de este lugar como yo.

Vamos hasta la mesa de billar y jugamos varias partidas. Esta noche los dioses no están, han ido a una fiesta en la ciudad. Se respira más tranquilo, sobre todo sin Idelia cerca.

—¿Preparadas para la fiesta de otoño? —pregunta Mina.

—Yo sí —apunta Marvin—. Me voy a poner el mismo traje de siempre para eventos, por si me lo joden.

—Pues yo no, me he comprado un vestido que quita el hipo —apunta Mina y me mira—. Por una vez podrías ir... menos así.

Dafna la mira como si le quisiera sacar los ojos. Hasta que pestañea como si recordara algo y pasa de ella. En verdad la entiendo, a Mina no sé cómo clasificarla.

—No, gracias —le respondo tranquila.

Hablan de la fiesta mientras jugamos al billar y Dafna me dice que no le haga ni caso con lo de la ropa. Es lo que haré. Al final no puedo con más mierdas de las que ya soporto en este sitio. Si dejo salir todo lo que me inquieta de golpe temo no poder estar fuerte para las siguientes novatadas.

Es tarde cuando decidimos ir a dormir. Voy a por una botella de agua a una de las máquinas expendedoras de los pasillos antes de subir. Las máquinas no funcionan con dinero. Tan solo metes el código de la bebida que quieras y cae. En la sala de descanso no quedaban botellas frescas en las zonas de refrescos.

Marco el código y espero mientras escucho unos pasos y la risa de Idelia.

Sus tacones resuenan por el pasillo. El agua cae, y cuando la cojo veo a Idelia al lado de Dorian dejándose caer como si estuviera borracha y no se pudiera sostener en pie. Él se molesta y la suelta en uno de los bancos del pasillo.

—¡No me dejes así!

Él la ignora y sigue andando. Su mirada pasa de molesto a cansado. Hasta que se da cuenta de que ando cerca y se endurece.

Idelia va tras él con los zapatos en la mano y al pasar por mi lado me sonríe con suficiencia.

Idiota.

—Tienes buena cara, somos demasiado buenos con la escoria en este lugar.

—Sí, por eso tú te crees una diosa en un lugar que apesta a mierda.

Su mirada es de rabia. Al final me van a matar, pero por bocazas. Aunque ha merecido la pena por su cara de furia.

Subo a mi cuarto pensando en la mirada de Dorian. Es por esa mirada que sé que seguiré buscándolo en cada atardecer.

Capítulo 23

DORIAN

Oigo los gritos de los becados que traen donde estamos los cuatro herederos esperando. Hace dos semanas que Abbi jugó con mi mente y me hizo ese truco de magia. Dos semanas que he pasado de ella, claro, y no he devuelto el libro. Porque justamente quería hacer lo contrario. Quería subir a la azotea y contarle leyendas mitológicas, sobre todo nórdicas. Y por eso mismo no he ido. He pasado tiempo en la ciudad gastando el dinero de mi abuelo y no pensaba venir hoy a las novatadas porque hace un frío de cojones. Porque paso de verla..., pero mi abuelo me ha recordado que debo estar aquí me guste o no. Y al viejo es mejor no cabrearlo o lo pagarán los que están cerca de ese malnacido.

Ayer, tras la fiesta, estaba cansado de aguantar a tanto idiota. Sobre todo, a los tres que tengo cerca. Idelia no para de sobarme, de tocarme, no la soporto. No soporto sus manos. Ahora que he dicho basta, sentirla cerca me crea ansiedad. Ayer se tiró sobre mí para que la llevara en brazos hasta su cuarto. Lleva un tiempo quejándose de los tacones. No lo hice y odié todo ese espectáculo. Solo porque ella piensa que soy de su propiedad.

Entonces alcé la cabeza y ahí estaba Abbi. Y quise perderme en ella, en algo que parece de verdad real dentro de este lugar que apesta a podrido.

Por eso la evito, porque no quiero ceder y dejarme llevar.

Centro la mirada en los becados.

Los ponen de rodillas con las manos atadas y la cabeza tapada. Estamos en las catacumbas que hay en la parte del sótano más alejada y peor conservada, y aquí el aire es húmedo y pesado. No hacemos nada, solo los dejamos temblando y gritando. La espera es más angustiosa que nada. No saber qué te harán te va consumiendo por dentro. Llevan tantos días de novatadas que están agotados. Yo me agoto de ver esto un año tras otro y de controlar que no se pasen, de recordarles a estos cabrones que las novatadas no pueden ir a más. Llevo así años y estoy cansado. Por eso muchas veces no bajo, porque estoy harto de esta mierda.

Me fijo en Abbi: parece tranquila y me pregunto qué narices estará pensando. De ella me intriga cada resquicio de su mente.

ABBI

Estamos en las catacumbas. Este lugar está más cerca del acantilado y es húmedo. El suelo está mojado y noto cómo el frío me cala hasta los huesos. Tomo aire para no dejarme llevar por él, el dolor de las manos atadas o la oscuridad.

Esta prueba es de resistencia, tanto mental como física.

Mi mente va al circo. Estoy entre las gradas y mi abuelo hace un truco de magia. A mi lado, mi hermano me sujeta la mano emocionado mientras miramos al resto actuar. Mi hermano... Casi no lo estoy viendo crecer. Casi no soy parte de su vida. Y duele. Duele estar lejos de personas que me quieren.

Me centro en otra cosa. Una becada a mi lado llora. Su llanto me rompe por dentro, y más cuando grita de terror. Dice que algo le ha tocado la pierna. A mí también, pero son los antiguos becados pasando cosas por encima de los que estamos arrodillados para rompernos en cientos de pedazos.

¿Merece la pena aguantar esto solo para acabar siendo como ellos?

Desde que estoy aquí veo a los becados de forma distinta porque se acomodan a esta vida sin decir basta solo porque esperan que el fin merezca la pena sin darse cuenta de que se están perdiendo por el camino.

Tomo aire y pienso en otra cosa. A mi mente acude Dorian; sé que está cerca. Lo siento así. Me pregunto si me estará mirando. Si pensará que soy como el resto, una idiota sin principios que se deja humillar solo por creer que así llegará a ser una de ellos.

Sé que no debería importarme lo que piense, pero lo hace.

DORIAN

Todos lloriquean. Todos, menos una. Voy hasta ella y sé que es Abbi, joder, la reconozco con los ojos cerra-

144

dos, se ha metido bajo mi piel, aunque la esté evitando. Su porte es recto. Su respiración, tranquila. Parece hasta dormida, pero eso es imposible. Le quito la capucha y, joder, sí que está dormida, o se lo hace, claro. Abre los ojos lánguidamente y luego se le abre la boca, aburrida. Esa boca jugosa y grande que me tienta tanto.

—Anda, si eres tú.

Suspira y clava sus ojos marrones en mí. Casi no hay luz, pero no me hace falta para recordar cada parte de su cara.

Edey me aparta y la mira a los ojos tirándole del pelo. Aprieto los puños por cómo la toca. No me gusta que la mire siquiera.

—No se les hace daño, idiota —le digo y me observa enfurecido porque se lo recuerde una y otra vez.

—¿Y ahora es cuando os comemos la polla para que así tengáis un orgasmo digno de unos capullos como vosotros? Porque vuestras novatadas son de nivel de parvulitos —le dice Abbi para cabrearlo más y, en vez de soltarla, le tira más del pelo—. Venga, admitidlo. No sabéis tener sexo sin este morbo. Sin él no se os levanta, os guardaré el secreto.

Edey la mira y agacha la cabeza.

—Por mí no tengo problema con eso de que me la chupes. —Va a tocarle las tetas, pero lo aparto ya harto de este gilipollas.

—No olvides que no se viola, ¡joder! —murmuro y pone mala cara. Va hasta las cejas de droga y cuando eso pasa controla menos. Se marcha y miro a Abbi.

Mala idea, porque me mira retadora.

—Pues la otra vez, a oscuras, te vi asustada correr hasta mis brazos —le susurro y es un gran error, porque su perfume me hace desear tirar de su pelo hasta acoplar de forma feliz mis labios contra los suyos.

—Lo del otro día no fue nada, la mitad estaban ahí deseando tener un poco de atención. Por suerte para mí, de eso estoy servida.

Pienso en Marvin y los celos me ciegan. No me gusta la imagen de ella besándolo o montándolo con esa pasión con que se bebe la vida. Nos miramos a los ojos muy cerca.

Idelia se acerca por detrás de Abbi y tira de su pelo. ¡Joder! Abbi parece tener una diana en la cabeza.

—¿Te has comido una lengua, que no paras de hablar?

—¿Acaso tienes que rebajarte a su nivel tirándole del pelo como a una cualquiera? —Se lo digo aposta, sabiendo qué palabras usar para que la suelte, y lo hace.

Idelia me mira enfurecida. Se ha acercado a Abbi cuando yo le he susurrado. Odia que la tenga cerca. Tal vez nota lo mismo que yo al mirar a Abbi, que hay algo que nos une más fuerte que nosotros mismos. No sé cuánto tiempo podré resistirme a ella.

—¿Y tú te has quedado sin ideas para estos pobres becados? Dais pena. —Idelia va a darle una bofetada, pero la detengo.

—Nada de marcas. ¿Recuerdas? —Asiente y mira a los que hacen todo nuestro trabajo sucio.

—Atadla a las cadenas. Que pase aquí sola la noche, por bocazas. A ver si mañana tiene ganas de seguir bromeando o si sigue pensando que todo esto es divertido. Esto no ha hecho más que empezar.

—Qué bien, porque hasta ahora pensaba que todo lo que se decía de este lugar eran leyendas. Está claro que no tenéis agallas. —Miro a Abbi pensando en qué narices busca.

Idelia le cruza la cara antes de que pueda hacer nada. No me gusta su agresividad. Nos meterá en un lío. Si nos pasamos de la raya tendremos problemas. La cojo de la mano de nuevo. E Idelia me mira enfurecida. Me da igual, sabe que no me gusta que se extralimiten.

Tiran de Abbi hasta las cadenas y la meten en una sala oscura y tal vez llena de ratas. Cuando Idelia pasa por mi lado me mira.

—Recuerda que nuestro papel es joder a esos cabrones, pero parece que compartíais algo. —Está celosa y es mejor que no me vea hablar con Abbi. Odia verme con otras si ella no lo ha planeado.

—Recuerda tú que los cabrones somos nosotros y no te rebajes a su nivel. Y ya sabes que yo nunca me enamoraría de una becada.

—Ni lo harías, ni puedes —me recuerda.

Va hasta sus amigas y seguimos con esta idiotez en que, tras quitarles las capuchas, les hacen beber hasta que imploran o pierden el sentido. En verdad, Abbi ha salido ganando, como si supiera lo que iba a pasar, algo que dudo. Lo contemplo todo desde la pared, aburrido, y de vez en cuando se me va la vista a la puerta donde han encerrado a Abbi. Está muy oscuro y no se ve nada. Por eso me tenso cuando siento a alguien a mi lado. Sin verla sé que es ella.

La miro y está comiendo gominolas, que no sé de dónde narices ha sacado.

—¿Quieres?

—No. ¿Acaso no te ataron?

—A los fantasmas no se los puede retener. ¿No te dije ya que era mágica? La hora de las brujas. Y, por si eres

147

lento de mente, mi abuelo me enseñó trucos de cómo escapar de las cadenas. —La veo sonriendo entre las tinieblas.

—Van a volver a por ti, Abbi. —Casi quiero que implore y que se largue—. Esto no es un juego..., ellos no se lo toman como tal.

—Tampoco lo es para mí. Pero pienso jugar con mis normas.

—Vas a acabar mal...

—Como si te importara. Ya has dejado claro lo poco que te intereso al no regresar a la azotea. —Siento sus ojos posados en mí—. No me defiendas, los dos sabemos que has elegido dejarme los atardeceres solo a mí porque te aterra que esta becada no sea tan mala.

Ha dado en el clavo. Deja las chucherías en mi mano.

—Son de uno de los pijos. Las estaba comiendo mientras preparaba la bebida —confirma.

Cuando las voy a coger me toca el costado. Su contacto me quema. Hace vibrar algo en mí. La busco con la mirada y cuando me doy cuenta no está y las chucherías tampoco.

Pero sí su jodido recuerdo anclado en mi mente a fuego, como cada instante que paso a su lado.

Capítulo 24

DORIAN

Las pesadillas me hacen despertar jadeando y sudado. Odio cuando esto pasa. Cuando vuelvo a ser ese niño asustado mientras su padre bebía y sabía que sus manos podían acabar sobre él. ¡Odio recordar mi debilidad!

Me doy una larga ducha y cojo un libro para leer. Veo uno de Mario Benedetti que me compré, pero no entiendo sus poemas sobre el amor. Porque lo veo un absurdo. Aun así, lo dejo cerca. Y busco otro con tal de perderme en otra mente que no sea la mía.

—No viniste a mi cuarto —me dice Idelia en el bufet de desayunos del centro.

—No tenía ganas.

—Una vez más, no tenías ganas. —Su enfado es evidente y me pregunto cuánto aguantará sin irle con el cuento a mi abuelo—. No vas a estar rechazándome siempre. Al final volverás a caer. Siempre caes.

No anoche, ni desde hace más de un mes. Estar con ella ya no me motiva. Ni con otra que no sea cierta becada de grandes ojos marrones. Mi mano da buena cuenta de ello cada vez que me resisto a hacerme una paja en la ducha porque nadie me atrae como Abbi y ceder a mis deseos es admitir lo mucho que me pone. Y eso me jode.

—¿Estabas con otra?

—No te importa. Por si lo has olvidado, no eres mi novia.

—Sabes que tampoco me importa compartir y volver a hacer un trío... Si quieres, elige a quien quieras y la compartimos. Pero únicamente en la cama, luego, solo yo para ti.

Algo me hace girar la cabeza y veo a Abbi mordiendo una manzana subida a una mesa, mirando al resto como si ella fuera más lista que nosotros. No sé si le importa todo bien poco o es una suicida. Su boca da otro mordisco y se relame los labios. Noto cómo el gesto va derecho a mi polla y me remuevo inquieto por desear que muerda otra cosa.

—Todas menos esa. Es la nieta de un feriante, un mago. Y algo en ella no me gusta.

Veo el odio de Idelia a Abbi. Más cuando se da cuenta de que, a pesar de sus ropas anchas, más de uno la mira con deseo. Abbi destaca, aunque no quiera. Lo logra sin hacer nada. Sin pasarse horas maquillándose como Idelia y sin llevar las mejores ropas.

—No me gusta —repite y rechina los dientes furiosa.

Yo sé qué es lo que no le gusta, que Abbi, aun sin intentarlo, es jodidamente sexi.

—Su familia vive en una caravana. ¡En una puta caravana! —añade ella asqueada, cuando yo lo veo algo bueno—. El circo de su abuelo no es tan bueno como la gente dice en redes. Está sobrevalorado. ¿A qué idiota le interesa la magia?

A mí. Ojalá de niño hubiera podido ir a ver un truco de magia. O ir al circo. Sobre todo, antes de la muerte de mi padre. Me habría gustado, por un segundo, creer que la magia existe.

—No la tengo en mente —miento y aparto la mirada de Abbi—. ¿Qué tal noche ha pasado encerrada?

—Ni idea, fueron a por ella y se marchó dando las gracias por la hospitalidad. Tenemos que encontrar su talón de Aquiles o nuestros abuelos nos lo harán pagar. Aquí, la cabeza alta solo nosotros. Y este año los becados me están agotando, sobre todo porque parece que alguien les cuenta qué pasará antes de que suceda.

—Tal vez lo saben porque siempre hacemos lo mismo año tras año.

—Quizá. Tal vez deberíamos pensar putadas nuevas. Estoy deseando ver cómo cierta circense suplica por su vida. —Mira a Abbi y esta la saluda con la mano, lo que cabrea aún más a Idelia—. Pienso destruir a esa zorra.

No puede ser tan complicado encontrar su punto débil y seguro que Idelia da con ello. Yo tampoco quiero que mi abuelo me ponga en el punto de mira y este año estamos fallando. Nada funciona. Por si tenía dudas, el director nos llama a los cuatro descendientes de los fundadores para recordarnos la importancia de joder la vida a los becados para que ninguno destaque y nos enseña las notas de los primeros exámenes: hay varios que destacan. Entre ellos, Abbi. Su nota es tan impecable como la mía.

—Parece que algo estáis haciendo mal si están sacando estas notas. Tal vez debemos daros un escarmiento.

Un escarmiento es jodernos donde más nos duele; al resto les quitan la tarjeta de crédito, pero en mi caso, como eso no me importa, a veces mi abuelo manda quemar mis libros o joder a los trabajadores de su casa y decirles que eso va de mi parte. No quiero que nadie sufra por mi culpa y tampoco perder mis libros. Son lo único que me ha mantenido cuerdo en este mundo y muchos tienen notas y apuntes, perderlos sería perder una parte de mí.

Aunque sé que si doy un paso más es, al final, por los pobres trabajadores. Ellos ya sufren la tiranía de mi abuelo.

—No hace falta —digo y lo miro frío—. Subiremos el nivel.

—Eso espero. Si no, pronto tendréis noticias.

No son mafiosos, pero casi; solo les falta ir por ahí con pistolas en plan *El padrino*. Conocen nuestros puntos débiles y, o hacemos lo que quieren, o los usan para presionarnos.

Capítulo 25

Me llega una carta en clave de mi abuelo, que supuestamente me manda una tía mía. Sí, es así de metódico y nos ha hecho aprender a todos su forma de comunicarse: señalar mentalmente una de cada cuatro letras y unirlas para formar el mensaje. Junto las letras y leo lo que dice, dejando a un lado todo lo que me cuenta mi falsa tía de su último viaje:

Van a dudar de ti si eres diferente. Intenta ser más como el resto o todo se irá a la mierda. No olvides cuál es tu papel.

Está claro que mi abuelo tiene a alguien aquí que lo informa de todo. Seguramente está pagando mucho dinero a un estudiante para que sea su confidente a cambio de su silencio, aunque dudo que le diga su verdadera identidad. Seguramente solo le dirá que está preocupado por su nieta y que si le cuenta todo lo que hago le pagará bien. Uriel no es tonto.

Mis compañeras siguen aquí y no han salido corriendo. Claro que he ido dejando caer cómo serían las siguientes pruebas y ellas han corrido la voz; al final, esto es entre ellos y nosotros, los becados. Me preguntaron cómo lo sabía y les dije que por un hermano, lo que es verdad, y no le dieron más vueltas. Mina habló con Marvin y este le contó lo que le hicieron. No suelen hablarlo, por miedo a las represalias. Pero como yo fui la que lo inició, sé que a la hora de la verdad será a mí a quien culparán de todo. Y el resto se lavarán las manos.

—Siguen el mismo patrón —dijo Dafna tras redactar una lista.

—Eso parece —les dije yo, y Mina decidió hacer fotocopias y pasarlo, seguramente lo vende. No sé qué esperar de Mina; a veces me cae bien y otras siento que oculta algo.

Pero con Dafna también me pasa. Hay días que parece una adolescente pasota y otras, una hermana mayor. Me descolocan las dos.

Subo a la azotea. El candado está quitado desde la primera vez que lo forcé, pero, aun así, nadie sube a este lugar. Sé que Dorian estará aquí antes de entrar siquiera. Dudo, porque lleva muchos días evitándome y hoy está aquí. No sé qué esperar de él. Y no quiero confiar en nadie, a pesar de que estar aquí me está haciendo bajar las barreras que desde hace años he construido en torno a mi corazón para poder sobrevivir mentalmente a este momento. Dorian es el más listo de mi clase, ya se ha ido viendo en las notas. Al final, esto será entre él y yo, pero cuando lo tengo cerca me olvido por un momento de que somos enemigos.

Sé que no debería haber vuelto a este lugar hasta que él regresara, pero aquí estamos los dos.

Ando hasta que lo veo apoyado en la barandilla. Se ha encendido un cigarrillo mentolado, que deja que se consuma. Ya he llegado a la conclusión de que a alguien de su entorno no le gusta que fume y este es su desafío.

No le digo nada. Solo me tumbo al revés, como la primera vez, y dejo que la sangre se me vaya a la cabeza. Una de las pruebas es estar en esta postura muchas horas hasta que suplicas por tu vida. No queda mucho para ella y temo no estar preparada.

Lo sé, parecen los Juegos del Hambre para ricos aburridos.

—Apártate, no me dejas ver el momento de la llegada de los seres mágicos.

Se aparta y se apoya a mi lado en el saliente de la calefacción. Veo cómo el sol se oculta y siempre me parece un espectáculo único.

—¿Qué serías si pudieras ser un ser mágico? —me pregunta mirando el atardecer.

Y sé que es su forma de aceptar que, a pesar de todo, quiere estar aquí. Conmigo en cada atardecer. No en forma romántica, pero sí en algo que solo comprendemos él y yo. Es nuestra forma de escapar del mundo real.

Lo observo: su belleza parece tallada en piedra. Podría ser Eros perfectamente, tan bello como letal. Se gira a mirarme esperando mi respuesta. Sus ojos aguamarina parecen más oscuros y se lo nota tenso. Como si le molestara haber cedido y estar de nuevo aquí.

—Una sirena —respondo, aunque en verdad siempre he soñado con ser Psique, pero no quiero revelar todas mis cartas aún y las sirenas también me gustan—, porque, o bien puedo ser bondadosa, o malvada y vengativa. Eso sin mencionar mi gran belleza. —Mira mi cuerpo más de lo que debería y me sonrojo, y no por estar del revés.

—Y yo que creía que era por encontrar a un príncipe, como la Sirenita.

—Para el amor ya sabes que quiero ser Psique.

—Vale, no he aguantado mucho sin dejarme llevar. Sonríe de medio lado y su sonrisa hace revolotear algo en mi pecho, por eso digo lo primero que se me pasa por la cabeza—. ¿Sabes que al principio a las sirenas no se las representaba con cola de pez?

—Lo sé. —Claro que lo sabe y eso me encanta—. Cuerpo de ave, pero desde la Edad Media se las representa con cola de pez y atractiva voz, con la que cautivaban a los marineros.

—Al final, en la vida casi todo tiene una doble cara. Te engatuso con mi belleza y mi voz —me levanto con rapidez y le pongo en el cuello, en la yugular, la pequeña navaja que siempre llevo porque es multiusos, y para defenderse pone sus manos en mi cintura— para que no descubras que en verdad quiero matarte.

Nos quedamos pegados. Muy pegados, sus manos me queman sobre la sudadera. No dejo que note cómo su presencia me perturba ni cómo su perfume me atonta. Me gusta cómo huele; es caro, pero también huele a bosque, a libertad.

Miro su boca y él la mía, y casi gimo por cómo se le nublan los ojos por el deseo. Quiere besarme. Ansío que me bese. Tomo aire. Se acerca y su boca queda cerca de la mía. La distancia entre los dos me mata de la misma forma que el deseo por este hombre se intensifica en mi interior.

Sus ojos se centran en los míos y antes de que me dé cuenta me ha quitado la navaja, que ahora descansa sobre mi cuello. No lo vi venir, el cazador cazado.

—No eres la única que aprende pronto, becada.

—Aprieta el arma, no me corta, pero la deja ahí haciendo que la piel me lata con fuerza bajo su contacto. Acerca su boca a la mía de nuevo—. Ve con cuidado o acabaremos contigo y eso me aburriría mucho. —Su aliento me hace temblar—. Eres mi nuevo entretenimiento, becada, y destruirte... me va a divertir mucho. Nos vemos en el siguiente atardecer. Y si eres lista, te irás. Este lugar acabará por destruirte, como ya lo hizo conmigo antes.

—Nada lo hará. —Me acerca a él y mete su nariz en el hueco de mi cuello. Cierro los ojos y me muerdo el carrillo para no gemir por su aliento sobre mi piel, su cercanía y su perfume atontándome.

—Pareces nerviosa.

—¿Por ti? En tus sueños. —Acorta más la distancia entre los dos, su aliento acaricia mis labios. Quiero su boca contra la mía. Tanto que noto cómo mi sexo palpita.

—Si te deseara, ya te habría probado..., pero no es el caso. —Me suelta y se aleja dejando el frío en mi piel.

A los pocos metros se para y deja algo en la repisa.

—Vigila con esto, becada, si tienes algo que ver y lo descubre Idelia... Solo ten cuidado.

—Tarde. —Me mira y su mirada se oscurece.

—No te tengo por una idiota, becada, juega bien tus cartas o el juego acabará pronto para ti.

Se marcha con paso firme, pero su confesión me hace ansiar saber qué le pasó para quebrarlo. Debería irme. Lo sé, pero no puedo. Todos mis instintos de supervivencia me dicen que corra lejos. De este lugar, de él..., pero no puedo escapar de ninguna de las dos cosas.

Me levanto y cojo el panfleto. Por detrás hay un teléfono y sé que se lo han dado a Dorian para conseguir sus afectos.

Tiene razón, no estoy siendo muy lista. Todo esto me está superando un poco.

Capítulo 26

DORIAN

Abbi no tiene nada en sus redes sociales o en su vida que la una a Uriel. No hay nada en ella que apunte a que pueda ser nieta de Uriel. ¿La han descartado? No, nunca lo hacen con los becados, aunque sepan que nada tienen que ver. Uriel era rubio, con grandes ojos azules. Abbi tiene los ojos marrones y el pelo castaño. Se parece mucho a su madre y a su abuelo. He estado viendo fotos de su perfil de Instagram, que lo tiene abierto. Últimamente sube muchas con Marvin, cómo no. Su nuevo mejor amigo.

No lo soporto...

Nos hacen estudiar la vida de todos, pero yo he mirado más de lo que debería todo lo relativo a Abbi. La gente publica todo en redes y se queda guardado, aunque lo borres. Y más para mí, que sé cómo hurgar en la red hasta encontrarlo todo. Por eso sé que ha tenido dos parejas. Ellos la etiquetaron a ella. Ninguna relación duró. Le encanta el chocolate amargo. No le gusta el pescado y disfruta de los atardeceres. Por lo que parece, también sabe dar saltos mortales. Cuando era pequeña hizo varios que fueron grabados por la gente. Y otro con unos dieciséis años, pero luego nada. He visto vídeos de esa actuación y parecía feliz, es raro que luego no hiciera más.

Mi abuelo sabe todo de Abbi, como del resto. Me obligaron al principio a registrar las redes y buscar cualquier cosa de ellos que pudiera apuntar a Uriel. No hay nada, pero mi abuelo está inquieto y ya me ha llamado para avisarme de que no soporta que Abbi y otros compañeros sean tan listos. Dice que algo deberé hacer. Porque amañar los exámenes está descartado. Y yo no pienso hacer trampas, como alguna vez han dejado caer.

El abuelo me manda unas fotos de varias familias del servicio y veo a una llorando. El cabrón habrá hecho algo para provocarme. Les habrá bajado el sueldo o despedido. Le gusta jugar con el servicio porque sabe que yo odio que la gente que me ha criado pague por todo esto. Cuando me perdí, fueron los que evitaron que muriera, mi abuelo no movió un solo dedo...

—Tenemos que hacer otro tipo de pruebas —digo cuando llego a la reunión de los cuatro de esta noche.

Tenemos una sala en las catacumbas con nuestras iniciales y escudos familiares y una mesa redonda al más puro estilo del rey Arturo. Todo para aparentar una grandeza que ninguna de estas familias ha tenido jamás; si soy sincero, no somos nadie.

—¿Qué quieres hacer? —pregunta Hermes Scott, que es igual que su abuelo. El retrato de los cuatro abuelos está tras nosotros. Posando orgullosos como fundadores.

—Algo diferente. Jodámosles la fiesta de otoño.

—¿No vamos a respetar esa fiesta? —pregunta Idelia.

—No. Porque es lo que esperan —añado y los cuatro asienten—. Tracemos un nuevo plan. Llevamos años siguiendo los mismos patrones y está claro que se los saben todos. Ya es hasta aburrido. Si queremos que funcione tenemos que hacer novatadas propias.

—Sobre todo, ahora que tienen toda la información —dice Idelia dejando en la mesa el panfleto que siento que procede de Abbi—. Esto es cosa de esa circense. Dice que un hermano se lo dio..., pero yo creo que ha sido ese bibliotecario el que le ha contado todo. Seguro que por un poco de sexo —dice con desprecio hacia Abbi—. Tenemos que darles un escarmiento.

No me gusta la forma en que rompe el panfleto como si estuviera pensando en Abbi, pero yo también he dado por sentado que todo lo que ella sabe es por Marvin, que él se lo ha contado todo, y Abbi a sus compañeras, y estas se fueron de la lengua.

Los becados de otros cursos no cuentan nada por miedo a las represalias. Pero, al parecer, Marvin no tiene miedo. Seguro que Idelia prepara algo para él, pero no es mi problema.

La mente de Idelia es retorcida, así que los llevo a mi terreno planeando novatadas que no sean macabras ni muy arriesgadas, como a ella le gustaría. Si le dejara, las novatadas podrían ser muy peligrosas.

Rompo todos los planes y trazamos unos nuevos. Es hora de que nosotros movamos ficha y dejemos de seguir el patrón de nuestros antepasados.

—Que el juego comience —dice Hermes saboreando el momento de dar un paso más.

No pienso admitir que, en el fondo, pienso si todo esto no hará por fin que cierta becada huya de este lugar. A ver si finalmente muestra algo de cordura o no.

Le mando todo a mi abuelo y le digo que detenga todo lo que ha hecho, que pensamos subir el nivel. Responde con un frío «ok» y sé que eso nos dará un tiempo. Tiene que irse..., solo así volverá la paz a este lugar.

La idea de que ella se vaya debería aliviarme, pero no es así.

No hay otra forma. Si firma los papeles y pierde su capacidad de poder ser lo que quiera estará vendiéndose, como el resto. De ella espero que no deje de ir contracorriente, como lo hace con cada sonrisa para desafiar a los que quieren hundirla. Si firmara..., si aceptara las condiciones para seguir aquí, me sentiría tremendamente defraudado.

Capítulo 27

ABBI

Ando por los pasillos con la cesta de la ropa limpia. Llevo la música puesta y estoy metida en mi mundo. Por eso, cuando me atacan y me golpean no estoy preparada y mi cabeza rebota contra la dura pared.

Idelia se me acerca y me restriega un panfleto por la cara hasta hacerme daño.

—¿Te creías muy lista? Porque te hemos pillado. Al final, por un poco de dinero..., la gente vende a quien sea.

—No sé de qué me hablas.

—¿Un hermano? ¿Tienes un hermano? —Hace como que le da un escalofrío—. Seguro que era tan horrible como tú.

—O te lo follaste y te gustó, quién sabe.

Les hace una seña a sus amigas para que me sacudan de forma que la cabeza me golpee otra vez contra la pared, pero esta ocasión estaba preparada. Lo peor es que mi mente viaja lejos, hasta los recuerdos de una niña perdida y varias chicas que querían divertirse conmigo.

—¿Tu abuelo tiene un circo? —No dije nada—. Está llorando, qué ridícula.

Se rieron de mí mientras yo lloraba asustada y luego me metieron en una sala oscura. Golpeé la puerta con fuerza hasta que me dolieron los brazos. Mi abuelo vino a por mí. Uriel me miró en el coche y me preguntó:

—¿Te da miedo la oscuridad?

—Sí —le dije creyendo que me ayudaría.

—Bien.

No me ayudó. Usó ese miedo contra mí. Por eso sé que no puedo hundirme. No ahora que estoy tan cerca de la meta y que solo cuando gane cada lágrima habrá merecido la pena.

Tomo aire y regreso a este momento, y sonrío a pesar de los fuertes latidos de mi corazón.

A Idelia le molesta mi sonrisa. Le molesta mucho y me grita. Me dice cosas horribles, pero no me inmuto mientras me sacuden. Hasta que oyen pasos y se marchan. Me agacho a recoger mis cosas y veo cómo me tiemblan las manos. Las meto un momento dentro de los bolsillos de mi chándal para que nadie lo vea.

—Aquiles era un héroe, a pesar de su talón. —Dorian se agacha conmigo y me ayuda a recoger la ropa. Al coger mis bragas negras se las quito de la mano y sonríe.

—Trae. —Me mira las manos. Siguen temblando—. A Aquiles lo mató su debilidad. —Lo miro a los ojos. Estoy temblando y no me importa que él lo vea. No hago nada por ocultarlo porque a su lado siento que puedo ser solo yo—. No sé cómo detener los pensamientos negativos. —Tomo aire mientras siento que me ahogo.

—Idelia irá a más.

—¿Lo has visto?

—Si te hubiera ayudado habría sido peor y solo vi el final. Por eso pisé más fuerte contra el suelo.

Lo miro y siento que él está tan atrapado en esto como yo.

Oímos pasos, mete toda la ropa en el cesto y me coge la mano para llevarme a una sala. Entramos y vamos pasando de una sala a otra hasta llegar a un invernadero destruido. Hay plantas silvestres por todos lados, pero a esta hora de la tarde le da su encanto a este lugar.

—Por suerte para ti, Idelia no conoce este sitio o te haría comerte las plantas.

—Eso seguro. —Dejo el cesto en el suelo y me paseo por la sala disfrutando de las plantas silvestres que han tomado el invernadero—. Tuvo que ser bonito.

—Tal vez hace muchos años.

Vamos hasta un cristal roto desde donde se ve el patio y la gente pasa cerca de nosotros sin vernos. Tomo aire y poco a poco noto cómo dejo de temblar.

—He conocido a muchas Idelias, con otros nombres, otras caras y otros fines. Es como si hubiera nacido para despertar los demonios de cientos de mujeres sin nombre.

—Tal vez te toca afilar bien tu espada. —Me río.

Lo miro. No sé qué hace en este lugar conmigo. No sé por qué se queda a mi lado. Deja caer la mano y yo la mía, y nos acariciamos sin querer ahondar en este leve roce. Ahora tiemblo, pero por algo diferente. Es por él, por lo que siento cuando me pierdo en su mirada. O cuando dejo la mía caer hasta su boca y preguntarme a qué sabrán sus labios. Noto cómo mi respiración se agita y el sexo se me contrae de denso y oscuro placer.

Sus dedos rozan los míos.

Estamos en este lugar tan infernal. Pero a la vez no, a su lado es como si creara mi propio mundo dentro de la tempestad.

—No debería estar a tu lado —dice como si recordara que somos enemigos.

—No.

Es la verdad porque tristemente no estoy aquí para hacer amigos, o para desearlo tanto que me duelen las entrañas. Pero aquí seguimos, perdidos en el otro un poco más. Sin que él aparte su mano o yo la mía. Cuando me acaricia la muñeca, me dejo. Quiero sus manos más arriba, por todo mi cuerpo, quiero sus labios sobre mi piel, quiero... Suena su móvil. Lo saca y veo que es su abuelo.

Se tensa y se marcha; por su mirada, espera que lo siga. Cojo mis cosas, pero le ha colgado. No hablamos mientras salimos de aquí y cuando regresamos a los pasillos abre la boca para hablar, pero luego niega con la cabeza y se marcha.

Voy hasta mi cuarto sintiendo la piel donde me ha tocado aún ardiente por su contacto. Quería más, mucho más. Lo deseo como nunca he deseado a nadie y siento que cruzar esa línea solo complicará más todo esto, que no está saliendo como planeaba.

DORIAN

Mi abuelo me hace una videollamada. La descuelgo y veo que está tirando los libros que dejé en su casa uno a uno a la hoguera. Odio cuando hace eso. Para mí los libros lo son todo. Son esa familia que nunca me abrazó, ese beso que siempre deseé sentir, esa caricia en medio de la soledad que me calmó. Ese viaje que me emocionó y ese lugar en el que perderme una y otra vez para escapar.

—Para que no olvides lo que debes hacer. —Toca la carpeta roja, esa carpeta que usa para amenazarme con las pruebas que contiene de la única noche que he olvidado en mi edad adulta.

Cuelga y ahora soy yo el que esconde las manos para que nadie vea cómo me afecta la ansiedad. Al llegar a mi cuarto golpeo con el puño la pared, enfurecido.

No puedo olvidar mis metas por nadie y menos por alguien que a pesar de todo sigue aquí. No dejo de pensar por qué y a veces siento que es como si al lado de Abbi mis alertas se apagaran para no correr en dirección contraria.

No puedo olvidar que es solo una becada que, a pesar de toda esta mierda..., sigue aquí.

Y si no..., que se vaya, ojalá lo hiciera, aunque eso me doliera.

Capítulo 28

Esta noche será la fiesta y se nota en el ambiente. Entro a la clase que me toca con Dorian y lo busco con la mirada. No ha vuelto a subir a la azotea, pero el recuerdo de su mano acariciando la mía y mi muñeca no se olvida. Vuelvo a él una y otra vez. Lo encuentro con un libro en las manos. Alza la cabeza como si sintiera mi mirada y nos observamos un segundo antes de que siga centrado en la lectura.

Hoy hace más frío y casi todos van con los jerséis. Dorian también, pero lleva el jersey arremangado en los antebrazos. Y la camiseta medio dentro, medio fuera. Esto le da un aire sexi a rabiar. Se me seca la boca al verlo y trato de concentrarme en cualquier cosa que no sea él. Sobre todo, en las novatadas. Desde hace días no nos han hecho nada. Y eso me crea más ansiedad, en especial porque sé que van a cambiarlas. Todos los becados estamos tensos, a la espera de qué será lo siguiente.

Voy a mi sitio y tomo notas de la clase. Al acabar

voy a la siguiente clase y siento que me siguen. Miro hacia atrás y no hay nadie, pero nadie, y eso es raro en medio de las clases. No suelen hacer novatadas durante el día, pero todo ha cambiado.

Camino escuchando mi respiración mientras espero que Idelia aparezca y me haga algo. No ocurre nada. Llego a clase y entro. Maldita sea. Tal vez todo sean imaginaciones mías, pero la espera es peor que tener un plan que solo hay que seguir.

Al acabar las clases tengo una carta de mi abuelo, o de mi tía, según se mire. La abro y leo:

> Todo esto ha pasado por tu gran bocaza y lo sabes. A ver si te callas la puta boca de una vez y haces lo que tienes que hacer.

Guardo la nota y tomo aire. La puerta se abre y Mina entra como si nada.

—Nos vamos a preparar para la fiesta. ¿Lista?

—Claro —miento, y salgo a la sala común.

Han subido algo de comer de las máquinas y comemos mientras pensamos qué ponernos. Están tan emocionadas que al final acabo por dejarme llevar y dar algunos tragos a la botella que Mina ha sacado de a saber dónde. Tiene demasiados trapicheos.

—Esta noche va a ser increíble —apunta ella.

—Solo espero que no nos jodan la fiesta.

Hasta ahora no lo hacían, pero ahora no lo sé. ¿Cuál será el siguiente movimiento? Lo desconozco, pero estoy lista, o eso quiero creer, porque rendirse no es una opción.

Capítulo 29

ABBI

Dafna insistió en que nos pusiéramos unos vestidos bastante ceñidos y cortos para la fiesta. Pero no me apetecía y tenía guardados algunos de los que mi madre me compra por si decido usarlos. Al final opté por uno ancho, no muy ceñido, por encima de la rodilla. Ahora estoy delante del espejo terminando de plancharme el pelo en modo sirena con un vestido plateado que bien podría parecer la cola de una. No, no lo he elegido por él, por lo que le dije... Mentira, sí quiero que me vea guapa. Nunca me ha importado lo que otros piensen de mí. He tenido parejas, pero nunca me han mirado como si estar conmigo fuera lo mejor que les ha pasado en la vida. Al final me cansaba de conformarme con todo. De creer que si tenía paciencia todo iría a mejor.

Nadie me ha mirado nunca como si quisiera devorarme entera. Ni con ese fuego en la mirada, a un paso de que este te consuma la cordura. Ni una caricia me ha hecho sentir que podría arder en llamas si la profundizaba.

Termino de arreglarme y vamos hasta el gimnasio. Esta noche es de fiesta y nunca han hecho nada antes, no tienen por qué empezar ahora, cuando a Idelia le gusta tanto ser el centro de atención en estos eventos.

Por un momento quiero imaginar que solo soy una universitaria más que disfruta de la vida.

Al llegar, Mina nos pasa unos chupitos, que desconozco de dónde los ha sacado, y nos los tomamos de un trago. Está malísimo, pero siempre he resistido muy bien el alcohol. Al tercero ya me da igual el sabor. Bailamos con el resto de los estudiantes. Busco a Dorian y lo veo apoyado en las escaleras mirándome. No tiene ninguna bebida en la mano, solo el Zippo que usa para encenderse los cigarros y lo gira entre los dedos. Lo mueve con rapidez, está claro que no soy la única que tiene habilidades con las manos. Pensar en sus destrezas manuales me hace temblar de deseo... No vayas por ahí...

Va muy guapo, todo de negro, con la camisa arremangada en los antebrazos y dejando ver algunos de sus tatuajes. Imagino esos brazos rodeándome o esos dedos entrando y saliendo de mi cuerpo... Joder, cada vez este deseo por él es peor. Más denso, más visceral. Muerdo el labio y sigue los movimientos de mis labios. Contoneo las caderas entre la multitud, bailando solo para él en medio de este mar de gente.

Mina tira de mí para que bailemos juntas y baja por mi cuerpo como si quisiera insinuarse a alguien. Marvin nos mira y noto cómo me devora con los ojos. Su mirada me tensa porque parece diferente al amigo que conozco. Cuando se me acerca, va algo doblado. Joder, está borracho.

—Estás preciosa. —Me toca el pelo y me aparto. Se ríe—. Vamos, solo quiero bailar.

—Ya, claro, y yo soy monja —le dice Dafna y tira de mí hasta ella—. Menuda lleva. Y los que nos vigilan, mirando el móvil.

Miro a los profesores aburridos. Sí, están todos mirando el móvil. Dudo que les importe lo que hacemos.

Bailamos con el resto de los becados y admito que me lo paso bien. Giro y mi mirada se cruza con la de Dorian. Idelia está cerca, con un vestido impresionante que realza su cuerpo, pero, aunque trata de que todos la miren, Dorian solo tiene ojos para mí y eso me pone mucho.

Aunque intente evitarme, lo siento cerca siempre.

Como si tratara de huir de esto sin éxito.

Me muerdo el labio inferior con los dientes de forma nerviosa. Sigue mis movimientos y cuando Idelia se le pone delante la mira enfadado. Luego se aleja más. Yo me muevo hasta sentir a Marvin cerca. Dorian me hace una seña indicándome la puerta. Y veo la urgencia en sus ojos.

—Bailemos...

—Tengo que irme a un... irme.

Se ríe y me marcho sin dar más explicaciones. No sé por qué sigo a Dorian fuera. Voy hasta una de las puertas que dan al exterior. Y lo busco por los alrededores de la mansión sintiendo el frío de la noche acariciarme la piel. Espero a Dorian y por eso me adentro en la oscuridad. Ando entre los matorrales e imagino cosas para no dejarme llevar por el miedo que me producen las sombras.

Él tira de mi mano y dejo que me guíe por estos jardines medio a oscuras, solo iluminados por la luna. Conoce este lugar como la palma de su mano, sabe cada entresijo de él, por ser el heredero y por llevar años aquí. Seguramente para escapar de todo esto.

Vamos hasta un laberinto de los jardines.

—Me pregunto cuánta gente se habrá escondido aquí para tener sexo —comenta Dorian.

—A mí, mientras no me lleves en sacrificio al Minotauro, el resto me vale. —Se gira y sonríe. Tarde me doy cuenta de lo que acabo de decir—. Lo que quiero decir...

—Tal vez yo sea Teseo y quiera pedirte ayuda para acabar con el temido Minotauro.

—Entonces yo sería Ariadna, la princesa que lo ayudó para acabar con él y trazó un plan.

—En ese mito ella se enamora del héroe.

Corremos por el laberinto mientras contamos esta historia y la hilamos entre los dos.

—Aunque la historia no acaba bien. Ella lo ayuda, le entrega el ovillo de oro para que pueda salir del laberinto cuando mate al Minotauro y a cambio él la abandona en una isla tras escapar de ese lugar.

—Bueno, en la mitología hay historias muy cruentas. Suerte que solo la abandonó y no se la echó de comer al Minotauro. Tal vez es lo que yo voy a hacer ahora contigo. Te llevo como pago. —Lo miro mientras tira de mi mano hasta el centro.

—Sinceramente, no me extrañaría.

Llegamos al centro del laberinto y veo una estatua del Minotauro. Agrando los ojos.

—Esto no lo esperaba.

—A mis antepasados les gustaba atemorizar a los que llegaban al final. Les hacía gracia ver sus caras de horror al girar y ver los cuernos de este ser mitad hombre, mitad bestia.

Miro la estatua de piedra, con ese gesto tan feroz, y no me extraña.

—Se ve que lo de jugar a ser dioses os viene de familia.

—Al parecer, sí. —Lo miro y reparo en lo sexi que está esta noche. Se gira y su mirada se hace intensa al caer sobre mí.

Me suelto de su mano.

—Apuesto lo que quieras a que no eres capaz de pillarme.

Echo a correr y me sigue. Al poco me atrapa y caemos contra los setos, agitados. Miro su boca, él la mía, y deseo que me bese, pero también ganar. Le doy un pisotón y me suelta lo justo para que pueda echar a correr de nuevo. Cuando me atrapa otra vez me coge con más fuerza, haciendo que su cuerpo se pegue al mío.

Lo miro agitada y temblando por su cercanía. Si me besara no se lo impediría. Lo sabe y por eso mira mi boca con oscuro y denso deseo. Pero aprovecho eso para escaparme. Maldice y corro por el laberinto.

Cuando voy a girar a la derecha tira de mí hacia la izquierda y me saca del laberinto. Al salir estamos agitados y caemos sobre unos altos setos cuadrados. Alza la mano y me acaricia el pelo. Acerca su nariz a la mía y la roza. Aprieto más mi cuerpo al suyo. Ansío que me bese. Lo deseo tanto que me duele el alma como si no implorarle un beso me desgarrara por dentro de deseo insatisfecho.

Oímos voces y Dorian se pone alerta y me aleja de este lugar para que no me vean. Estamos llegando a la mansión de la mano cuando se apagan las luces y la gente grita. Cierro los ojos, temerosa. Entonces siento su mano en mi cintura.

—Vamos.

—Yo debería estar ahí dentro. —Los oigo gritar y

me pregunto qué narices están haciendo. Esto no entraba en los planes, es un giro de los acontecimientos. No estar preparada me altera.

—Vamos, Abbi...

—¡¿Qué está pasando?!

—Sangre falsa por todas partes.

—¿*Carrie*?

—Idea de Idelia.

—¿Si te sigo vamos hacia una trampa? ¿Por eso me has sacado de allí?

Oímos pasos y me lleva hasta una esquina cogiendo mi brazo y ocultándome con su cuerpo, que se aprieta contra el mío. Solo nos ilumina la luz de la luna. Respiro agitada.

—¿Por qué me has protegido?

—¿De esos capullos? —dice cuando vemos que se alejan.

—No, de la sangre falsa.

—Era solo para que el resto del mundo no viera tu cola de sirena. Acabarían por experimentar contigo.

Su aliento me acaricia. Su boca me tienta y quiero consumirme en él. En el laberinto no me ha besado, pero mi cuerpo clama por un beso suyo. Y ahora mismo estoy demasiado agitada para pensar con claridad, cuando me ha sacado de este lugar para evitar que me jodieran como al resto.

—Bésame, Dorian Wilson.

Se lo pido queriendo olvidarme de todo. Siendo por un momento egoísta y pensando en lo que yo deseo seguramente desde que lo vi.

—¿Me has embrujado con tu canto? —pregunta pasando un mechón de pelo tras mi oreja.

—Solo es un beso..., has besado a muchas. ¿Qué te

da miedo? Sé que me deseas tanto como yo a ti. A menos que seas un cobarde que tiene miedo de un simple beso. —Se tensa y luego acerca su boca hasta la mía.

—No tengo miedo a un beso sin importancia —dice rozando con su aliento mis labios. Solo eso ya me hace temblar de puro y denso deseo.

Trago con dificultad cuando se queda a milímetros de mí. Los dos sabemos que no será solo un beso más. Pero a pesar de eso damos el paso que falta y fundimos nuestras bocas.

Siento una descarga que me recorre de pies a cabeza. Y me creo que un beso de su boca puede despertar a un muerto. Solo nos acabamos de tocar y ya estoy temblando. Acerca más mi cuerpo al suyo y coge mi cara con una de sus manos para girarla y llevar el control. Me pone mucho que sepa lo que tiene que hacer. Consigue que yo solo me centre en el placer de besarlo. Cuando tu mente va a tanta velocidad, que se detenga por un instante es una pasada.

Se separa y me mira asombrado, como si él hubiera sentido lo mismo y le desconcertara. Luego me lame los labios antes de morderlos. Acerca más mi cuerpo al suyo y cuela una pierna entre las mías haciendo que mi vestido se suba un poco, pero ahora mismo no me importa.

Su lengua se adentra en mi boca y entonces me devora entera. Me muevo contra su pierna haciendo que mis bragas se mojen. Joder. Si sigo voy a correrme solo con la fricción.

Nunca un beso me ha puesto tan cachonda.

Nos besamos con desesperación por dar más al otro. Tiro de su pelo y él del mío mientras su otra mano se posa en uno de mis glúteos y los masajea con fuerza.

—Me has hechizado, sirena. —Me lame la barbilla y el cuello—. En verdad no quiero besarte.

—¿Quieres que toque el bulto de tu bragueta para ver si opina lo mismo? —Sonríe contra mi piel y me muerde.

Quiero su boca por todas partes. Lo necesito dentro de mí.

El beso cada vez se hace más intenso, más guarro, más mojado. Su lengua me devora y mi cuerpo se abre a él ansiando más, mucho más. Me duelen las paredes de mi sexo por la ansiedad de sentirlo dentro llenándome.

Gruñe en mi boca y sigue con el beso más alucinante de mi vida.

—¿Dorian? —La voz de Idelia hace añicos nuestra burbuja.

—Vete —me dice, y lo hago porque ahora no estoy lista para enfrentarme a ella.

Escucho cómo Idelia le dice a Dorian que la fiesta se ha jodido y todos han comprobado que sus métodos han cambiado. Entro en el gimnasio, donde ya no queda nadie, y me restriego el potingue por el vestido y los brazos. Huele fatal, pero no quiero que nadie descubra que no estaba aquí en este momento. Eso sería horrible para mi plan. No puedo dejar que Dorian me ayude. Si lo hace, mi abuelo se enfadará. Y más si sabe que tengo como aliado al nieto de las personas que más odia. Tal vez me pediría que lo usara a mi favor y no quiero meter a Dorian en esto.

Voy hacia la residencia asqueada por este potingue. Me detengo a coger un móvil olvidado y cuando alzo la cabeza veo a Idelia y Dorian besarse.

Duele, duele mucho más que cada una de las novatadas. Sé que él y yo no somos nada. Que este beso solo ha sido uno más para él. El problema es que mi tonto corazón no lo entiende.

Tomo aire y voy hasta ellos notando cómo me duele el pecho. Al llegar, se ha separado de ella y parece enfadado.

—¿Os dejo condones? —Abro mi bolso con manos temblorosas y les tiro un paquete—. Siempre llevo, por si me entran ganas de follar. De nada. —Ando hacia mis escaleras—. Y gracias por el baño de sangre. Es muy bueno para la piel.

Subo las escaleras sintiendo que me rompo a cada paso. Soy tonta. Lo sé, solo ha sido un beso de un mujeriego. De alguien que regala sus besos a todo el mundo. De alguien a quien le da igual a quién besa. Pero a mí no me ha dado igual. Yo he vibrado con ese beso. Yo he tocado las estrellas con solo acariciar su boca. Y nunca he sentido algo así. Y ahora siento que algo tan increíble no he tenido la suerte de sentirlo un poco más. Me hubiera gustado que los minutos se alargaran en ese instante si solo iba a tener la oportunidad de experimentar algo así una vez en la vida.

Como cuando te vas a comer la última cucharada de tu postre favorito y se te cae antes de llegar a tu boca. Te quedas mirando el dulce, sintiendo su sabor en los labios, pero con el amargor de haberlo perdido.

Capítulo 30

DORIAN

Idelia trata de besarme de nuevo, pero no la dejo. Antes me pilló con la guardia baja. Tras el beso con Abbi, mi mente está en otra parte. Es la primera vez que he sentido una fuerza más poderosa que mi oscuridad. Sabía que besarla sería increíble, pero no esperaba sentir nada. Quería besarla y sentir la nada latiendo en mi pecho; sin embargo, me vi preso de un latido acelerado y noté el deseo corriendo por mis venas con ímpetu. Hasta hizo que su aliento apestando a alcohol no me importara. Odio besar a la gente que ha bebido, pero con ella no fue así.

—Te dije que no me besaras más.

—Y yo creo que tú no entiendes que tú y yo somos uno. Si no estás follando conmigo, ¿a quién te tiras?

—No te importa, Idelia.

—¿Hablo con tu abuelo de lo malo que eres conmigo? —pregunta de morritos. Me pone enfermo.

—Haz lo que te dé la gana.

—No te interesa tenerlo enfadado.

Voy hasta ella y la acorralo contra la pared, cansado como nunca de sus tonterías.

—Escúchame bien: si yo no quiero, nunca serás una Wilson, así que déjame en paz o, si existe alguna posibilidad de que un día tengas mi fortuna, te juro que antes desaparezco que dejarte poner un solo dedo en ella y los dos sabemos que a tu padre le interesa el apoyo de mi abuelo. A ver si voy a ser yo el que informe de lo poco que te soporto.

—No pareces tú —dice aterrada, como si esto fuera malo—. No haré nada, pero no te interesa tenerme como enemiga.

Sube a su cuarto y yo voy a hacer lo mismo, pero acabo en la azotea, no sé muy bien por qué, tal vez para fumar o para ver si Abbi está allí. Entro y la veo andando por la barandilla. Voy hasta ella agitado. Odio cuando hace eso.

—¡¿Acaso estás loca?!

—Nací en el circo, idiota. ¿Ya has terminado con ella? ¿Ni tres minutos, Dorian?

—Primero, tú y yo no somos nada. Segundo, me besó ella...

—Tercero, me importa una mierda. —Sus ojos muestran el rastro de las lágrimas bajo todo ese potingue que se ha puesto para no destacar.

Se levanta viento y no lo pienso: me la cargo al hombro para evitar que se caiga y me golpea el culo con las manos mientras ando con ella lejos de este lugar. Por un segundo me pregunto qué habría pasado si no llego a subir. ¿Y si se cae? Me entra ansiedad solo de pensarlo. Nunca me había importado tanto esto con otra persona. Es raro. Sí es cierto que evito que mi abuelo putee a los empleados, pero lo hago por deber, no porque me due-la. O me angustie.

Cierro la puerta que da paso a la azotea y la dejo en el suelo del descansillo. Acorralo su cuerpo con el mío y la miro a los ojos.

—Solo nos hemos besado. No te debo nada.

—Ni yo a ti tampoco. —Nos miramos agitados.

—Deberías irte.

—Dime algo que no me hayas dicho mil veces.

—Van a cambiar todo, Abbi. Este año no es como los otros. Deberías marcharte.

—No puedo. Y no tengo miedo. —Miente; la escasa luminosidad que proporciona la luz de emergencia me permite verlo en sus grandes ojos castaños—. No tengo miedo.

La luz de emergencia emite un destello y luego se apaga, y Abbi grita de miedo. Luego tiembla.

—¿Te asusta la oscuridad?

—No. Nada... —miente. Empiezo a alejarme de ella.

—¿A dónde vas?

—A ti no te asusta la oscuridad y yo me sé de memoria esto. Buenas noches.

—¡Eres un cabrón! ¡Te odio! ¡Y besas fatal! Por mí como si te besas con media universidad.

—Dime algo que no sepa o que no haya hecho ya. —Me apoyo en la pared. Está tan nerviosa que ni se ha dado cuenta de que estoy cerca.

Escucho su respiración agitada y luego dice algo que no entiendo. Es una cabezota. Pero sé mejor que nadie el daño que puede hacer que otros conozcan tus debili-dades. Estiro la mano y cojo la suya.

—Uno, odio que besarte me gustara —le digo y le acaricio la mano—. Dos, no volverá a repetirse. Tres,

Idelia me besó. No tengo por qué mentirte cuando tú lo has dicho, soy un cabrón.

Se relaja poco a poco con mis caricias y es raro que una persona confíe en mí sus miedos.

—Uno, a mí también me gustó besarte; dos, me encantaría que se repitiera, y tres..., me dolió verte besarla. Y añado un cuarto, no eres un cabrón, eres un solitario y eso la gente lo confunde muchas veces con ser mala persona.

—Y como te jodió que la besara —digo ignorando el último punto, donde ella me hace bueno—, se te ocurrió hacer el idiota sobre la barandilla. Ninguna persona merece tanto la pena como para morir por su causa y mucho menos yo.

—Me relaja jugarme la vida. Es algo incomprensible, pero cuando lo hago tengo que centrarme solo en eso. Mi mente deja de ir a toda velocidad y solo existen mis movimientos precisos. Quería que dejara de doler.

Nos quedamos en silencio tras su confesión y, aunque sé que es mejor no besarla más, una parte de mí se pregunta si sería tan malo dejarse llevar. Sería aterrador. Si solo un beso me ha trastocado tanto, no quiero imaginar qué pasaría si fuera más lejos.

Llevo desde que la conocí luchando a contracorriente. Queriendo ir contra lo que siento a su lado. No queriendo dejarme llevar. Llevo desde que la conocí tratando de ignorar que ella nunca podría ser como el resto.

—Lo entiendo —admito confesando mis inquietudes ante ella. Quebrando mis escudos por una mujer que tal vez me traicione.

Porque la entiendo y entiendo su temblor, su angustia. Lo entiendo todo y no me gusta. Me siento expuesto. Agitado. Nervioso. Vuelvo a ser ese niño al que su padre pegaba..., tiemblo y es ella la que me acaricia la mano.

Su caricia no debería calmarme, pero lo hace. Es peligrosa.

Muy peligrosa.

—¿Conoces la leyenda del hilo rojo del destino? —pregunta de golpe. Es algo que hace siempre, suelta información sin pensar, y eso me gusta de ella. Sobre todo, porque siempre dice cosas que sé y que nunca comento con nadie.

—No —miento.

—No mientas, Dorian. Eres un diccionario con patas. —Me río sin poder evitarlo—. Yo sí creo que estamos unidos a algunas personas, ya sea por amor o por amistad, y que nuestra vida girará hasta encontrarnos. Y, aunque el hilo se estire, nunca se rompe...

—Si me estás diciendo que tú y yo estamos conectados, te juro que invento la forma de cortar esa mierda de cuerda.

Se ríe y su risa me gusta.

—Idiota. No lo decía por eso... Mi abuelo tiene un espectáculo sobre eso. Los artistas están atados a un hilo rojo y en todo momento parece que se lía o se va a romper. Pero no lo hace y es alucinante cómo coordinan sus movimientos para que el hilo se pueda enredar y desenredar, pero nunca romper.

Se nota que quiere mucho a su abuelo Hadrian y me pregunto cómo sería eso. Tener una familia a la que admiras, sentirte querido... Todo esto me agita por dentro y necesito aire.

—Te llevo a tu cuarto.

Tiro de su mano y saco el móvil para iluminar las

escaleras. «Eres un cobarde», me grita mi mente. Lo hace mientras la acompaño hasta su puerta. Lo sé, soy un cobarde. El más grande, por eso siempre me escondo. Me oculto y me río del mundo, para que nadie vea que en verdad nunca dejé de ser ese niño aterrado ante el golpe de su padre. Y tengo miedo de estar a su lado y que vea todas y cada una de mis taras. Porque sé que ella puede verlas todas si le dejo.

—Dorian...

—Es mejor hacer como si nada.

Deja algo en mi palma y siento que es una moneda.

—Para cuando quieras volver. La magia existe.

—La magia solo es un cuento de niños...

—Mi abuelo me dijo un día que para creer en algo con fuerza solo hacía falta un pensamiento. Que ese era el inicio de algo más grande. No puedo obligarte a que estés a mi lado..., pero me gustaría que no me alejaras de ti más.

—Solo te haré daño..., tengo que destruirte...

—Lo sé, Dorian, yo sé cuál es tu papel en esta historia. Pero tú no sabes cuál es el mío. Si me dejas..., tal vez un día te lo cuente.

Algo me oprime las entrañas. Y no quiero saberlo, siento que si lo sé será su condena.

Me acerco a ella y guardo la moneda en un bolsillo de su bolso cruzado, donde lleva el móvil. Ella no sabe que yo de niño admiraba a su abuelo, el gran Hadrian, y que aprendí a hacer trucos de magia para ver si un día mi padre desaparecía.

—No te necesito... ni tampoco tus secretos.

Me marcho agitado, pero siento que es lo mejor. Lo mejor para ella y para mí. Sentir duele. No quiero sentir, no quiero experimentar dolor. No quiero sentir nada.

Solo cuando no siento nada puedo respirar sin ahogarme con cada bocanada.

Porque, a pesar de que mi padre era un cabrón y me pegaba..., yo lo quería.

Todos los que me han importado me han fallado.

Y eso me hizo aprender a ser un cabrón para sobrevivir en soledad.

Capítulo 31

ABBI

Meto la mano en mi bolsillo para buscar el móvil y mis dedos chocan con la moneda que le di a Dorian. Cuando me quité el bolso, la moneda cayó del bolsillo que lleva para guardar las llaves de la residencia. Al parecer, no soy la única a la que se le dan bien los trucos.

Sentí que Dorian estaba perdido. Y quería verle la cara. Ver en sus ojos si estaba mintiendo. Casi hablé de más y le dije que, aunque me aterra, siento que él y yo estamos conectados... Pero si lo hago estoy perdida. Temo contarle mi verdad y que mi abuelo Uriel vaya contra los míos. Es mejor no recordar que solo estoy de paso y que cuantos menos amigos haga, mejor. Él tal vez no me llegue a mentir tanto como yo a él.

Ahora estoy en la biblioteca, trabajando. Ordenando libros que los estudiantes dejan por cualquier parte. Hace dos semanas que Dorian y yo nos besamos. Lo creí cuando dijo eso del beso de Idelia, pero eso no cambia que ahora solo lo mire de reojo mientras él parece hacer como si yo no existiera. Ni una mirada, ni un detalle. Y, por supuesto, no ha vuelto a la azotea.

Es peor que antes. Antes no venía a la azotea, pero su mirada siempre estaba puesta en mí. Ahora me ignora, como si no sintiera este vínculo que nos une tanto como yo.

Es como si todo lo que vivimos solo hubiera sido producto de mi imaginación. Es cierto que solo fue un beso, unos encuentros y la facilidad de hablar de cualquier cosa. Pero me pareció especial.

Es mejor así, lo sé. Pero siento que sigo ligada de alguna forma a sus ojos aguamarina y cada vez que lo tengo cerca busco que nuestras miradas se encuentren.

—Es viernes y nos vamos a la ciudad a tomar algo. —Marvin termina de ordenar los libros que me quedan y me muestra la hora—. Fin del trabajo, ya he avisado a Dafna y a Mina. Mis amigos nos esperan allí.

—¿Y si no quisiera ir?

—Te llevamos a rastras —pone la cuenta atrás—, tienes quince minutos para cambiarte y bajar a las cocheras. ¡Corre!

—¡Idiota! —le digo entre risas mientras cojo mi mochila y corro hasta mi cuarto.

Mis compañeras me esperan ya cambiadas. Entro a mi cuarto y busco qué ponerme. Me decido por un vestido sencillo de media manga de color negro. Busco mis botas y la chaqueta, y salgo corriendo del cuarto.

—¡Vamos! —les digo divertida.

Miran mi cara sin maquillaje y Mina coge su neceser. Salimos del cuarto y vamos hasta las cocheras. Al llegar, Marvin nos espera apoyado en un coche negro.

Cada vez me siento más unida a mis compañeras. Paso mucho tiempo con ellas, al final es inevitable.

—Te han sobrado treinta segundos. Casi me marcho.

—Tonto.

Marvin y yo también estamos cada vez más unidos. Pasamos muchas horas juntos trabajando y más de una vez he sentido cómo me mira la boca. Hace unos meses no habría necesitado más para lanzarme y besarlo buscando sentir algo. Hasta que besé a Dorian y comparar ese pequeño algo con todo eso me parece absurdo.

Voy hacia la parte de atrás y antes de entrar oigo el motor de un coche. Miro y veo a Dorian clavando sus ojos en mí tras tanto tiempo. Aprieta las manos en el volante y mira hacia Marvin, que habla con Mina, que se ha sentado delante. Cuando vuelve a mirarme, sus ojos claros parecen más oscuros que nunca.

Entro al coche sin entenderlo. Es él quien ha marcado las distancias. Marvin se pone al volante y Dorian nos cede el paso. Salimos del garaje seguidos por él. Y así sigue todo el camino hasta la ciudad, lo que me pone muy nerviosa. Me giro varias veces a mirarlo. No hace amago de adelantarnos. Marvin mira de vez en cuando a ver si nos pasa, pero nada. Llegamos a la ciudad y los tenemos detrás, a él y a los otros tres dioses del Olimpo, como los llaman por aquí los nuevos becados. Unos dioses que últimamente no hacen nada y la espera me está matando. Nada está saliendo como llevo planeando años. Y lo peor es que esta calma me está haciendo abrirme a mis amigos. Y no me gusta esta necesidad de protegerlos. Es más fácil sobrevivir si luchas solo.

Llegamos al restaurante-pub, Marvin detiene el coche y, ¡sorpresa!, Dorian a su lado. Cuando salgo del vehículo también lo hace él. Nos miramos y me cuesta mucho no devorarlo con la mirada. Lleva el pelo rubio un poco más largo y le cae sobre las cejas con ondas. Sus ojos, su boca, la curva de su cuello..., sus manos. Todo me tienta, me hace recordar lo que sentí al dejarnos llevar y no negarnos el placer de ver adónde nos llevaba este deseo.

—Buenas noches, becada —me dice.

—Buenas noches, capullo. —Sé que dije que no lo era, pero estoy tan enfadada con que me ignore que se lo digo.

Sonríe de medio lado hasta que Marvin se acerca y tira de mí lejos de este ser sin corazón. Vamos dentro y andamos hasta una mesa al fondo. Cómo no, los cuatro jinetes del Apocalipsis, como tal vez los empiece a llamar ahora, se sientan en una zona vip más amplia y con vistas de todo. El lugar tiene una zona para picar algo y beber y luego, abajo del todo, una pista de baile.

—Lo abrieron hace poco y está muy de moda entre la gente de la universidad. Por eso hay tantos aquí —apunta Marvin.

—¿Y no se te ocurrió un lugar en el que no tuviéramos que ver a las mismas personas una y otra vez? —pregunto algo tensa, sintiendo la mirada de Dorian puesta en mí cuando Idelia no se da cuenta.

—Vamos, lo pasaremos bien. —Marvin coloca su brazo sobre mi hombro y Dorian se tensa.

Bien, que se joda. Solo por eso no aparto la mano de Marvin. Centro mi mirada en la carta sintiendo las caricias que traza sobre mi brazo. Me está poniendo nerviosa. Mis amigas comparten una mirada cómplice, dejando claro que se han dado cuenta.

Me centro en la comida. Es lo mejor. Dejo la carta y miro a Dorian de reojo. Gira el Zippo con sus dedos mientras Idelia le pasa la mano por el torso. Va vestido con unos vaqueros y una camisa azul, que ha arremangado. El resto va con ropa más elegante, pero a él parece que con la camisa le sobre y, joder, está más increíble que todos los demás.

No quiero seguir su mirada...

Ni buscarla...

Ni necesitarla.

Nada está saliendo como estaba planeado. Mi abuelo Uriel debe de estar que se sube por las paredes. No me ha escrito, pero siento que, si esto no cambia, pronto recibiré noticias suyas. Porque cada poco tiempo me llega una carta de mi querida tía.

Traen los primeros platos y la verdad es que están buenos. Aunque los disfrutaría más si Marvin no pusiera de vez en cuando su mano en mi pierna. Debería pararlo, pero ver la rabia en los ojos de Dorian me está dando alas para ser una capulla.

Marvin se viene arriba en las copas y le bajo varias veces la mano que trata de meterme bajo la falda. Una cosa es jugar y otra, quemarme. No quiero que piense que quiero ir más lejos. Cuando se acerca a hablarme al oído, en un momento en que la música es alta, y me da un beso, me levanto como un resorte para ir al aseo.

Salgo de la mesa y me gritan que luego irán a la pista. Les digo que vale y, en vez de ir al aseo, subo a donde pone que lleva la escalera: a la azotea del personal. Los escalones están iluminados por las luces de emergencia y como esperaba la puerta está cerrada con llave y eso me molesta mucho. Cojo una de mis horquillas para abrirla.

—Entonces es así como abriste el candado de la universidad. —Dorian está tras de mí—. Y yo que te traía las llaves. —Se acerca y me quita la mano para abrir la puerta con facilidad con la llave.

Su cercanía me mata.

Me tienta.

Me desborda.

Su cuerpo se queda pegado al mío, tentándome con su calor. La respiración se me agita y hablo sin querer que se note en mi voz lo nerviosa que me pone.

—¿Acaso eres el dueño?

—No, lo es mi abuelo. Se aburre con todo el dinero que tiene y ha abierto esto. Para dejármelo cuando todo sea mío. Qué amable. —Noto angustia en su voz—. Vamos, toda tuya.

Abre la puerta, lo que hace que me eche más para atrás y me choque con él en este rellano en penumbra.

—Quería estar sola.

—Prometo no molestarte ni meterte mano —lo susurra en mi oído y su aliento me pone la piel de gallina.

—No, lo segundo ya lo has dejado muy claro.

—¿Pensabas eso cuando ese idiota trataba de tocarte las bragas bajo la mesa? —Se me acerca más.

Su perfume entra en mis fosas nasales. Me encanta cómo huele a fresco, a bosque, a libertad. A menta. Sube su mano hasta ponerla en mi cara.

—Al menos, él se muere por meterse dentro de ellas y no lo disimula.

—No lo dirás por mí. Ya no te deseo. —Su aliento me acaricia y quiero que me bese, me tiembla el cuerpo solo de volver a imaginar su boca sobre la mía.

¿Qué tiene Dorian que me vuelve loca?

—No pienso besarte —dice con los dedos cerca de mis labios.

—Yo tampoco hasta que me supliques. —Lo empujo y salgo al frío de la noche.

El frío se posa en mi cuerpo, caliente por él. Estoy helada hasta que se pone a mi lado. Muy cerca. Miramos los edificios a nuestro alrededor. Su espalda me da calor. No me aparto. Me gusta sentirlo tan cerca.

—¿Crees que alguien puede enamorarse a oscuras? —Sé que habla de Psique.

—Creo que el alma ama entre las tinieblas.

—Con lo lista que eres y crees en el amor.

—Lo he visto. Y, cuando lo ves, deseas sentirlo.

—Yo nunca he visto tal amor. —Se separa, anda hasta la barandilla y se apoya en ella—. Me gusta más follar. Es más placentero. Menos doloroso y más solitario. Al final, follar es pensar en tu propio placer mientras crees que la otra persona solo goza por tenerte dentro.

—Qué poético, Dorian, y sí, follar es una mierda egoísta que nos incita a creer que la siguiente vez será mejor mientras buscamos algo que no sabemos si existe.

—Y luego dices de mí.

—Bueno, tú has empezado.

Se gira y me mira. El viento me mueve el vestido.

—Si no me atrajeras como me atraes, seguramente buscaría un sitio donde besarte hasta perder el sentido y luego te la metería hasta el fondo. Pero es por lo mucho que me atraes precisamente por lo que no quiero hacer nada.

—Espera, que me recojo las bragas, que se me han caído con tu lindeza poética. —Se ríe. Se ríe de una forma que no le he visto nunca y que hace que mis labios se curven—. Me gusta tu risa.

—Yo la odio. —Mira la noche—. No voy a volver a

besarte. Ni a rogarte, pero tal vez no huya de tu compañía.

—Tal vez yo tampoco. —Dejo la mano cerca de la suya y miro la noche hasta que noto sus dedos tocar los míos. No hago nada, siento que si lo hago espantaré a ese niño que vive en él y que no avanzó tras lo que le pasó. Y que está aceptando que estar a mi lado no le molesta tanto como le gustaría.

Nos hemos acariciado otras veces, pero tengo la sensación de que esto es diferente para él, como si fuera su forma de admitir que no quiere seguir huyendo de lo que siente con mis atenciones, con mi cercanía.

Dorian y yo somos muy jóvenes, pero hemos vivido cosas que nos han hecho madurar demasiado pronto. Solo que él no intuye las mías. Me siento una traidora. Si supiera que soy la nieta del hombre al que tratan de encontrar me odiaría.

—Hace mucho frío. Es mejor que entremos.

Se aleja y me pregunto si de verdad va a dejar de huir de mí. Al salir de la azotea nos quedamos muy cerca cuando cierra la puerta. Estamos a oscuras en este rellano, la luz de emergencia apenas alumbra. La música se oye de fondo. Debería estar aterrada por la falta de luz y, sin embargo, con Dorian cerca tiemblo, pero no de miedo.

—Marvin no me gusta.

—Tampoco me gustas tú. —Lo miro.

—Oculta algo.

Entonces decido mentir para provocarlo.

—Es mi amigo y, tranquilo, que no me gusta, solo lo usaría para darle un respiro a mi consolador...

Antes de que me dé cuenta, Dorian me acorrala contra la pared del rellano y me abre las piernas con la rodilla. Desliza la mano por el interior de mis muslos hasta cerca de mi sexo. Noto cómo este se sacude y se agita de forma dolorosa, mojando mi ropa interior.

—Esta noche, no —dice y sube su mano hasta abarcar todo mi sexo tras romper las medias oscuras para colarse dentro y posarla sobre mi ropa interior.

Me muerdo el labio mientras la palma de su mano se restriega sobre mi sexo y palpa lo mojado que está. Por su gruñido sé que le gusta lo que nota. Deseo su boca, pero no pienso suplicarle. Se acerca a mi cuello y me lame y me chupa mientras sus dedos apartan la ropa interior y encuentran mi clítoris para frotarlo esparciendo mi esencia.

—Tan mojada... y es por mí.

—Ya quisieras...

—Vamos, becada, admite que te encanta que te toque. Me lo suplicas cada vez que me miras.

—A ti y a todos. Me gusta el sexo.

Mete un dedo y me quedo sin pensamientos coherentes. Lo mueve hasta adentrarlo en mi vagina. Añade otro dedo y los mueve con fuerza. Acerco las manos a su torso y busco el bajo de su camiseta. Meto una mano dentro para tocar sus oblicuos. Araño su piel tersa cuando el pulgar me acaricia el mojado clítoris.

—Tan apretada. —Apoya su frente en la mía.

Lleva su otra mano a mis pechos y los toca sobre el vestido. Los pezones están tan duros que me duelen. Tira de ellos y baja el cuello del vestido hasta liberar uno. Baja la cabeza y pasa la lengua por él. Joder, si estaba jodida con un beso, esto va a ser peor. No podré conformarme con menos. Es lo más erótico que he vivido en mi vida.

Me muerde el pezón y gimo. La música se lleva mis ruidos mientras entra y sale de mí con fuerza.

—¿Vas a irte con él o con otro?

—Solo si no acabas lo que has empezado. —Sonríe contra mi pecho y luego me succiona con fuerza el pezón.

Estoy cerca del orgasmo, pero temo que cuando me lo regale se aleje de nuevo.

—Te encanta que te folle con mis dedos. —No me pasa desapercibida esa posesividad.

—Podría estar imaginándome a cualquiera.

Se aparta y casi protesto hasta que veo que saca el móvil. Pone la linterna y lo deja en la escalera para que pueda verlo. Luego se acerca y me pasa una pierna por su cintura antes de meterme los dedos dentro. Nos miramos a los ojos mientras me penetra con fuerza y gimo de placer. Mis pechos rebotan sobre el vestido. Me muerdo el labio porque esto es demasiado. Su caliente mirada hace estragos en mi cuerpo. Es ardiente, me mira como si fuera la mujer más hermosa que ha visto en su vida. Él, que ha tenido tanto sexo, me observa como si fuera la primera vez.

Apoya su frente en la mía y acaricia mi nariz con la suya.

Cierro los ojos, presa del momento. Tiro de su camiseta y lo acerco más a mí. No nos besamos, pero mis labios tiemblan por la cercanía de los suyos.

Ahonda más los dedos y los mueve más fuerte.

—Joder..., estás tan mojada. —Cierra los ojos y tiembla por el deseo de verme así de cachonda por sus atenciones.

Nos miramos a los ojos mientras su pulgar hace estragos frotándose contra mi clítoris hasta que no puedo más.

—Vamos, becada, córrete con mis dedos. Lo estás deseando.

Mueve el pulgar sobre mi clítoris más fuerte. Me corro con fuerza notando cómo mi cuerpo se convulsiona por él. No dejo de mirarlo y él tampoco, como si se embebiera de mi imagen.

Nos quedamos en silencio. Jadeantes y agitados.

Entonces veo algo en su mirada que no sé cómo descifrar: como si sintiera miedo.

—No volveré a tocarte —promete.

Se aparta y coge el móvil antes de irse. Aunque no quería que lo viera, he percibido su mirada perdida y su rostro pálido. Dice que no volverá a tocarme. Siento que ni él puede controlar este fuego que nos quema cuando estamos cerca del otro.

Yo tampoco y tal vez lo mejor sería hacer justamente eso, tomar caminos separados.

Yo sí sé quién es él, pero él no sabe quién soy yo.

Capítulo 32

DORIAN

—Apestas a sexo. ¿Con quién has estado?

—No te importa, Idelia. —Tira de mi camiseta y me mira enfadada. La aparto y me marcho hasta mi coche.

Al llegar, veo a Abbi detrás del volante del coche de Marvin sin ponerlo en marcha. Parece perdida. Agitada y nerviosa. No parece la misma chica que se acaba de correr entre mis dedos. He estado con muchas mujeres, pero con ella todo es más... real. Tanto, que me he asustado. Porque a su lado me siento menos solo. Como si pudiera dejar de vivir la vida entre tinieblas.

Eso me aterra, por eso me he ido creyendo que puedo escapar de esto.

«Por eso ahora no puedo irme sin más...», pienso mientras toco la ventanilla, y ella la baja. Me mira y veo cómo su mirada pasa de perdida a ardiente. La recuerdo corriéndose en mis manos con los pechos blancos y la punta rosada dura, y noto cómo mi polla da una sacudida. Ella se corrió, pero yo estoy cachondo como nunca, perdido en sus gemidos y en la sensación de tener mis dedos dentro de su apretado coño. Es la primera vez en mi vida que he dado un orgasmo a alguien sin obtener nada a cambio.

—¿Todo bien?

—Mis amigos van a pasar la noche aquí y mañana los recojo..., pero tengo que volver a oscuras.

Miro a mi alrededor. Podría decirle que yo la llevo, pero si alguien nos ve juntos, se harían muchas preguntas. Si nos ve Idelia, irá más contra ella. Y puede atar cabos por lo que ha pasado esta noche.

—Iré detrás de ti.

Asiente, menos nerviosa.

—Gracias.

—De nada —le digo, incómodo de nuevo por hacer esto, por no poder mirar a otro lado cuando se trata de ella.

Entro al coche y la sigo de cerca. Me doy cuenta de que a ella le da miedo la oscuridad y me empieza a dar mucho más miedo ella y lo que siento cuando la tengo cerca. O cuando la siento lejos y no paro de buscarla con la mirada o de preguntarme si estará bien.

La sigo hasta que llegamos a la cochera. Aparca en la zona de los becados y yo, en la mía. Voy hasta las escaleras que suben a mi cuarto y la veo ahí esperándome.

—¿Acaso quieres seguir con lo que dejamos a medias?

—¿A medias? Yo me quedé bien satisfecha. —Sonríe mientras subimos juntos por la escalera—. Ah, lo dices por ti..., vaya, no tengo ganas. Lo siento. —Bromea y saberlo me gusta; la gente se me acerca solo por quien soy y a ella eso parece no importarle—. Gracias por seguirme con el coche.

—De nada. —Llegamos a su planta—. Las cosas se van a poner complicadas y muchas de las pruebas van a ser a oscuras. Deberías irte —repito porque si está lejos no me preocuparé por ella o por lo que siento.

—Así no tendrías que evitarme, ¿no?

«Ni querer cuidar de ti», pienso. Y desecho esa idea.

—Tú misma, becada. Buenas noches.

Empiezo a subir las escaleras y me detienen sus palabras.

—No puedo irme..., no puedo.

Me giro y espero que diga algo más. Aparta la mirada. No confía en mí. Yo tampoco en ella, pero aquí estamos. Nos miramos a los ojos y mi necesidad de prolongar este encuentro es muy grande. Por eso me alejo. Me estoy ahogando con estas nuevas emociones latiendo en mi pecho que no sé cómo controlar.

Entro en mi solitario cuarto. Voy hasta la ducha tras quitarme la ropa y esta vez sí me permito el placer de correrme mientras recuerdo a Abbi tan apretada y mojada por mí. Por una vez cedo a mis deseos. No puedo negarme lo mucho que me pone.

¿Qué mierda voy a hacer con esto que siento?

Estoy aterrado...

Ella empieza a ser mi debilidad.

Capítulo 33

ABBI

Llevo todo el fin de semana nerviosa esperando las novatadas. Esta espera va a acabar conmigo. No paro de rascarme el brazo y no es porque me pique, es por los nervios. Tengo heridas y todo, y es horrible. Estoy estudiando mucho, pero la espera me mata. Y sé que lo saben, que saben que la ansiedad nos destroza más que una putada.

De las putadas te repones y sigues, la ansiedad te reconcome hasta no dejarte respirar.

Entro a clase y siento los ojos de Dorian puestos en mí. No lo miro porque no sé si podré evitar que el resto note lo que me hace sentir solo una mirada suya, ahora que hemos tenido ese encuentro más sexual. Voy hasta mi sitio y saco mis cosas. La clase empieza y no dejo de sentir su mirada. La piel se me pone de gallina y recuerda el tacto caliente de sus dedos. Aprieto las piernas y me centro en todo menos en él, y así lo hago una clase tras otra hasta irme a la biblioteca y perderme en las últimas filas, las más alejadas y solitarias, para hacer inventario de los libros que hay en ella.

Volví a recoger a mis amigos. No habían dormido y siguieron la fiesta en el coche. Al parecer, Marvin se acostó con alguien que no quiere decir. Sentí algo raro al saber que parecía interesado en mí y de golpe estaba hablando de su misteriosa chica como si nada. Es cierto que me da igual, pero me hace desconfiar. Y todo por culpa de Dorian y su gran bocaza.

Cojo varios libros y anoto sus títulos en el ordenador. Siento que alguien me observa, giro la cabeza y veo a Dorian apoyado en la estantería. Me mira fijamente. Serio, muy serio. Los latidos se me aceleran. Y aquí soy incapaz de ocultar lo mucho que me gusta tenerlo cerca.

—¿Qué haces aquí?

—Ni idea. —Coge un libro al azar, lo hojea y pone mala cara—. Es aburrido.

Lo deja y coge otro. Sigo con mi trabajo sin perderlo de vista y sintiendo algo crecer en mi pecho. Sobre todo, por sus caras de enfado o su mirada perdida. Dorian está muy roto y tal vez muy solo. A veces me deja ver esta parte de él y lo entiendo; yo me he sentido así muchas veces, pero yo tenía a alguien. Siento que él siempre ha estado solo.

—¿Sabes lo que es tener memoria fotográfica? —me pregunta.

—Intuyo que sabes que de tonta no tengo un pelo —bromeo y se me acerca. Me pasa sus dedos por la mejilla. Su contacto me quema y me hace ansiar más. No esta leve caricia que parece el revoloteo de una mariposa sobre mi piel.

—Recuerdo cada instante de esa noche. Y es una mierda. Porque quiero volver a ella.

Mi estómago da un vuelco ante su confesión y mi sexo se contrae al recordar lo que sentí cuando me tocó justo ahí.

—Bueno, si tienes tanta memoria puedes volver a ella una y otra vez.

—No es lo mismo, joder. —Se revuelve el pelo, agitado, y se apoya de nuevo en la estantería que da a la pared.

Parece perdido, inquieto, nervioso, por eso le digo que me ayude. Y lo hace. Se quita la cazadora de cuero y se arremanga la sudadera; ninguno de los dos va con el uniforme al estar fuera del horario escolar. No mirarle las manos y los antebrazos me cuesta mucho. Sus dedos me recuerdan lo bien que los sentí dentro de mí. No lo hago porque creo que necesita algo lejos del sexo. Algo lejos del placer.

Voy diciéndole títulos y los va metiendo en el ordenador. Cuando suena mi alarma del móvil para acabar la jornada nos miramos agitados.

—Podemos ser amigos.

—No tengo de eso.

—Bueno —me acerco y le saco de la oreja la moneda—, siempre hay una primera vez para todo. Y yo me he esforzado mucho por que volvieras a mí. Merezco que al menos lo intentes.

Pongo la moneda delante de sus ojos y pasa la mano por ella. Luego la hace desaparecer entre sus dedos. Es muy rápido. Y muy bueno. Cuando se aleja, no sé dónde cojones ha metido la moneda, pero sé que la llevo encima. La busco y está en el bolsillo trasero de mi vaquero. Pero ¿cómo narices me ha engañado hasta ese punto?

¡Dorian Wilson no puede ser mejor que yo!

Lo que me recuerda que mi libertad depende de que lo haga en los estudios.

No podemos ser amigos..., pero me marcho a mi cuarto girando la moneda y pensando en cómo sorprenderlo la próxima vez. Por un momento me permito ser solo una estudiante más, sin una carga demasiado pesada. Que siente mariposas por el chico más increíble de toda la universidad.

Por un segundo solo soy Abbi, sin más. Y me encanta.

Al día siguiente, Dorian llega antes que yo donde nos vimos ayer, en la biblioteca. Yo creo que ha entrado por otra puerta, porque si no, ayer Marvin me hubiera preguntado por ello. Hay que tener en cuenta que esta mansión era de su familia y que usaron el dinero de la mía para remodelarla. Si alguien se sabe todos los secretos de este lugar es Dorian.

Lo miro de reojo mientras trabajo. Saber que lo tengo cerca me altera y me hace desear perderme en él. Pero siento que ahora mismo, si cruzo los límites, perderé esto que tengo con él y que me importa más que el deseo que siento cuando me toca. El problema es que el sexo es solo un intercambio momentáneo. Necesitarlo en mi vida es más aterrador.

—Me encanta el algodón de azúcar —le digo tras traer un par de cafés muy malos de la máquina. Él se toma el suyo sin quejarse.

—A mí no me gusta mucho lo dulce —admite—. Pero la menta, sí. De vez en cuando masco chicles de menta.

—Por eso sabes a menta. —Sonríe.

—¿Ganas de probarme de nuevo, becada?

—En tus sueños. —Nos miramos y ambos sabemos que miento.

Oímos pasos y pienso que vienen a por mí. Que es una trampa. Que empiezan los dichosos juegos. Llevo mi mano al brazo y me rasco hasta que Dorian me la coge y me mira el estropicio.

—¿Y eso?

—Eh... —Me observo el brazo rojo y con algunas heridas finas de mis uñas—. Me pica.

—Pues deberías ponerte una crema y no hacerte esa carnicería.

De nuevo, más pasos. Miro a Dorian y pienso si está aquí para vigilarme. Voy a rascarme de nuevo, pero me sujeta la mano. Lo miro alterada cuando las pisadas aumentan. Entonces se van las luces de la biblioteca y grito.

—¿Es una trampa? —No puedo verlo, pero parece tenso.

—¡Joder! Te dije que te fueras de este puto lugar... —Duda y tira de mí tras una estantería—. Vamos por el pasadizo.

—No puedo, si me ayudas de nuevo no podré cumplir mis objetivos...

—¿Qué objetivos?

—El primero es que no quiero que nadie me regale nada —le digo rápida, y eso parece que lo relaja—. Lo siento. —Lo empujo para que el que se aleje sea él y aterrada regreso donde estaba.

Voy hasta donde está mi móvil y lo escondo en una leja. Al poco aparecen y me tapan la cabeza con una capucha negra. No veo nada. Dejo que mi imaginación vague libre. E imagine cientos de cosas. Sin darme cuenta voy a cada uno de los besos de Dorian y a cada momento a su lado. Quiero detener todo esto. Pero me pierdo en los recuerdos como sé que no debería.

Capítulo 34

DORIAN

Busco enfadado dónde mierda están haciendo las novatadas, pero veo becados en la cafetería y no me cuadra lo que está pasando. También veo a Edey jugando al baloncesto. Me acerco a él y me lanza el balón, lo atrapo y lo tiro a la canasta sin mirar. Encesto. Siempre se me dio bien el deporte, pero me aburría. No suponía un reto para mí y mi mente inquieta.

—Hola, tío —me dice él.

—Hola, ¿sabes cuándo van a empezar las novatadas?

—Ni idea. Idelia es la que lo quiere organizar todo. Y dice que cuanto más desquiciados estén esperando, más los joderemos.

Eso hace que recuerde las marcas en el brazo de Abbi. Idelia es una cabrona y sabe cómo volverlos locos.

—¿Y sabes dónde está? —Siento que todo esto es cosa de ella y de su séquito de pelotas. No es la primera vez que va contra Abbi a solas desde que llegó.

—Ni idea. Pregunta a Hermes, los vi juntos antes.

Le digo que vale y me marcho agitado. Está claro que Idelia va a por Abbi porque me ha visto mirarla o a saber por qué. Me conocen lo suficiente para saber que nunca paso tiempo con nadie. Que soy un solitario y que de mí solo se obtiene un poco de sexo de vez en cuando, pero nada más. Y que nunca me he interesado en pasar tiempo con los becados, primero por las normas y segundo porque no soporto que se rebajen tanto por dinero. Pero con Abbi es todo diferente. Algo más fuerte que yo mismo me empuja hacia ella una y otra vez.

La elijo a ella por encima de mi soledad una y otra vez.

Porque a su lado es como si dejara de sentirme tan solo.

Voy hasta los pasadizos secretos y no los veo. No sé adónde mierda se la ha llevado. Odio esta preocupación por alguien que no soy yo. Quiero que se vaya, dejar de sentir. «Preocuparme tanto por alguien no me gusta...», me digo para convencerme.

¡Es desquiciante!

No dejo de buscarla en toda la noche y no la encuentro.

Voy a clase a primera hora como si nada y Abbi no aparece. Idelia sí está y me saluda con la sonrisa de alguien que sabe que ha movido ficha y ha jodido bien la partida. No puedo preguntarle por Abbi, porque si lo hago irán a por ella. Por eso me siento y me hago el tonto.

—¿Qué tal ayer? —me dice pasando sus uñas rojas por mi brazo.

—Genial, me la estuve cascando en la ducha toda la noche.

—Si necesitas ayuda...

—Tal vez lo haga.

Su mirada va hasta la puerta y la sigo. Veo a Abbi entrar; lleva el pelo más corto, por los hombros. Y, aunque sonríe, veo la tristeza en sus ojos. Se ha maquillado en exceso y anda con paso firme, pero no deja de rascarse la muñeca.

—Vaya, cambio de *look* —dice Idelia como si no lo supiera—. Ahora sí que está fea esa rata de feria.

Tenso la mandíbula y recuerdo que cuanto más se note que ahora mismo mandaría a todos estos a la mierda por Abbi, será peor. ¿Qué me pasa? Me siento lejos de Abbi y no la miro en toda la clase. No puedo hacerlo. Tampoco voy a la biblioteca. Ni la busco en la azotea. Pero me cuesta mucho. Por eso me voy al gimnasio para matarme a ejercicios y poder sacármela de la cabeza.

Entro y me voy al fondo, a las cintas correderas, y como para joderme más el día, ahí está Abbi corriendo con el pelo recogido y el cuello al aire. Lleva ropa deportiva; no le queda muy ancha, así que puedo ver su redondeado trasero moverse. Siempre lleva ropas anchas, por eso me sorprende ver el cambio. Creo que es su forma de joder a Idelia por lo del pelo.

Cuando se gira veo el pelo pegado a su piel sudada y la imagino así, pero conmigo en la cama. Es jodidamente sexi lleve el pelo largo o corto. O en una jodida coleta. No puedo apartar los ojos de ella.

No digo nada y me pongo a su lado. Quiero ver si soy capaz de estar a su lado sin caer en la tentación de decir cualquier cosa con tal de mantener una conversación con ella.

Corro y ella pone la misma potencia que yo. Sonrío al ver que quiere ser mejor que yo en esto y subo la potencia.

Ella hace lo mismo. La oigo jadear, pero no se detiene. Es una puñetera cabezota, pero yo no pienso perder.

Lo subo y ella hace lo mismo. Nos miramos desafiantes. Está sudando y el sudor se pega a su camiseta. Veo sus duros pezones y me cuesta mucho no decir algo que inicie cualquier conversación. Estoy a punto de caer cuando mi máquina se detiene de golpe y casi me caigo. Miro a Idelia desafiante.

—Te necesito ya.

—No me toques los cojones.

—Tu abuelo pregunta por ti —dice y mira a Abbi—. Qué fea eres, por Dios.

—Como si me importara tu poco gusto —responde ella.

La miro de reojo mientras se baja de la cinta y va a por su toalla. Pasa por nuestro lado y saluda a Idelia, cosa que la enfurece.

—No la soporto.

—Pronto se irá...

—Te puedo jurar que sí. Y podrías ayudarme en eso. Podrías ayudarme a destruirla.

Aunque no quiero, mi mente evoca a Afrodita. A esa traidora que usó a Eros para ir contra Psique. Tomo aire y aparto las comparaciones de mi mente.

—No soy tu esclavo, búscate uno de ellos.

Pone mala cara, pero asiente. Andamos hasta el despacho del rector y allí mi abuelo, por videollamada, nos recuerda que no podemos dejar las novatadas al aire.

—Lo tengo todo controlado —le dice Idelia—. ¿Verdad que sí, cariño? —Toca mi pecho y su padre, el rector, nos mira contento por vernos tan cómplices.

—Sí. Ella sabe lo que hace.

—Por supuesto, y pienso aplastar todas las cucarachas.

Idelia es malvada y mezquina. Lo mejor para Abbi es que siga evitándola. Aunque lo hago porque no soporto lo mucho que necesito estar a su lado, también lo hago para que no vayan contra ella.

Dejo que el tiempo pase mientras solo somos dos compañeros de clase que nunca debieron haber cruzado sus vidas y ser algo más que eso. Pero esta decisión me hace sentir de golpe más solo, ahora que he probado lo que es tener a alguien más que tú mismo en tu vida.

Es lo mejor.

Aunque me duela.

Capítulo 35

Dorian

Llega el final de noviembre y nada de novatadas. Idelia dice que ella sabe qué movimiento dar. Que confiemos en ella. Pero yo no confío en ella. Es sádica y retorcida. De vez en cuando pillo a Abbi mirándome y me pregunto si debería contarle la verdad. ¿Pero qué verdad? ¿Que me intriga? ¿Que mi vida es una mierda? ¿Que mi abuelo me tiene cogido por los huevos? ¿Que por primera vez no pienso solo en mí mismo y la quiero proteger y eso me asusta mucho?

No sé si merece la pena arriesgarlo todo por ella.

Ahora estoy de paseo por la ciudad. Necesitaba escapar de todos, sobre todo de Idelia. Fuimos el otro día a una fiesta con nuestras familias y de nuevo han dado por hecho que somos pareja y ella ha sonreído dejando claro que tal vez.

Hasta hace poco, este era todo el mundo que conocía. Pero ahora me pregunto si no puedo merecer algo más. Noto cómo me tiembla la mano por la ansiedad y por las palabras de mi abuelo, que siempre me han recordado que sin él no valgo para nada. De hecho, ya lo intenté y todo salió mal... Muy mal.

Alzo la mirada y veo a Abbi mirando un escaparate. Lleva un gorro y una bufanda de color azul celeste. Pero la reconocería en cualquier parte. Y me pregunto si soy un poco como Eros, que vivió a oscuras su amor con Psique sin que eso impidiera que se encontraran el uno al otro.

Alza la cabeza y me ve. Estoy perdido. No puedo huir. En este lugar solo somos ella y yo. Aquí no me valen las excusas para no dejarme llevar y terminar de acortar esta distancia que nos separa.

Sobre todo, cuando me mira como si se alegrara de verdad de verme. De tenerme cerca. Como si estar a su lado la hiciera sentir bien.

—Hola —le digo al llegar a ella—. ¿Escapando del internado?

—Sí, era eso o volverme loca. —Miro su brazo y me pregunto si se sigue lastimando con las uñas. Yo sé lo que es eso. Tener tanta ansiedad que te pican los brazos y no puedes evitar rascarte.

—Yo... —Miro su pelo corto.

—¿Tuviste algo que ver? —Sus ojos marrones buscan la verdad en los míos y se toca el cabello.

—No —le digo sincero.

—Entonces no me expliques lo que ya sé. No soy tonta para no saber que Idelia se cree que eres de su propiedad y le gusta marcar territorio. Lo lleva haciendo desde que llegué y esto solo es una de sus ideas descabelladas para anularme. Además, vi tu cara antes de que llegaran, querías sacarme de allí. Aunque ella me dijo que tú me mandabas ese mensaje, no la creí. —Mira hacia el escaparate: es una librería.

Idelia no me contó nada de eso y odio que usara mi nombre para ello. Pero Abbi no la creyó y es raro saber que, a pesar de todo, confió en mí. ¿Por qué? Si yo solo soy un capullo que la lleva ignorando todo este tiempo. Ella no ha parado de trazar un puente entre los dos desde que nos conocimos. Me ha esperado al otro lado sin prisas. Sin presionarme y sin hacerme sentir mal por necesitar más tiempo, como ahora.

Cuando me mira no hay distancia entre los dos. Depende de mí dejarme llevar y aceptar lo que me ofrece.

—¿Me regalas un libro y yo a ti otro? —Y así, sin más, me mete en su mundo de nuevo sin esperar miles de excusas.

Es raro. Y algo me hace desconfiar. ¿Y si ella no es quien dice ser y me está usando? No, imposible, lo notaría. Ella es... especial. Y siento, al mirarla, que me entiende. Que entiende mi soledad.

Por eso decido dejar de luchar y acepto.

Entramos y se quita el gorro. Tiene el pelo tan corto que odio que eso fuera así por celos. Le queda bien porque ella es preciosa y eso es lo que jode a Idelia.

—¿Qué te hizo?

—Chicles, me pegaron chicles en el pelo mientras estaba atada. Las veía masticar a ella y a sus amigas y me los iban pegando uno a uno. Metí el pelo en hielo y vinagre, todos los remedios en la red..., pero no salió todo. Con los de más arriba me pude hacer capas y por suerte se quitaron mejor. Pero los de abajo no había forma de quitarlos y tanto yo como mis compañeras estábamos cansadas del proceso y opté por cortar. Y, bueno, ahora he dejado de ser una sirena de largos cabellos.

—En el fondo siempre fuiste Psique, la hermosa mujer con alas de mariposa.

213

—Tal vez. Entonces solo me falta mi Eros. —Sonríe y mira las filas de libros—. Búscame un libro y yo a ti otro que crea que te puede gustar.

Me muevo por entre las estanterías y cuando me mira me sonríe como si no pasara nada. Me intriga. Es raro que alguien no se quiebre ante tal crueldad. Lo que le hizo Idelia fue denunciable. Y solo de imaginarla arrodillada con Idelia jugando con ella me dan ganas de mandar todo a la mierda y enfrentarme a mi abuelo. No lo haré, claro. Porque no puedo. Me tiene cogido por los huevos...

Era más fácil vivir cuando solo tenía que dejarme llevar. Me pregunto si fue eso lo que sintió Eros cuando tuvo que ir contra los suyos por una mujer. Es fácil dejarse llevar porque ir contra corriente puede salir caro y yo lo sé bien.

Cojo varios libros y veo uno de Mario Benedetti que ya tengo. Uno que no he entendido nunca, pero que abro para leer algo al azar:

> Te veo todos los días y, aunque mi corazón anhele ser parte de tu felicidad, solo puedo agradecer que estés bien, aunque no sea conmigo.

Se me encoge el pecho al sentir estas palabras como mías. Al sentir que eso es justo lo que siento. No había entendido un alma como la de este autor porque nadie, en toda mi vida, me había hablado con cariño.

Alzo la mirada y veo a Abbi mirar varios libros. Cuando me pilla contemplándola alza la cabeza y sonríe. Lo hace como si mirarnos fuera algo mágico. Cierro el libro y lo dejo en su sitio, pero sé que volveré al ejemplar que tengo.

Compro un libro de mitología nórdica y otro de mitología griega. Al salir los llevo tras la espalda y me mira a la espera de que se los dé.

—No te los voy a dar aún.

—¿En serio?

—En serio. Quiero marcarte mis partes favoritas. Son libros que leía de niño.

—Vaya, ¿no me puedes enseñar cuáles son? —Dudo, pero los saco de detrás de mi espalda y su mirada se agranda y se muerde ese labio que me encantaría volver a morder—. Los he leído.

—De ahí que me los lleve y anote cosas. —Se ríe y saca el suyo.

Es de magia con monedas o, como también se llama, «numismagia».

—¿Lo has leído?

—Ese en concreto, no.

—Vale, pero mejor me lo llevo y te anoto cosas que me enseñó el abuelo o mi regalo, al lado del tuyo, será una mierda.

—No lo sería, Abbi. —Se sorprende porque use su nombre—. Digo, becada. —Se ríe.

—Sin notas es un libro más, pero con mis notas será único e irreemplazable.

Lo guarda en su gran bolso. Andamos hasta mi coche y lo abro. No quiero que termine este momento. Estoy cansado de nadar a contracorriente. Me gusta estar con ella.

—Vamos a ir a un lugar que te gustará.

—«Vamos a ir». Das por hecho que voy a confiar en ti sin más. —Esto lo dice yendo hacia el lado del copiloto—. En verdad pensaba ir de todos modos. Estar a tu lado es como cuando me juego la vida en el bordillo. No pienso en otra cosa, salvo en sobrevivir.

—No sé bien dónde me deja eso. —Se ríe y entra al coche.

Lo pongo en marcha y me pregunto si sé lo que estoy haciendo. En verdad no lo sé, pero necesito escapar y no pensar en nada, y donde vamos bien poco importa quién eres.

Aparcamos fuera de una nave. Abbi sale mirando los coches y las motos de nuestro alrededor.

—Y yo que pensaba que íbamos a un sitio pijo. —No parece para nada desilusionada de que nuestro alrededor parezca tan sencillo.

Va hasta una escultura hecha de alambres, hace varias fotos y veo cómo las manda. Luego me mira con el móvil en alto y duda antes de hacerme varias fotos. Me han hecho millones de fotos, pero nunca me he sentido tan expuesto en una de ellas. Tal vez porque ninguna de las personas que había tras el objetivo era ella.

Andamos hasta dentro y nos piden los móviles y las llaves del coche. Abbi me mira extrañada y más cuando dejo mis cosas sin problema. Hace lo mismo, pero veo en sus ojos el miedo a que esto sea una trampa.

—Confía en mí..., al menos hoy —le digo al oído y es un gran error porque su perfume me recuerda lo que fue besarla y hacer que se corriera con fuerza entre mis dedos.

Solo de pensarlo se me pone dura y ando incómodo hasta dentro. Abro la puerta y se queda petrificada.

En este lugar hay un poco de todo. Zonas para el patinete. Zonas de baile. Al fondo, una zona de escalada. También una donde hacen equilibrios. Y, al final, una zona de música para bailar y beber... cócteles sin alcohol.

Dejamos las chaquetas en el ropero y sigo a Abbi

por este lugar. Por cómo mira todo sé que le gusta mucho lo que ve. Va hasta la zona de equilibristas, como imaginaba, y pide permiso para subirse a la barra. Le dicen que claro. Se quita las botas y se queda solo con los *leggings* y una sudadera ancha, que parece un vestido. Sube con maestría y anda por la barra como si fuera fácil. Da varios giros y saltos y la miro embobado. Ella ha nacido en este mundillo y sabía que estar aquí le recordaría a su hogar.

Al acabar hay varias personas mirando y cuando alza los brazos le aplauden. Los ojos de Abbi se clavan en mí. Hay tanto brillo en su mirada que odio cada instante de felicidad que el internado le ha robado. Lo del pelo le ha hecho daño y no por habérselo tenido que cortar. Está preciosa con el pelo por los hombros. Es más por la humillación.

Al acabar se baja y viene hasta mí agitada. Parece recién follada y eso me pone mucho, la verdad, porque la imagino así después de haber entrado en ella con fuerza. Se apoya en mis piernas. Y se me acerca al oído.

—Este lugar es increíble. Gracias. —Su aliento me acaricia. Se ha acercado porque hay mucho ruido en esta parte.

—Pues hay muchas más cosas que seguro que te gustará explorar.

—¿No te vas a aburrir?

—No.

—Ni siquiera tienes el móvil...

—Siempre puedo mirarte.

Nos miramos con intensidad y sus ojos van a mis labios. Luego hace un gesto nervioso con la boca. Me cuesta mucho no ser yo quien coja sus gruesos labios con los dientes y disfrutar de ellos. La llama y se aparta. Luego tira de su sudadera hacia arriba y se la mete dentro de los *leggings*. Ya me he fijado en que siempre usa ropas anchas. Y es raro porque en el circo iba con maillot. Una vez más acude a mi mente que hace años que no actúa. Pero la he besado. Sabe lo que quiere y lo toma. Es muy sensual. Algo no me cuadra en todo este puzle.

A pesar de eso, se nota que tiene un cuerpo de infarto. Un culo de esos que me gusta tocar mientras entro dentro con fuerza. Redondo y respingón. Y unos pechos del tamaño justo para mis manos y con los pezones rosados. Los recuerdo bien.

Va hasta los aros y la ayudan a subir. Luego hace movimientos con ellos y es increíble contemplarla. He visto vídeos de ella en el circo de pequeña y, aunque hace años que no sube nada de esto, por cómo se mueve es evidente que no ha dejado de practicarlo. Baja y habla con los chicos y las chicas. Por sus caras se nota que no les ha dicho de quién es nieta porque todos conocen al gran Hadrian.

Luego bailan y hacen acrobacias. Es magnífico ver cómo se mueve. Cómo siente la música. Atrae todas las miradas del lugar. La gente se acerca y se hace el silencio y solo se oye la canción que han puesto. No se conocen, pero sienten el ritmo y además están haciendo un número que sale en el circo de su abuelo. Es una de las canciones compuestas para ese espectáculo, que se ha hecho mundialmente famoso.

Al acabar, la gente contiene el aliento y luego aplaude. Abbi corre hasta mí y tira de mis manos.

—Estoy seca. Necesito beber algo.

—Y muy sudada.

—Y todo esto lo has logrado sin follar. —Se ríe espontánea. Y sé por qué me gusta tanto. Porque ella es como aire fresco. Directa, divertida y sincera. Algo difícil de encontrar en mi mundo.

Por un momento no soy Dorian Wilson, solo soy uno más y me atrae. Me atrae elegir mi vida, aunque sea solo un segundo.

—Ponte esto si no quieres enfriarte. —Le doy mi sudadera y se la pone tras quitarse la suya rápidamente. Lleva un sujetador deportivo, seguramente por si la sacamos en medio de la noche. Se pone mi ropa y le queda casi como la suya. Como un vestido. Yo ahora solo llevo una camiseta blanca ajustada.

—Huele mucho a ti. —Toma aire y sé que le gusta. Le gusta tanto como a mí verla con mi ropa. Me hace sentir posesivo con ella.

—Te regalaré uno de mis perfumes para que puedas correrte pensando en mí.

—Ni de coña. No eres mi tipo, ¿recuerdas? —No replico, pero, por cómo me mira, los dos somos conscientes de que miente—. Pero me encanta tenerte de nuevo cerca.

—A mí, a ratos. —Se ríe. Y casi lo hago con ella. No recuerdo la última vez que me quise reír por algo o que sentía algo parecido a la felicidad.

Vamos hasta una zona donde hay sofás y música. Pedimos algo y Abbi me mira cuando descubre el cartel de «Aquí no servimos alcohol».

—¿Qué es este lugar?

—Un sitio de reinserción para personas que han tenido problemas en la vida.

—Vaya, nunca te habría imaginado aquí. —Nos sirven las copas y nos sentamos.

El lugar está bastante oscuro y la luz es de color violeta. La música está muy bien, la verdad, y aquí no hay nadie que me conozca.

—¿Cómo lo conociste?

Muevo tenso el vaso.

—Tuve un problema con el alcohol poco después de entrar a la universidad y, aunque mi abuelo no quería que buscara ayuda, yo sí necesitaba que alguien me dijera que no por beber era como mi padre. Y así encontré este sitio.

No le cuento que por culpa de lo que pasó y olvidé mi abuelo me tiene sujeto por los huevos.

—Yo una vez me emborraché en el circo y pinté bigotes a mi abuelo en todos los carteles...

—Original.

—Una putada, luego me tocó limpiarlo y reponerlo. —Sonríe—. No eres diferente al resto.

—Mi padre era adicto, Abbi, y yo esa noche... perdí la cabeza. Si bebiera sería como él.

—No lo creo...

—Soy un adicto.

—No, eres un joven que ha experimentado con el alcohol. Los errores de tu padre no son los tuyos.

—Lo llevo en la sangre.

—Eso son idioteces. ¿A cuántas reuniones fuiste?

—A una.

—Deberías haber ido a más.

—No.

Se ríe.

—Eres un cabezón. —Da un trago a su copa y gime—. Está muy bueno, aunque no tanto como tú.

—Eso es evidente. —Se ríe y nos miramos a los ojos y a los labios. Entonces hace algo que me deja noqueado: se sube a horcajadas sobre mí.

Pongo mis manos en su cintura, bajo la sudadera, y toco la piel de sus caderas.

—No voy a besarte. Pero quería mirarte más de cerca.

—No pienso quejarme.

Se mueve al son de la música y luego se acerca a mi boca. No me besa, pero es como si me respirara. Me está matando tenerla tan cerca y llevo mucho tiempo sin sexo. La deseo tanto a ella que soy incapaz de conformarme con menos. Aprieto mis dedos en sus caderas. Se muerde el labio de forma sexi, noto cómo mi polla se pone dura bajo ella y sé que se da cuenta.

—Podría correrme solo haciendo esto... —le digo.

Su respiración se agita y estoy perdido, a la mierda con todo. Acerco mi boca a la suya y nos besamos de nuevo. Lo que siento por ella me nubla la mente. Su sabor me embriaga y me vuelve adicto a sus labios. Le muerdo los labios y ella los míos.

Nos devoramos la boca mientras mi mano sube hasta el bajo de sus pechos por dentro de la sudadera y los toco sobre el sujetador deportivo que tan loco me ha vuelto cuando hacía ejercicios.

—Eres jodidamente flexible.

—Pues imagínate en la cama.

Rujo y se ríe antes de besarme. Tira de mi pelo y se remueve haciendo que mi polla golpee con los vaqueros. No dejamos de besarnos mientras se mueve sobre mí y creo que voy a explotar. Por eso me levanto con ella en brazos y sin dejar de besarnos vamos hasta las oscuras escaleras de emergencia fuera de este lugar. Al llegar la suelto. Hace frío y no hay nadie. Se aparta y se quita los *leggings*, luego me tira las bragas. No me he dado cuenta de que sigue descalza.

—Soy toda tuya —dice segura de sí misma, como si supiera que si acepto seguir con esto lo pasaremos bien.

Saco de mi cartera un condón y muerdo el paquete. Lo abro y se lo doy. Me siento en las escaleras y se acerca segura. Abre mis vaqueros. Casi no puedo verla, pero me da igual. Lo que siento traspasa la oscuridad.

—Odio la oscuridad, pero contigo no me siento entre tinieblas. Tal vez podría ser como Psique. —Sujeta mi polla con fuerza cuando me bajo el bóxer—. Amarte a oscuras sin que me importe tu aspecto.

—No jodas este polvo hablando de amor.

Se ríe y pasa mi gota preseminal por el glande.

Meto la mano bajo su sudadera-vestido y toco su sexo rasurado y mojado. Muy mojado. Esparzo su humedad mientras ella sube y baja la mano. Meto los dedos dentro hasta que casi se corre y los saco para llevarlos a su boca.

—Chúpalos como si fueran mi polla.

—Lo siento, pero teniéndola delante prefiero disfrutarla a ella. —Aún no ha puesto el condón y baja la cabeza hasta meterse mi polla en la boca.

Se la mete entera y juro que casi me corro solo de sentir cómo me folla con su boca. Sube y baja. Los ruidos que emite al tragar y chuparla me vuelven loco, por eso le quito el condón. La aparto y me lo pongo yo antes de montarla a horcajadas sobre mí y hacer que baje hacia mi polla con mis manos en sus caderas. Sabe lo que quiere y lo coge y en este momento me quiere a mí y yo a ella.

Noto la punta entrar poco a poco en ella. Está tan apretada que noto cómo los huevos se me tensan solo por la sensación de entrar en su cuerpo. Entro hasta el fondo y nos quedamos quietos. Entonces me besa y me saboreo en su boca mientras tira de mi pelo y sube y se deja caer.

—Tan jodidamente apretada.

—Más duro. —Tira de mi labio y subo la pelvis para ahondar más. Cojo su cintura y nos movemos de forma frenética.

Subo la mano por dentro de su sudadera y tiro de uno de sus pezones y luego del otro. Gruñe y los imagino en mi boca. Nos miramos y ella lo hace como nunca me ha mirado nadie. Es como si estar aquí, en este instante, conmigo fuera todo lo que desea. Me siento deseado de verdad. Por quien soy yo, no por mi apellido.

Se mueve y me vuelve loco. Me lame la boca. Yo la suya.

—Te quiero devorar entera.

—Puedes venir a mi hotel, tiene servicio de habitaciones.

Paso las manos por su sexo y toco su mojado clítoris.

—¿Quieres mi lengua aquí? —digo y me muerde la boca para no correrse.

—¡Sí!

—¿Quieres correrte en mi boca?

—Ummm —gime solo de imaginar mi lengua devorando su sexo.

Su vagina me oprime y esto me hace perder el control y me hundo más adentro levantando la pelvis.

Mueve las caderas adelante y atrás mientras no dejo de acariciarle el clítoris. No paro de hacerlo hasta que se corre y juro que grita tan fuerte mi nombre que seguro que todos saben lo que ha pasado. Me da igual. La sigo y me corro con fuerza.

Y al acabar...

Me siento unido a ella.

No quiero escapar y eso me da más miedo.

Apoya su frente en la mía mientras tiemblo, pero no por el sexo, sino por lo que siento con ella. Esta mujer puede destrozarme de mil maneras posibles. La abrazo, no puedo hacer otra cosa salvo respirarla y sentir cómo cada instante a su lado se mete más bajo mi piel.

Al final me voy a tener que creer que estamos ligados por el destino..., esto no es normal.

Capítulo 36

ABBI

—Quiero dos hamburguesas con queso.

—¿Dos? —dice Dorian divertido mientras paso sobre él para pedir mi comida. Estamos en su coche y vamos a comer en el hotel, pero hamburguesas.

Parece más relajado, como si no pensara en nada más que en estar en este lugar conmigo, y me encanta. Cuando lo vi en aquel sitio, tan relajado y hasta feliz, me gustó, me gustó ser parte de esa felicidad.

—¿Algún problema, diosito?

—Ninguno, becada, para lo que tengo en mente mejor que estés fuerte. —Me muerdo el labio recordando el pedazo de polvo en las escaleras de emergencia.

Se nos fue de las manos, pero eran muchos días deseando esto. Deseo tanto a Dorian que me duele.

—Dos raciones de patatas y un helado —digo.

—Sí, buena idea, se me ocurren muchas cosas que hacer con ese helado.

Me sonrojo, y más cuando oímos la risita de la que está tomando nota. Pasamos a la siguiente cabina. No dejan de mirarnos. Y me da igual. No soy nada para esta gente.

Nos dan la comida y huele tan bien que paramos en el aparcamiento y nos lo comemos. Está buenísima y gimo con cada bocado. Dorian me mira divertido. Parece otro, más tranquilo. Como si por un momento hubiera olvidado quién es o quién debe ser. Y yo también. Me encantó ese lugar al que me llevó y me recordó lo feliz que era con mi familia materna y la gente del circo. Lo feliz que era sin el peso de tener que aprobar para poder librar de la cárcel a mi abuelo Hadrian.

Me acerco a besarlo y me sigue el beso. Cuando me separo, jadeamos.

Sigo comiendo y me tiro llena sobre el asiento.

—Y yo que creía que no te podías meter eso...

—Ahora mismo estoy pensando en meterme otra cosa más dura y larga en el hotel.

—Joder, Abbi, si dices esas cosas mando a la mierda todo.

Me río.

—Sé que esto no es real. —Deja de guardar las cosas—. Lo que quiero decir es que cuando volvamos tú seguirás siendo un dios intocable del Olimpo y yo una simple semimortal.

—Lo del mito de Psique y Eros se te ha subido a la cabeza

—Lo digo en serio. Yo soy hija de una mujer mortal. —Se ríe—. Y tu Afrodita quiere que me destruyas. Solo hay que ver cómo me miró en el gimnasio y cómo te trata.

—Vale, dejando a Idelia y sus movidas a un lado...,
intuyo que tu padre era rico.

—Lo es, sí, tiene dinero, pero para él nunca fui importante.

Y, aunque no debería, duele. Pero nunca lo admitiré.

—Tal vez tu fin sea demostrarle que puedes conseguir estar en su mundo a pesar de él.

—Tal vez... Nunca quiero pensar en él. Enamoró a
mi madre con un fin. Ella solo tenía dieciocho años y la
engañó. Cuando mi madre no quiso seguir sus condiciones, la dejó y se casó con otra...

—Bueno, mi madre cobró una gran suma de dinero
y me dejó a vivir con mi abuelo. Me manda postales de
vez en cuando, pero no sé mucho de ella.

—¿Las lees?

—No, eligió el dinero por encima de mí y no tengo
por qué perder mi tiempo leyendo las tonterías que
quiera decirme para tener en paz su alma.

—¿Tú habrías elegido el amor por encima del dinero?

—No lo sé. Cuando murió mi padre, algo cambió en
mí, Abbi. Ahora estoy contigo y me gusta estar aquí,
pero no es real. No soy así. No sé ser esta persona todo
el tiempo.

Lo deja claro, lo sé, pero duele. Aun así, lo entiendo
porque siento que él nunca ha recibido amor. No como
yo, que tuve un montón. Aparto los restos de la comida
y me siento a horcajadas sobre él. Lo abrazo con fuerza y me devuelve el abrazo.

—Este fin de semana eres todo mío.

—Soy tuyo.

Acepta y regreso a mi asiento. Conduce hasta el
hotel y subimos juntos a la habitación. Dejamos lo que

nos ha sobrado en la mesa y me quito la ropa de camino a la ducha. Dorian hace lo mismo y cuando entro en la ducha me sigue gloriosamente desnudo. Madre mía, lo de los dioses es broma, pero es que él bien podría serlo.

Busca mi boca y me besa mientras el agua riega nuestros cuerpos. Toco su cuerpo y él el mío. Nos damos el jabón sintiendo que, como no entre dentro de mí, voy a morir de puro placer.

—Túmbate en la cama —me pide tras secarnos.

Lo hago a mi modo. Camino desnuda a cuatro patas de forma seductora sin dejar de mirarlo y de ver cómo su polla me mira, cada vez más gorda. Coge el helado, ya algo derretido, y lo deja caer sobre mi trasero haciendo que se deslice por mi culo hasta mi sexo. El frío hace que me recorra un escalofrío antes de sentir cómo me caliento.

—A mí también se me da bien jugar a esto, becada.

—Echa el resto del helado y de nuevo el frío me enciende.

Coge mi culo entre sus manos y me guía hasta el borde de la cama. Luego mete su cabeza entre mis piernas y me lame todo el helado.

¡Joder!

Aprieto las sábanas con las manos. Gimo mientras siento su lengua moverse adelante y atrás. Sabe lo que hace, sabe dónde lamer para que suplique, para transportarme a una espiral de pasión. Me abre el trasero con las manos y luego me lame ahí también y de vuelta hasta mi clítoris.

Se da un festín con mi sexo hasta que casi me corro una y otra vez.

—No sin mí dentro.

—¿Tienes condones?

—Mierda... —Me mete un par de dedos hasta el fondo.

—Tomo la píldora y..., bueno, hace años que no estoy con nadie.

—Eso no lo esperaba porque se nota que te gusta el sexo.

—Mucho, pero no la gente que elegí para tenerlo. —Mete y saca los dedos con fuerza.

—A mí me hicieron un análisis hace poco porque mi abuelo tiene la puta manía de comprobar cada poco tiempo, por sorpresa, que no me meto nada. —Introduce un dedo más y los mueve más hondo—. ¿Estás segura?

—¡Sí!

No se lo piensa más y me la mete hasta el fondo dejando claro que a pesar de todo confiamos en el otro. Pone sus manos en mis caderas y se agacha hasta besarme en el cuello. Nos quedamos quietos sintiéndonos piel con piel.

Sale y deja su polla en la entrada. Giro la cabeza y veo su mirada maliciosa sabiendo que me mata que no vaya más rápido. Me coge el culo con sus manos y luego entra con fuerza. Grito por la impresión de sentirlo tan hondo.

Lo siento como nunca he sentido a nadie. El sexo, para mí, siempre fue el deseo de sentir todo esto. De sentirme en este lugar sin pensar en nada más que lo que estoy viviendo.

Sale y entra más fuerte. Más duro, más guarro. Me encanta que me folle sin miedo a romperme.

Toca el centro de mi trasero y presiona con un dedo.

—Pienso en follarte por todas partes. —Presiona un

poco más y ahora mismo le dejaría hacerme cualquier cosa—. Me encanta ver cómo mi polla se pierde dentro de tu apretado coño. Estás chorreando..., joder...

Gruñe y sus palabras me excitan.

Se mueve más fuerte, más hondo. Escucho nuestros cuerpos chocar el uno contra el otro buscando alivio.

Se acerca y me besa el cuello. Me muerde la piel y la chupa mientras yo aprieto con fuerza los puños contra la sábana. Luego se aparta y me tira del pelo para que lo mire.

—No te imaginas la imagen tan increíble que tengo ahora mismo de ti. ¿Más duro?

—Por supuesto.

Entra y sale de mí con más y más fuerza. No deja de hacerlo hasta que se corre dentro de mí. Lo hace antes de que pueda correrme y protesto. Lo miro y parece satisfecho. Luego pasa los dedos por mi sexo perlado por su semen y mis jugos, y los mete dentro.

—Quería verlo así, mojado por mí.

Su mirada es oscura cuando lo contemplo sobre mi hombro mientras mete y saca los dedos de mi sexo y mueve su pulgar sobre mi clítoris mientras no deja de mirarme. Cuando me corro lo hago con fuerza y caigo sobre la cama, agotada.

—Vamos a la ducha.

—No puedo moverme. Me rindo. Has ganado. Eres el mejor jodiendo a la gente. —Se ríe por mi juego de palabras y hace algo que no espero.

Me coge en brazos y me lleva a la ducha con ternura. Cuando me ayuda a enjabonarme sé que puedo enamorarme de esta versión de él.

Tengo miedo.

¿Tan malo sería contarle la verdad?

Le he confiado mi cuerpo, aunque siento que mi alma no puedo. Pero cuando me clava sus ojos aguamarina sé que lo tengo muy jodido. Dorian está ligado a mí... El destino tiene una forma retorcida de ponerte delante a quien no puedes desear y a la vez lo deseas más que nada en el mundo.

Capítulo 37

DORIAN

Entro y salgo con fuerza del apretado coño de Abbi y me pierdo en sus ruidos, en cómo tira de su labio con sus blancos dientes cuando está cerca o me araña la piel cuando no puede más. Nunca me ha importado con quién follaba, si eran una o dos. Me daba igual, solo quería liberarme de mi carga unos instantes.

Pero con ella estoy aquí en cada momento, en cada puto gemido.

Aprieta el sexo y sé que estoy perdido. Me corro con fuerza derramándome en su interior y llenándola con mi semen. Se corre conmigo y disfruto de este momento. Luego me mira y sonríe.

—Buenos días, me muero de hambre. —Me río y tira de mí hasta que la abrazo.

Esto no es real, pero sería genial vivir ocultos del mundo un poco más.

Salgo desnudo de la cama y busco en el móvil qué nos pueden traer de desayuno. El hotel tiene varias opciones, pero no nos han llamado la atención. Pedimos un desayuno completo a una cafetería cercana. No tardan mucho en llamar a nuestra puerta y voy hasta ella desnudo con Abbi gritando a mi espalda si estoy loco. Abro y el botones me mira directamente la polla.

—Lo sé, es enorme. —Paso el carro y cierro la puerta.

—¡Eres un exhibicionista! —me grita desde el aseo, donde ha entrado a darse una ducha.

—Te encanta cómo soy.

—Ni un poco.

Sale con una bata del hotel puesta y me tira otra a la cara.

—Por si llaman de nuevo para ver tu gran polla. No me gusta compartir —dice sincera y me la pongo sintiendo que a mí tampoco me gustaría que otros la vieran a ella desnuda.

Es algo raro, he tenido sexo en orgías donde ir en pelotas era lo más normal. Pero no me gustaría que ella fuera parte de eso. Ni yo estar ahí ahora.

Prepara su desayuno y disfruta de los cruasanes recién hechos.

—¿Es cierto lo que dicen de que has tenido mucho sexo?

—Sí, mi primera vez fue con catorce años... y siempre necesité más. Cuando me corría, mi mente se quedaba en pausa. Cuando recuerdas todo con tanta facilidad, tener un momento de paz te alivia.

—Te entiendo. Pocos comprenden lo que es tener la presión de que tu mente vaya a tanta velocidad. —Sigue comiendo—. ¿Tu abuelo no se fía de ti?

Sé que lo dice por lo de las pruebas sorpresa que me hace para ver si estoy limpio.

—Mi padre era como yo, superdotado. Y cuando

233

empezó a beber se perdió. Era un alcohólico agresivo.

Me cuesta hablar de este tema. Por eso miro a cualquier parte menos a ella.

—Tal vez la primera vez usó el alcohol para apagar su mente.

—Seguramente —admito, y hasta ahí puedo entenderlo.

—¿Solo te perdiste una vez? —Mi respiración se agita y lo nota, porque me coge la mano y suelta mis puños—. No tienes que responder si no quieres.

—Solo una vez..., una puta vez..., ya te lo dije.

—Sí.

Me pierdo en esa noche, en los pocos recuerdos que tengo de ella, y me levanto agitado a mirar hacia la ciudad desde mi ventana. Se pone a mi lado tomando su café sin presionarme y cuando acaba lo deja en la mesa. Y luego me abraza.

—Mi primera experiencia sexual fue con quince años. Sentía mucha curiosidad por el sexo. Quería saber si era real o si los libros contaban mentiras. El porno me ponía, pero siempre lo vi algo masculino. La mujer nunca disfrutaba y quise hacer un estudio. —La puedo imaginar tomando notas de cómo meterla bien.

—¿Hiciste apuntes previos? —Quiero saber si lo que imagino es real.

—¿Por quién me tomas? —Me río y eso me relaja—. Lo tenía todo calculado y sabía cómo podía hacer que llegaran a mi punto G. Solo me faltaba un sujeto de prueba. Como era verano y viajaba con el circo, parecía fácil. Solo tenía que ir a un bar y seducir a alguien. Encontré a uno y salió corriendo cuando le dije cómo hacerlo bien.

234

—Solo a ti se te ocurre.

—Ya, lo sé, pero un equilibrista del circo sabía que yo estaba sintiendo esa curiosidad y me propuso ayudarme. Para mí era solo experimental... y lo hicimos como yo quería. La primera vez... fue una mierda. Y luego quiso chantajearme para no contar a nadie nada. Pero se fue. —Se queda callada—. Al verano siguiente regresó y me acosaba desde las sombras mientras me cambiaba. —Hago cálculos y me pregunto si por eso dejó de bailar—. Me hacía sentir un objeto. Me decía que estaba muy buena, que quería volver a tocarme, y cuando lo ignoraba me decía —toco su espalda— que se corría pensando en mí. No me tocó, solo me miraba, pero me hacía sentir sucia. —No hace falta que me diga que por eso dejó de actuar allí. Lo sé y si tuviera delante a ese imbécil lo mataría y saberlo me hace volver a ese momento en que vi morir a mi padre y deseé su muerte. Tal vez solo sea un monstruo—. Se lo dije a mi madre cuando me vio los brazos llenos de marcas —le paso los dedos por las marcas—, y lo echaron. Estaba asqueada y quería quitarme su recuerdo, así que busqué a otro para tener sexo. Y cuando me tenía que venir la regla no llegaba. Al final solo era un susto, pero me aterré mucho y mi madre sugirió que tomara la píldora si eso me relajaba porque sabía que mi curiosidad sexual no acabaría ahí. Pero el sexo nunca me ha satisfecho del todo. Y no se lo contaba a nadie por qué a veces me escondía o me costaba dejarme llevar. Porque lo que pasó fue...

—Humillante, ¿no?

—Muy humillante. Desde entonces solo me dejo llevar y no busco mi punto G, ni ninguno. Solo espero estar con alguien que por un momento me haga olvidarme de todo. Pero pocos entienden lo rápido que va mi mente.

—Búscalos conmigo —le digo y la beso antes de ir hasta la cama y quitarme el albornoz—. Vamos, disfruta de tu curiosidad con alguien a quien le encanta que lo uses como sujeto científico.

Se ríe, se muerde el labio y luego se acerca hasta la cama.

—Contigo ya sé que va a funcionar, pero me encanta tenerte a mis pies.

—Ya te lo dije, soy tuyo...

—Hasta que salgamos de la oscuridad y te debas a tu abuelo. —No lo desmiento; como Eros, yo también tengo una responsabilidad familiar y si alguien se enterase de esto no la matarían, pero Idelia sí iría a por ella.

Espero y casi puedo ver cómo trabaja su mente. No lleva maquillaje y cuando se quita el albornoz sé que tampoco lo necesita. Es jodidamente preciosa. Con un cuerpo con curvas bien definidas. Y odio que alguien le hiciera daño y por eso se cubra, porque sé que es por eso que usa ropas anchas. Algo así, a tan tierna edad, te marca. A mí me pasó con lo de mi padre. Era un niño, pero lo que viví ha condicionado el camino de quien soy ahora. Si aun cubriéndose es preciosa, sí no lo hiciera Idelia tendría una clara competencia. Por eso la odia tanto, porque ella ha tenido que gastarse una pasta para tener el cuerpo y la cara que diseñó, y Abbi, no. No veo mal que la gente se opere, pero, como con todas las adicciones, hay que saber parar e Idelia no sabe. La envidia la corroe por dentro y la hace desear siempre ser la más hermosa.

Abbi no necesita nada para serlo, solo ser ella misma.

Se sube a la cama y se sienta apoyada en sus rodillas. Se muerde el labio y bajo la mirada por su cuello, donde tiene rojeces de mis besos. También en sus pechos. Se le ponen duros los pezones por cómo la contemplo.

—Para, no me dejas pensar. —Me pongo las manos bajo la cabeza.

—No estoy haciendo nada.

—Me miras como si quisieras devorarme entera.

—Es que quiero. Me encanta cómo te corres en mi boca.

—¿Ves? Así me olvido de todas mis notas.

—¿Y si solo te dejas llevar y haces lo que te apetezca? Conmigo siempre lo haces y dices lo primero que se te pasa por la cabeza.

—No me lo recuerdes. Seguro que al principio pensaste que era idiota...

—No, pensé que eras como un chorro de aire fresco. —Su mirada se dulcifica—. Gracias —alza una ceja— por no rendirte conmigo. —Le acaricio lánguidamente la mejilla.

Sus ojos brillan de emoción por mis palabras y siento latir en mi pecho algo que se expande.

—Sabía que tú me entendías y yo a ti. —Se acerca y me besa dulcemente hasta que el beso se nos va de las manos y gime en mi boca.

Se separa y me quedo quieto, a la espera de que se decida. De cederle el control de todo mi cuerpo. Se debate entre seguir sin unas reglas o pensar su siguiente movimiento.

—A la mierda. —Gatea hasta mí y me cuesta mucho quedarme quieto cuando la tengo desnuda y lista para mí—. Me gusta eso de correrme en tu boca.

Pasa una pierna y veo su trasero y su coño perlado

sobre mi cara. Madre mía, esta mujer va a matarme. Me gusta que sea tan directa, tan sincera, que diga lo que quiere. Lo que piensa. Que no se quede quieta mientras yo tengo que hacerlo todo. A mí me fascina su mente curiosa.

Pongo las manos en sus caderas y ella se apoya en mi torso.

Baja y le cuelo la lengua hasta el fondo tras abrirle bien su trasero para meter mi cara dentro. Su sabor me encanta y más los gritos que emite. Abro más su sexo y me doy un festín con ella mientras se inclina hacia delante. Devoro su tierna carne y separo sus labios vaginales para no dejarme nada por explorar.

Le muerdo el clítoris levemente y creo que va a correrse cuando siento su lengua pasar sobre mi glande. Y sin previo aviso baja la boca y se mete mi polla hasta el fondo.

Madre mía.

La como mientras ella me devora a mí. Sube y baja mientras su sexo se perla más de sus jugos, de lo mucho que le excita esta postura. Es todo tan real que dudo que pueda conformarme con menos que esto. Ella no finge conmigo, solo siente.

Meto los dedos dentro mientras le lamo el clítoris.

—Gíralos un poco a la derecha..., a la izquierda, un poco más hondo... ¡Joder! —Lo hago y noto cómo se retuerce—. ¡Sí! Sabía que ahí estaba mi punto G.

Me río y froto su punto G, un punto reservado para mí.

—Me encanta comerte el coño. —Se excita, le gustan mis palabras guarras —. ¿Y a ti comerme la polla?

—Mucho..., es tan grande y gorda...

—Joder.

Casi me voy por sus palabras. Seguimos dándonos

placer al otro hasta que no puedo más y me dejo ir en su boca tras avisarla y ella no parar. Ella se corre en la mía y luego se tira a la cama y se abraza a mi cuerpo.

—Vamos a dormir. —La acerco a mi pecho y sigo sin tener ganas de marcharme de este lugar.

Como si fuera nuestro Kit Kat de quienes somos en verdad. Nos tapo y caemos dormidos.

Capítulo 38

Abbi

—¿Por qué tienes tatuajes griegos y nórdicos? —Estamos comiendo en la mesa comida mexicana que hemos pedido. Yo llevo el albornoz y él también, aunque el suyo se abre más que el mío y puedo ver su glorioso cuerpo desnudo.

No tiene vergüenza ninguna, aunque yo tampoco estando a su lado, no siento que me mire como si fuera a hacerme daño sin mi permiso, como me pasó años atrás. Ese hombre me miraba como si en cualquier momento pudiera hacer conmigo lo que deseara sin importar que le dijera que no. Sentí mucho miedo y, aunque no pasó nada..., no me siento cómoda cuando levanto las miradas lascivas de la gente.

Pero Dorian está cómodo con su desnudez porque seguramente ha pasado mucho tiempo en pelotas delante de la gente con la que se ha acostado y saberlo me retuerce las tripas. No me gusta imaginarlo con otras.

—Mi madre nació en Noruega y su familia había emigrado allí hacía años desde Grecia.

Coge un poco de guacamole y se lo come distraído. Entiendo que, a pesar de decir que la odia y no querer trato con ella, una parte de él sí quería saber de dónde venía. Es triste tener familia que no quiere conocerte. Yo lo sé mejor que nadie.

—Tengo ocho hermanos —admito, y no sé bien si estoy cometiendo un gran error—. Pero solo me llevo bien con mi hermano pequeño, Defin. Este es por parte de mi madre, el resto son por parte de mi padre... y ellos nunca han querido saber mucho de mí. A uno de ellos ni lo conozco.

Pienso en Kiefer. Es un poco mayor que yo y mi abuelo lo odia. En la casa casi no se habla de él y siempre me he preguntado qué pasó para que desapareciera así y no quiera vivir del dinero de mi abuelo, como todos. Pero si yo le importara habría hecho por buscarme y no es el caso.

Algunos de mis hermanos por parte de padre y de mis primos viven con mi abuelo y, aunque no consiguieron nada, se mueven por la mansión como si fueran los mejores. Quieren que mi abuelo muera sin su herencia para así quedarse con todo y que no cambie el testamento en favor de un solo heredero. Por eso, cuando estaba allí, me hacían la vida imposible, porque odiaban que yo pudiera quitarles eso. Decirles que yo no quería nada no cambiaba las cosas porque mi padre sí quería.

—¿Tú intentaste algo con ellos?

—Sí, cuando los he visto he intentado que fuéramos amigos. Salió muy mal. Es raro formar parte de una familia que no quiere saber nada de ti y, sin embargo, ser consciente de que son parte de tu historia.

—Es una mierda, pero yo no pienso ir detrás de nadie. Quien me la juega para mí deja de existir.

Siento un escalofrío por sus palabras, como si fueran una premonición. No tiene por qué, pero yo estoy ante él contando solo una parte de mi vida. Él no sabe que a quien buscan con sus novatadas es a mí y, cuando lo sepa, tal vez él mismo me haga las putadas más gordas para expulsarme porque no hacerlo sería ir contra su familia.

—¿Todo bien?

—Sí. Una pregunta más. —Sonríe de medio lado. Me encanta cuando lo hace. Su boca me vuelve loca—. ¿Has estado alguna vez viviendo en un internado? Yo toda la vida.

—Lo sé —dice dejando claro que me ha investigado—. Pero ¿por qué?

—Bueno, mi familia viaja mucho y cuando supieron que yo era superdotada aconsejaron a mi madre que me enviara a uno para que pudiera evolucionar. —Es verdad, pero aparto la mirada, ya que fue mi abuelo el que exigió que lo hiciera.

—Es comprensible. Y yo también toda la vida. Mi abuelo no tenía tiempo para cuidarme, con sus negocios y con regentar nuestro internado hasta que se jubiló. Y, como iba cursos por delante, en cuanto pude entrar en la universidad me metieron aquí. Llevo desde los dieciséis años en este lugar y hace tiempo que para mí es demasiado aburrido. Y debería amarlo. Un día seré quien lo regente.

Se tensa.

—¿Qué pasa?

—Nada. No me gusta hablar de esto.

Quiero preguntar, quiero saberlo todo de él, conocer cada parte de su mente, pero para hacerlo debería exponer quién soy. Por eso me callo y sigo comiendo. Al terminar recogemos todo y propongo ver una película en la cama. *Spoiler*, no nos enteramos de nada porque acabamos haciendo otras cosas más excitantes.

—Vamos, deja que te miren mientras entro en ti.

Estamos frente a la cristalera. Me acerqué a contemplar la noche y Dorian vino tras de mí. Me ha abierto el albornoz para que todos vean mi cuerpo. Dudo que alguien mire hasta aquí arriba. Pero el morbo está ahí. Es de noche, el cielo está negro y la gente anda por la calle de un lado a otro. Estamos tan altos que nadie vería nuestras caras. Pero nunca he hecho algo parecido. Salvo follar en una escalera de incendios donde alguien podía salir y vernos.

Asiento y me quita el albornoz. Me quedo desnuda ante la cristalera. Los pezones se me ponen duros y más cuando tira de ellos con una mano mientras la otra la cuela en mi sexo.

—Joder, ya estás muy mojada. Nadie nunca me ha deseado tanto como tú a mí.

—No te lo creas tanto —digo y se ríe contra mi cuello.

—Si alguien está mirando, seguro que ahora mismo me envidia. —Miro su imagen reflejada en el cristal—. Envidia que sea yo quien toque el cuerpo de una semidiosa.

Venera mi cuerpo como si de verdad fuera la mujer más hermosa con la que ha estado. Cuando me mira me siento muy deseada. Algo me dice que tenga cuidado, que solo soy la diversión de Dorian este fin de semana y luego todo seguirá igual. Pero mientras me toca me olvido de que en verdad nacimos para ser enemigos.

Mete los dedos dentro de mí. Echo la cabeza hacia atrás y chupa y muerde mi cuello mientras me lleva al límite frente a la ventana.

—Seguro que hay alguien metiéndose la mano dentro del pantalón para tocarse mientras imagina que entra entre estos muslos tan torneados hasta colarse en tu apretado coño. —Mete los dedos más hondo—. Lo tienes embrujado.

—Para algo soy una sirena de pelo corto. —Sonríe contra mi piel—. Más fuerte.

—No sin mi polla... —Saca la mano y lleva los dedos a mi boca—. Chúpalos como si fuera mi polla, que arda de envidia.

Los chupo mirando hacia la noche. Dorian gruñe y luego los saca para cogerme el culo con las dos manos y entrar con fuerza en mí. Mis pechos se aplastan contra el frío cristal y eso los endurece más. Miro descarada la noche mientras Dorian entra y sale de mí con vigor.

—Ahora mismo estás rabiando por no ser yo. Por no saber qué se siente al entrar en este coño apretado y mojado.

—Más duro...

—Joder, qué placer.

Noto cómo su polla crece más en mi sexo. Me aprieta las caderas con sus manos. Tengo marcas suyas por todo mi cuerpo y él mías por el suyo. Cuando nos marchemos tardaré en olvidar que por unos días fui solo suya.

Estoy cerca y lo nota. Baja su mano a mi clítoris y me acaricia donde sabe que me gusta hasta que me dejo ir y me corro con fuerza sintiendo cómo me llena. Él me sigue y se derrama dentro de mí. Cuando sale noto cómo su semen me cae por las piernas.

—Joder, ver cómo mi semen sale de tu coño me pone mucho... Creo que voy a odiar usar condones a partir de ahora...

Sus palabras me recuerdan que cuando regresemos él será de todas menos mío. No digo nada y me meto en la ducha. Al poco me sigue y me coge la cara entre las manos.

—No puedo prometerte nada que no pueda cumplir. No soy mi padre.

—¿Qué te prometió él?

—Que me mataría. —Me recorre un escalofrío por la frialdad con que lo dice—. Y se fue de este mundo sin cumplir su promesa.

—¿Acaso querías que te matara?

—Cuando era niño odiaba tanto mi vida que por un momento lo deseé. Mi padre no me mató, pero mató todo en mí. Y desde que murió... no he confiado tanto en alguien como en ti y eso me aterra.

Lo abrazo porque a mí me aterra más saber que lo estoy engañando. Si se entera, no me puedo imaginar qué pasará. Se convertirá en mi enemigo número uno y tal vez nunca entienda que, como él, no tuve elección.

Estoy tan cansada que me seca y me lleva a la cama. Cuando me abraza con ternura me rompe. Casi es mejor que todo acabe cuando nos separemos. Así no tendré que lidiar con el peso de quien soy en verdad.

Capítulo 39

ABBI

Recojo mis cosas sintiéndome deprimida. No quiero irme de este lugar. Como si supiera que cuando saliéramos a la luz todo cambiará entre los dos. Al llegar a la puerta con mi mochila, Dorian mira su móvil distraído. Lo ha apagado estos días. Yo el mío no y lo hemos usado para ver pelis y series, o para tener una excusa para creer que no solo queríamos follar el uno con el otro.

—Listo. —Asiente y abre la puerta sin mirarme. Ya está lejos de mí.

Tomo aire y salgo de este lugar agitada. Vamos por el pasillo hasta el ascensor y sigue mirando el móvil sin decir nada.

—Han hecho una novatada sin ti. Idelia está un poco enfadada porque no saben dónde narices te has metido y dónde me he metido yo.

—Ni que tuviera que explicar lo que hago en mi tiempo libre.

—No tienes, no. Pero Idelia es peligrosa.

—Yo también.

—Abbi... ¡Joder! Solo no la provoques. —Veo en sus ojos aguamarina que le importo y me acerco a besarlo.

Me devuelve el beso y cuando nos separamos se abren las puertas. Salimos hasta la calle. Es por la mañana, no quería conducir de noche.

—Deberías irte. Dejar todo esto —repite y parece enfadado porque no lo haga. Porque él no entiende mis motivos. Y porque él no puede escapar de esta vida.

—¿Y por qué no lo haces tú? Yo no puedo.

—¿Por qué? —No digo nada y me mira dolido.

—¿Por qué no lo haces tú?

—Porque no puedo tampoco, ya te lo dije. Y porque hay alguien ahí fuera que quiere joder a nuestras familias. Mi deber es no dejar que eso pase. Si lo pierden todo, no solo ellos sufrirán, hay mucha gente a su cargo en las empresas —dice sincero—. Si para que conserven sus trabajos tengo que seguir haciendo novatadas..., pues que así sea.

¿Eso le han contado? ¿Que mi abuelo les hará perder todo? Bueno, si por joder a su familia entienden dejarlos sin mucho dinero, tal vez sí. Ellos robaron a mi abuelo. No es el mejor abuelo del mundo, pero nadie cede su dinero por nada. Y no creo que, con todo el dinero que tienen, las empresas se vean afectadas, ni sus trabajadores. Pero a Dorian le han contado solo la versión dulcificada.

—¿Y por eso hacéis las novatadas?

—Son una tradición.

—Pero podría ser un niño rico. ¿Por qué los excluís?

—Porque todos los de las familias admitidas sabemos de dónde vienen. —Se pasa la mano por el pelo rubio. Estamos en la recepción y la gente pasa por nuestro lado ignorándonos—. Vete, Abbi..., aléjate de toda esta mierda antes de que te destruyan. Si es por dinero, te daré una buena suma de dinero.

—Lo que quieres es que me vaya para que así puedas follar con quien te dé la gana sin sentir cómo eso me duele. Y no necesito tu dinero ni el de nadie.

—¿De verdad crees eso de mí? —Se nota que está muy muy enfadado.

Toda la complicidad que hemos vivido estos días se ha disipado. Dejando claro que no era real. Que solo estábamos jugando a ser alguien que no somos.

—¿Ahora me vas a decir que te importo? No soy tonta para saber que esto que ha pasado ha sido algo increíble, pero no es real.

Su mirada se vuelve oscura y sé que le he hecho daño. No dice nada y se aparta. Voy tras él, pero es más rápido y se marcha con su coche sin mirar atrás.

«Es lo mejor», me grita una voz.

Otra me dice que estoy perdiendo la primera cosa en mi vida, lejos del circo, que me hace feliz.

Pero él no sabe quién soy... y es mejor así.

Llego a mi cuarto con el ánimo decaído. No tengo ganas de comer nada. Y mucho menos de ver a nadie. Abro la puerta y encuentro a Dafna leyendo en el sofá.

—Vaya, has vuelto. Te has librado de pasar un frío horrible buscando pelotas que se hundían en la piscina.

—No pienso sentirme mal por eso. —Sonríe y me dejo caer a su lado.

—¿Todo bien?

—No. —Subo las piernas y las abrazo. Debería irme

a mi cuarto y buscar la soledad. Es lo que debo hacer—. Lo estaré.

—¡Mina! ¡Problemas de chicas! —Esta sale corriendo de su cuarto, me mira, vuelve a entrar y al poco regresa con una botella de vino del malo y una bolsa de patatas.

—La guardé para emergencias. Tienes una cara horrible.

—Se me pasará. Solo necesito un momento...

—Somos tus amigas —dice Dafna—. Si estás mal, para eso nos tienes.

—No os puedo contar por qué estoy mal.

—A juzgar por tu cara, por un hombre. Siempre es por ellos. —Sonrío ante las palabras de Dafna—. No necesitamos saber nada más.

Da un trago a la bebida y me la pasa. Las miro y me pregunto si es tan fácil tener amigas. Tengo miedo de necesitar a personas que no lo saben todo de mí. Doy un largo trago, pongo mala cara y cojo patatas.

No les cuento nada, pero no se van de mi lado mientras se me escapan varias lágrimas porque al parecer Dorian me importa más de lo que me gustaría.

Sobre todo, lo echo de menos cuando me meto en la cama y añoro su cuerpo y que me abrace como si le importara de verdad. No le importo. Solo ha sido sexo... de alguien que me encanta por dentro y por fuera y que hace que a su lado sea lo más yo misma posible. O todo lo que se puede ser una misma con el secreto que tengo por nacimiento.

Por un momento me gustaría ser otra persona, alguien sin problemas que pueda estar al lado de Dorian sin miedo a que lo sepa todo de mí.

De ser así no dejaría de intentar que su mundo y el

mío se juntaran, pero temo que cuando sepa la verdad todo lo construido se desmorone como un castillo de naipes. Me pregunto si Eros se enfadó con Psique porque lo engañara para verle la cara o porque temía que la verdad los acabara destruyendo y se alejó antes de que eso pasara.

Capítulo 40

DORIAN

Idelia llama a la puerta de mi cuarto y sé que es ella porque tengo un control de cámaras para saber quién llama y por si alguien entra sin que yo esté dentro. Abro la puerta desde el móvil y cuando entra la cierra de un portazo.

Siempre la he odiado, pero no lo aceptaba. Me dejaba llevar porque sé que un día, me guste o no, nos obligarán a casarnos. Pero últimamente su presencia me asquea y más cuando me mira como si yo fuera de su propiedad.

—¿Se puede saber dónde has estado?

—No —le digo tranquilo—. Y si has venido a montarme un pollo, mejor te largas. Me duele la cabeza.

Y mucho. No volví al internado tras separarme de Abbi, estuve conduciendo sin rumbo. Odiando que ella vea lo peor de mí. Pensaba que, tras lo que hemos compartido, sería capaz de ver por lo menos algo bueno. Algo menos jodido. Pero no. Para ella solo soy un tío al que se ha tirado y nada más. Y, aunque siempre he sido así para otras, serlo para ella me duele. Porque me he abierto a ella como nadie y me siento traicionado.

Y un completo idiota.

—No olvides que tu abuelo necesita al mío, Dorian.

—Cómo hacerlo si no paras de recordármelo.

—Pues no me enfades. —Me toca la cara y le cojo la mano—. En media hora te espero en mi cuarto.

Se marcha y me quedo agitado y asqueado. Voy a su cuarto porque me tiene cogido por las pelotas. Como ya imaginaba, ha montado una fiesta sexual. Sabe que de mí solo consigue eso. No hago nada, me quedo sentado en una silla. Idelia se lo monta con dos tías y no deja de mirarme. Se cree que me excita y nada de este lugar lo hace.

Todo parece fingido e irreal, el sexo parece falso. Nada comparado con lo que he vivido con Abbi. Todo era natural, espontáneo..., real.

Y, sin embargo, dudó de mí...

Al acabar, Idelia finge un orgasmo y lo veo claro porque he visto a Abbi correrse de verdad. Me levanto y me marcho. Ella creerá que es para cascármela, pero es para vomitar del asco que siento ahora mismo. Ya no soy el de antes, pero tampoco sé quién quiero ser o quién puedo ser.

Siento cosas que no debería y temo que eso pueda hacer que me pierda. Ya me perdí cuando mi padre murió. No sé si estoy preparado para romperme por segunda vez.

Entro a la primera hora de clase sabiendo que se ha corrido el rumor de que ayer estuve con Idelia y dos personas más. Sé que todo es cosa de ella para que nadie tenga dudas de que estamos juntos. Pienso en escribir a

Abbi para decirle que todo es falso; le di mi móvil el fin de semana y ella me mandó un mensaje. Lo grabó como Eros y yo a ella como Psique. ¿Por qué? Ni puta idea. Pero en la puerta de la habitación, esperando que recogiera todo y dejara el cuarto decente para que no pareciera que habíamos follado como conejos, la guardé así. En ese instante me pareció perfecto.

Ahora me siento más tonto todavía.

No le escribo, no somos nada. Ella lo dejó muy claro. Dudo que le moleste saber que tras lo vivido con ella busqué a otras.

Siento a Abbi antes de verla. Entra a clase con su bandolera al hombro. No mira a nadie y yo hago como que no la miro, pero la veo, joder, y a pesar de todo quiero volver a ese cuarto donde parecía que todo era posible. Empiezo a entender por qué Eros ocultó a Psique del mundo, porque todo su mundo corrompería algo tan bueno y puro.

Algo tan real.

Algo dentro de mí me recuerda que Abbi tiene un motivo para estar aquí, pero, como todos, pienso que solo quiere entrar en las grandes esferas y demostrar que pueden hacerlo. Como si algo en mi interior no quisiera rebuscar y saber la verdad si eso puede empañar lo poco bueno que he tenido en mi vida en años. Ella solo quiere demostrar a su padre y a esos hermanos que la ignoran, o hasta que la han hecho sentirse de menos toda la vida, que puede ser quien quiera.

Conocerla ha hecho que me pregunte si los becados tienen tan pocas opciones como yo de marcharse de este lugar. Ha hecho que deje de odiarlos por soportar todo esto por un fin.

La clase empieza y tenemos examen sorpresa. Por

mí no hay problema, pero el resto protestan y se quejan. Al profesor le da igual y se reparten los exámenes. Respondo a todo con rapidez y me levanto para dejarlo en la mesa. Abbi hace lo mismo y nos encontramos ante la mesa del profesor, que mira el reloj.

—¿Ya? —Lo dejo sobre la mesa sin responder a este idiota que sabe mucho menos que yo y seguro que ha hecho esto para estar jugando con el móvil en lugar de dar clase. Mira el móvil y compruebo que tengo razón—. Podéis iros.

Abbi me mira como si me quisiera sacar los ojos y va a por sus cosas. Intenta que no lo note, pero sé que está celosa. Cojo mis cosas y salgo de clase sintiendo la mirada fría de Idelia, a la que no le gusta un pelo que me vaya solo con Abbi.

Salgo de clase al mismo tiempo que Abbi y esta empieza a andar, pero luego se gira y me mira.

—Espero que usaras condones, no vaya a ser que te peguen algo... o tú a ellas...

—¿Celosa, becada? —Sus ojos marrones echan chispas.

—¿De ti? Para nada. Solo eres un mierda más en mi camino. He apartado muchos a lo largo de mi vida. Tú no eres menos.

Se marcha, pero he visto el dolor en sus ojos. Tal vez por eso saco el móvil y le escribo:

> Dorian:
> No es verdad. Aunque no te importe.
> Fui, las vi fingir y me marché de
> vuelta a mi cuarto. Aunque tú ya me
> has juzgado, ayer dejaste claro que
> esto era lo que esperabas que hiciera.

Veo que escribe, aparece con el nombre que le puse para que nadie sepa que es ella y espero.

> Psique:
> No sé si debo creerte. Es mejor...,
> es mejor dejar todo como está.

No respondo, pero me duele que me rechace. Si piensa que voy a ir tras ella es que no me conoce en absoluto.

Capítulo 41

ABBI

Estoy intentando seguir mi vida sin Dorian, creyendo que lo nuestro se acabó y que no me importa ni lo que haga ni lo que me gustaría seguir haciendo. Diría que no lo creo, pero sé que me dijo la verdad. Dorian no es de los que mandan mensajes para dar explicaciones, pero me lo mandó. Dejé que creyera que todo seguía igual porque no contarle quién soy y que mi abuelo va contra el suyo me destroza.

No esperaba entrar aquí y hacer amigos, ni encontrar a alguien con quien me gusta perder mis horas hasta que parezca que el tiempo se detiene. Echo de menos a Dorian, cada noche añoro tenerlo abrazado a mí. Solo pasamos dos noches juntos, pero fueron suficientes para que se quedara marcado en mi piel. Nunca había dormido con nadie y fue increíble.

Por eso, cuando lo veo en el comedor a las horas del desayuno, la comida y la cena, es como si algo se retorciera dentro de mí. Me duelen las palmas de las manos por mi deseo de acercarme a su lado. Y odio ver a Idelia junto a él. Aunque ese día no pasó nada, seguramente después sí, y eso hace que cada vez que los veo juntos me maten los celos.

Como ahora, mientras llevo mi bandeja hasta donde están Marvin y mis amigas. Dorian me sigue con la mirada cuando nadie se da cuenta. Su mirada es oscura y siniestra, como si odiara mi presencia.

Duele porque recuerdo lo increíbles que eran sus ojos cuando entraba y salía de mí con fuerza y me observaba como si fuera la mujer más hermosa que había tenido la suerte de conocer.

Aparto la mirada con el corazón encogido y me recuerdo que todo esto lo elegí yo. O no. Tal vez solo anticipé las cosas. Dorian puede desearme, pero él nunca sentirá nada por mí. Ya dejó claro que no siente nada y, además, se debe a su familia y dudo que se enfrente a ellos por mí.

—Hoy nos dan las notas —dice Marvin—, a ver si eres la mejor de la clase.

—Seguramente.

Doy un trago a mi café sin muchas ganas. Él me mira la boca. No esconde que me desea. Aunque sé que no pierde el tiempo y se va con unas y otras.

—Me pone nerviosa que solo nos miren y no sepamos su siguiente movimiento —añade Dafna.

Sin darme cuenta, me llevo la mano al brazo y me rasco nerviosa por esa incertidumbre. Acabo el desayuno y nos marchamos a clase. Marvin viene conmigo hasta la puerta. Y me da un abrazo.

—Ánimo, nos vemos luego.

Se aleja y cuando lo hace casi se choca con Dorian, que no sé de dónde ha salido.

—Mira por dónde vas —le dice frío Dorian y cuando lo mira parece que quiere arrancarle la cabeza.

Marvin se marcha. Dorian me mira al pasar. Tenerlo tan cerca me mata. Quiero refugiarme de nuevo en su pecho y perderme en su boca. Lo deseo tanto que me duele. Aparta la vista y entra a clase como si nada. Tal vez solo nos hemos mirado un segundo, que para mí fue eterno.

Voy hasta mi sitio y el profesor no tarda en venir y nos da las notas. Tengo un sobresaliente alto y Dorian solo un sobresaliente. Soy la nota más alta de la clase. Puedo conseguirlo, puedo deshacerme de mi abuelo y elegir mi vida sin la presión de ser quien él desea o el miedo de que haga algo contra mi abu Hadrian.

—¡No puede ser posible! —grita Idelia—. ¡Esa novata no puede ser más lista que uno de los nuestros!

Me mira enfadada y sé que esto va a precipitar todo.

Cuando Dorian me dijo que el profesor no se sabía el temario empecé a ir por mi cuenta y a estudiarme los temas antes. Por eso estaba preparada para ese examen sorpresa. Me llevo la mano al brazo y me rasco. Los ojos claros de Dorian se posan en mi gesto hasta que el profesor pide calma y empieza la clase.

Esto va a ser la guerra.

En la siguiente clase, otro examen sorpresa, y también en las siguientes. Al parecer quieren que me hunda en alguna asignatura, pero lo tengo fácil y respondo con tranquilidad. En todos los exámenes acaba Dorian el primero y yo también, pero me quedo en mi asiento hasta que él se va. Por suerte, en el último acabo yo antes y puedo ir a comer sin nadie en el comedor. Miro las comidas que hay y elijo las que más me gustan.

—No te recomiendo el repollo —añade Dorian a mi espalda. Mi piel vibra por su cercanía—. O sí, así te dará descomposición y con suerte le vomitas en la cara al bibliotecario.

—Cuidado, Dorian, pareces celoso.

—¿Por ti? Ya eres historia.

Dejo el repollo cuando se aleja y lo miro dolida. Para mí él no es historia ni mucho menos, aunque me encantaría que lo fuera. Levanta la vista y me pilla mirándolo. Sonríe de medio lado, dejando claro lo creído y capullo que es.

No soporto que mi cuerpo reaccione a él o que lo eche de menos. Es una tortura mayor que esta universidad de locos. Aun así, pregunto a mis amigos si es cierto lo del repollo y me dicen que suelen ponerlo una y otra vez y a veces sienta mal por eso mismo. Era cierto y que cuide de mí me hace preguntarme si le importo, aunque sea un poco. «¿Y cambia eso algo?», me pregunto, y no. No lo cambia.

Los días pasan lentos y en los exámenes Dorian me gana en algunos, pero no en todos. Me encanta su inteligencia casi tanto como su impresionante cuerpo. Es una putada encontrar a alguien con quien puedo ser yo misma en cada aspecto de mi vida y tener que alejarme porque en realidad soy una impostora.

Además, la prensa dice que está con Idelia; la otra noche fueron a una gala juntos. Lo odio. Odio ver a la gente comentar esto y verlos juntos en redes como si fueran la pareja del año.

Los celos me nublan la mente y no saber cuándo harán las novatadas, más. Mi brazo está rojo y lleno de heridas por el estrés.

Y, aunque estaba deseando saber qué tramaban, cuando llega siento que no estoy lista para tener la mente fría y no romperme.

Capítulo 42

ABBI

Estoy medio dormida cuando entran a mi cuarto y me sacan de la cama sin preámbulos. Lo esperaba porque mis buenas notas solo pueden acarrear que estén muy nerviosos, pero, aun así, después de lo mucho que me costó dormirme, al fin lo había logrado y eso hace que cuando me ponen la capucha negra y ando descalza por los pasillos esté desubicada.

Tengo que reponerme. Tengo que ser más fuerte.

Noto cortes en los pies por andar descalza. Vamos hasta el sótano y sé, por la humedad, que vamos hacia los calabozos. Escucho voces de otras personas, pero a mí me alejan de ellas. Me pregunto si Dorian está aquí, viendo todo esto aburrido entre las sombras. Sé que él no es quien me lleva ni quien les dice que me lleven sola a una sala. Sé que mi cuerpo lo reconocería incluso a oscuras.

Me quitan la capucha y me ponen una venda en los ojos.

Siento el corazón latirme en los oídos cuando me tiran al suelo y luego me atan las manos y los tobillos. Me cuelgan del techo y quedo boca abajo.

—Listo, a ver cuánto tiempo tardas en pedir que te saquemos. —Es la voz de Idelia, y se nota que me odia—. Dejadla sola. Que nadie se le acerque..., aunque grite.

Esto lo murmura, pero lo oigo todo. Está claro que quiere desquiciarme. Cierran la puerta y me quedo sola, a oscuras y colgada del techo.

La camiseta me cae sobre la cara. Llevo unos *leggings* y un sujetador deportivo. Cuando no sabes en qué momento te pueden sacar de la cama no te acuestas con tu pijama de ositos favorito y cómodo.

Pienso en cualquier cosa que me lleve lejos de esta oscuridad. Mi traicionera mente va una y otra vez a Dorian, a ese fin de semana en el que, lejos de todo, parecíamos otros. Intento apartar los pensamientos, pero fue todo tan increíble que sé que nunca podré olvidarlo.

Escucho la puerta abrirse y cerrarse cuando ha pasado un largo rato. Hace tiempo que los chillidos del resto han cesado. Deben de habérselos llevado. Alguien se me acerca y espero que me tiren agua fría o me hagan alguna putada más allá de estar colgada.

Entonces siento unas manos subirme la camiseta y atarla bajo mis pechos. Por cómo reacciona mi cuerpo sé que se trata de Dorian. Que siga cuidando de mí me duele porque no puedo gritarle mi verdad sin que piense que lo usé o sin que mi abuelo Uriel se entere y haga daño a Hadrian. Tomo aire y me llega su perfume. Lo reconozco con los ojos cerrados porque nadie como él hace que mi cuerpo vibre con fuerza.

Por eso decido joderle un poco. Porque es mejor que se aleje, que me odie. Me trago el escozor de las lágrimas.

—Más, joder... Ya era hora de que volvieras, antes me has dejado a medias... Dijiste que ibas a tocarme. —Noto cómo se queda quieto.

Sé que es imposible, pero imagino que sus ojos se oscurecen por los celos.

Son esos celos los que lo hacen tocarme entre los muslos. Y gimo levemente. No es fingido porque añoraba su contacto.

—Antes lo hacías mejor —lo pico, y lleva su mano a mi sexo—. Joder, sí..., sigue así..., no me dejes a medias.

Me frota el sexo con la palma con rabia. Su respiración es agitada, entre excitado y furioso.

Me toca sobre la ropa y, a pesar de la postura, siento cómo ardo. Sobre todo, cuando baja la camiseta y me descubre los senos. Parezco una presa devorada por su cazador. Y me excita. Lleva uno de mis pechos a su boca y lo succiona mientras me sigue tocando el sexo. Lo devora con fuerza marcando mi cuerpo y cuando estoy cerca digo algo que le joderá, pero lo necesito para no olvidar que este juego es peligroso.

—Joder, Marvin, lo haces genial. —Se detiene, como ya suponía.

Dorian se aparta y me cubre, asqueado. He notado dolor en sus gestos y su forma de respirar acelerada. Por eso digo la verdad.

—Vamos, Dorian —le digo admitiendo que sabía quién era en todo momento—, solo bromeaba..., sé que eras tú desde que entraste. —No lo escucho, no lo siento, solo noto el frío posarse en mi piel—. Como

Psique a Eros, te reconocería a pesar de no poder verte..., pero no sé adónde me lleva eso.

Se ha ido. No está cerca. Y noto escozor en los ojos. «Es mejor así», me digo una y otra vez. El tiempo pasa lento y cuando me bajan de este sitio tengo lágrimas en los ojos.

—Eres demasiado dura para mi gusto —añade Idelia—. Sacadla de aquí.

Salgo fuera algo mareada y agitada. Me dan vueltas y caigo al suelo, los oigo alejarse y me quito la venda de los ojos. No sé dónde estoy. Estoy desubicada. Tomo aire y oigo pasos. Al alzar la vista veo a Dorian acercarse, todo de negro. Tiene el gesto frío y serio y no sé si va a castigarme o a ayudarme.

Se queda a unos metros mientras me recupero. No hace amago de acercarse. Al poco sé por qué. Idelia se acerca y se pone a su lado.

—No sé cómo te puede gustar este pollo desplumado. —Ella se ríe y grita—: ¡Ahora!

Dorian la mira con gesto de no entender nada cuando me tiran desde arriba un cubo de agua helada. Grito por el dolor que siento ante tanto frío de golpe.

—Lo mejor que puedes hacer es irte... o acabaremos contigo sin tener que tocarte siquiera.

Respiro agitada. Se marchan. Dorian con ellos. En su papel de dios de la muerte en este momento. Consigo ponerme de pie y voy hasta mi cuarto helada. Entro en la ducha y el agua caliente poco a poco me va calentando, pero el frío sigue metido en mis huesos mucho tiempo. Al acabar estoy agotada y desilusionada con Dorian.

Aunque sé que si me ayudara lo mandaría todo a la mierda. Cuanto más se acerque a mí, más me joderá Idelia. Y cuanto mejor nota saque, peor irá todo.

Entro en la cama y miro el móvil. Veo varios mensajes de Dorian como mi Eros:

> **Eros:**
> ¿Estás bien?
> Va a ir a peor, Abbi..., deberías irte. Y si te ayudo será peor...
> ¿De verdad sabías que era yo? No me mientas más, joder.

Estoy tan débil y tan cansada en este momento que respondo la verdad:

> **Abbi:**
> Lo sabía todo el tiempo. No hubo nadie antes. Pero quería hacerte daño.

> **Eros:**
> ¿Por qué? No creo que me merezca todo esto... Sube a la azotea. Te espero aquí.

> **Abbi:**
> Estoy temblando de frío...

> **Eros:**
> Confía en mí de una puta vez.

Dudo. Dudo mucho, pero estoy tan cansada que ni lo pienso. Salgo de la cama y me calzo las deportivas para subir. Cojo una sudadera caliente y me la pongo. Si no quiero levantar sospechas, no puedo llevar nada más. Puedo decir que voy a por algo de comer a las máquinas expendedoras de cada planta, pero no que me marcho a la calle en plena noche. Sería raro.

Subo a la azotea y entro. Veo a Dorian sentado, aún todo de negro. Al verme me hace señas para que lo siga. Voy hasta él y andamos hacia donde están sus cuartos. Veo que hay una escalera en la barandilla que da a un balcón.

Pasa la barandilla y baja por la escalera hasta saltar. Hago lo mismo, pero tengo los dedos tan fríos que me cuesta sujetarme; por suerte, Dorian se da cuenta y sube para que bajemos juntos.

Su cuerpo me calienta a pesar del frío que siento. Pero esto no está bien, no está bien..., es un error. Sin embargo, me dejo guiar por él hasta su cuarto. Es grande y lleno de estanterías con libros. Se nota que le gusta leer y perderse en ellos. Tiene zona de ordenador y un mueble-tele que debe de ocultarse. La cama es enorme. Y lo mejor, la calefacción está muy alta. Debe de controlarla desde aquí porque en nuestros cuartos no podemos hacer nada, salvo cerrar los radiadores si tenemos mucho calor.

Tomo aire sintiendo cómo me voy calentando.

—Ten. —Me da un té caliente que tenía ya preparado y lo cojo con las manos heladas.

Que cuide de mí me desarma. Siempre lo hace; a pesar de todo, ahí está con un detalle que rompe todas mis barreras y me hace olvidar por qué no deberíamos ser nada.

Se sienta en la cama y me mira mientras entro poco a poco en calor. Su mirada es sagaz, como si quisiera averiguar cada cosa que estoy pensando.

—¿Por qué has estado huyendo de mí?

—No creo que no te hayas dado cuenta: se rumorea que estás ya medio prometido con Idelia.

—Eso es lo que quieren nuestros padres. Yo no he dicho que acepte —admite—. Responde, becada.

—Es por eso. —Alza una rubia ceja—. Somos de mundos distintos. Esto que hay entre los dos al final se acabará, por unas cosas u otras. ¿Por qué alargarlo?

—Para empezar, te llamo becada con cariño —sonríe de medio lado y siento que hay algo más— y me importa una mierda a qué mundo creas que pertenezco. Lo que hay entre los dos sigue ahí.

Mi corazón da un vuelco y luego late acelerado. Lo dice con tanta seguridad que me hace temblar.

—¿Y de qué sirve?

—Tal vez de que me canse y pueda pasar a otra cosa —bromea—. No lo sé, Abbi. Solo sé que no quiero que rompamos aún lo que sea que hay entre nosotros.

—Aún.

No dice nada, pero es sincero. Más de lo que yo lo he sido nunca con él. Ojalá solo fuera una becada más. Alguien sin secretos que pudiera vivir lo que tenemos sin miedo. Ando hasta él y abre las piernas. Me meto entre ellas. Estoy muy cansada y soy débil cuando lo tengo delante. Pone sus manos en mi cintura y las mete dentro de mi sudadera. Sentirlo me da la vida y es como si dejara de correr. Lo he echado tanto de menos que dolía esta distancia entre los dos. Lo miro perdida en lo que siento y sabiendo que debería irme, pero no puedo. Me atrae como el sol a Ícaro y tal vez a mí también me destruya.

—¿Ha habido otros, Abbi?

—No. ¿Y tú?

—No, solo me tocó ver cómo otras follaban mientras me aburría de ver lo falsas que son... Pero contigo todo es real y es raro, cuando he tenido más sexo del que puedo recordar.

Sube las manos por mi espalda.

—Esto no va a salir bien. —Apoyo mi frente en la suya, no pudiendo pensar ahora mismo y menos aún cuando me toca. Es como si dejara de tener frío, como si desde que nos separamos el frío se hubiera instalado en mí y ahora se disipara.

—Seguramente, pero no quiero pensar en eso ahora. Vamos a dormir, tienes que entrar en calor.

—Estoy bien. —Pero sigo un poco helada, la verdad.

Vamos hasta su cama y abre las mantas.

—Ropa fuera.

—¿Vamos a dormir desnudos?

—Claro, para que entres en calor. —Sonríe sobrado, me quito la ropa ante él y pone mala cara al ver las rojeces que me han dejado las cadenas—. No puedo hacer nada.

—No quieres hacer nada.

—No lo entiendes...

—Vamos a dormir, estoy cansada.

Me meto en la cama y al poco entra y me abraza por detrás. Solo lleva puesto el bóxer, pero su cuerpo está muy caliente, parece un horno. Me giro y acabo en su pecho notando como el frío se me va poco a poco y un sueño reparador me hace no poder seguir despierta.

«Estoy donde debo estar», pienso antes de dormirme, y me aterra tenerlo tan claro y sentir que es cierto.

A su lado soy solo Abbi, sin que importe mi apellido o de dónde vengo, y me gusta ser algo más que un peón en el juego de otros.

Capítulo 43

DORIAN

Paso el brazo por la cintura de Abbi y le doy besos en el cuello hasta que se mueve y su culo se aprieta contra mi dura polla. Me costó dormirme, pero al final caí preso de un sueño reparador. Desde que nos separamos estaba inquieto y la necesitaba cerca, al tiempo que odiaba esa debilidad. Estar alejado de ella me costó y más verla con ese Marvin, que se la come con los ojos. No me gusta un pelo. Tiene algo en la mirada que me inquieta. Pero ella no lo ve, cómo no. Este lugar está plagado de gente así, tal vez sea por eso.

Esta noche, cuando la dejaron sola, entré a ver si estaba bien y la cabrona me provocó. Odio imaginar a otro tocando su cuerpo. Y entonces habló sabiendo quién era yo. Nadie reconoce a otro en la penumbra si no está ligado a esa persona de alguna forma. Entonces, ¿por qué me aleja? No tengo ni idea, pero sí sé que me desea tanto como yo a ella y la única forma de sacarla de mi mente es ver adónde nos lleva esto hasta que se enfríe y siga mi vida sin sentir nada.

Tiro de sus duros pezones y se retuerce contra mi cuerpo. Bajo la mano y le toco el sexo, ya mojado por mí.

—¿Ha habido alguien?

—Ya te dije que no.

—Estabas medio dormida.

—Cierto, solo por eso estoy aquí —bromea y mueve su culo hasta que mi polla toca su entrada.

—¿La quieres dentro? ¿Quieres que te folle, Abbi? —Le lamo la oreja y asiente.

—Joder, sí.

Que sepa lo que quiere y lo diga me pone mucho. Meto los dedos dentro de sus pliegues mientras mi polla entra en ella poco a poco. Todo su abultado botón está duro y mojado. Froto los dedos por su clítoris. Por este nudo de nervios que tanto me pone tocar.

Gime con fuerza mientras me meto hasta el fondo sin dejar de tocarle las tetas y su mojado coño. Se mueve contra mí y yo contra ella. Siento cómo su apretada vagina me succiona. No correrme es casi un suplicio.

Le muerdo el cuello y la beso entrando más fuerte y duro en ella.

—Dorian...

Froto su clítoris y echa la cabeza hacia atrás. No puedo más. Lo noto. Quiere correrse y yo también, pero me gusta llevarla al límite hasta que ya no aguanta. Busco su boca y nos besamos mientras salgo y entro en ella con fuerza.

—Dorian. —Muerde mi boca y yo la suya.

—¿Quieres correrte, pequeña Psique?

—Sí, mi jodido Eros. —Me río y la beso mientras entro más fuerte.

Saco los dedos de su sexo y los llevo a su boca, los lame y luego la beso, y de nuevo los llevo a su sexo y le froto el clítoris hasta que se corre con fuerza entre mis brazos. La sigo y me derramo dentro de su cuerpo. Sé que esto hace que confíe en ella como en nadie. Si ella se quedara embarazada de mí, me putearía toda la vida por ese niño. Pero sé que no me engaña. No en eso.

La abrazo agitado mientras el despertador nos avisa de que debe irse si no quiere que la descubran.

—Vamos a la ducha.

—No quiero ir a clase —dice remolona.

—Anda, vamos, a ver si por fin he sacado en todo mejores notas que tú.

—Lo dudo, soy la mejor.

Ella es un reto en muchos sentidos y he estudiado más que nunca, motivado por ganarla. Nos duchamos juntos y cuando la veo subir las escaleras me invade algo raro en el pecho. Reprimo lo que siento y guardo la escalera.

Toca empezar un nuevo día y fingir que cierta becada no me vuelve loco.

Capítulo 44

ABBI

Entro a clase un momento antes de que el profesor cierre la puerta y me mira con mala cara. Regresé a mi cuarto y me costó encontrar mi ropa, hasta que la vi en la basura de la planta cortada con tijeras. Alguien había entrado en mi cuarto. Le hice una foto, se la mandé a Dorian y le pregunté si él sabía algo. Me dijo que no, pero que Idelia la tiene tomada conmigo.

Mis compañeras tampoco sabían nada. Me cabreo tanto que decido sacar uno de los uniformes de falda y camisa escondidos que mi madre me compró. La camisa me queda algo justa, se me ciñe al pecho. Y la falda me llega a mitad de muslo. Me he puesto unas medias azul marino que me cubren hasta encima de las rodillas. Me siento desnuda con esta ropa, pero me da igual. Ha llegado un punto en que esto es la puñetera guerra. Por suerte, llevo la chaqueta del uniforme, que me cubre un poco.

Me arreglo el pelo con ondas y me maquillo para

destacar más mis ojos. Si Idelia quiere guerra, la va a
tener. Si le jode que me miren, me van a mirar el doble.
Aunque para eso yo tenga que temblar cada vez que alguien me observe y recuerde aquel momento en que me
sentí tan desnuda ante una mirada.

Tal vez ya es hora de que lo supere.

Voy hasta mi sitio y me quito la chaqueta. Mis pechos se ven más grandes y sugerentes. El profesor, al
verme, se los queda mirando. Vale, con eso no contaba.
Tiemblo y trato de recordar que nadie me va a tocar si
yo no quiero. Soy fuerte, joder. Soy fuerte. Se aclara la
garganta y da las notas. Saco más nota que Dorian y oigo
cómo Idelia grita enfadada que debe de ser una broma.

Me giro y la saludo. Dorian está a su lado y su mirada es oscura. No puedo saber qué piensa, pero parece
tenso. O como si quisiera arrancarles los ojos a todos los
que lo rodean. Por cómo me mira sé que está celoso.

Que se joda porque ella lo toca como si fueran no-
vios.

Quiere que estemos juntos... o como sea esto, bien,
pero yo también sé jugar a esto. Empiezo a pensar que
ha sido un acierto que mi ropa de clase se haya visto
afectada. Es hora de que deje mis miedos atrás. Si quiero vencer en este juego no puedo tener ninguna debilidad.

—¿De dónde has sacado ese uniforme? —me dice
Idelia cuando salgo de clase, dejando claro que ella se
encargó de joder mi ropa.

—Es prestado. Por eso me aprieta tanto las tetas...
Gracias por ordenar mi cuarto y tirarme la ropa que tan
poco me favorecía, pero, aunque tenga que venir en
pelotas, no pienso faltar a clase. Tal vez no te gustaría
que eso me hiciera destacar aún más.

Me alejo de ella y sé que una vez más he ganado esta batalla. Por dentro estoy temblando. Hace tiempo que aprendí a manejar a gente como ella. Si ven que te hacen daño, irán a muerte. Si ven que no lo logran perderán la cabeza por herirte e ir sin cabeza en una guerra les hace cometer errores.

Ando hasta la siguiente clase y antes de llegar alguien tira de mí hasta un aula vacía. Nadie ha visto nada, pero, aun así, me encaro a Dorian cuando cierra la puerta.

—¡Vas a hacer que nos pillen! —Su boca se cierne sobre la mía y me empotra contra la pared para besarme con fuerza y urgencia.

—Odio cómo te miran todos, como si quisieran devorar tu cuerpo. —Mete la mano bajo mi falda y toca mi sexo—. Esto es mío. Solo mío.

—No...

—No me retes, Abbi..., deja de luchar, joder.

Me frota el sexo contra su palma mientras me besa. Y le devuelvo el beso.

—Yo también odio cómo te toca ella. —Cambiamos las posturas y le golpeo la espalda contra la pared—. Odio que te mire como si fueras suyo.

—Nunca lo seré. —Me muerde el cuello y me toca los pechos sobre la ropa—. Tenemos que parar..., pero te juro que este uniforme tan horrible nunca me ha parecido tan sexi.

—Sobre todo, porque se me van a salir las tetas. —Sonríe y las mira. Pasa los dedos sobre la ropa y luego gruñe porque no puede seguir.

Apoya su frente contra la mía. Estamos agitados.

—¿De dónde has sacado el uniforme? Idelia contó lo que hizo y que no estabas por eso. Dejé caer que tal vez pasaste la noche con Marvin.

—Tengo un compartimento oculto en el armario —le digo sincera y temo condenarme. Ahí guardo muchas cosas que me harían daño. Sobre todo, el libro de putadas y las cartas de mi abuelo.

—Chica lista. —Me besa dulcemente—. Sal primero, yo no puedo. —Paso mi mano sobre el pantalón y lo toco—. Para o no podré salir en la vida.

—Así seré la primera siempre. Tal vez no es mal plan para hacerte perder.

—Y yo que creía que eras de las que querían ganar limpiamente. ¿Me tienes miedo?

—No, y no me importa que me ganes.

—A mí tampoco —dice la verdad, pero luego aparta la mirada—, pero si me ganas no se van a poner las cosas fáciles para ti. Si es por dinero, puedo ayudarte a que vayas a otro lugar...

—¡No! —Nos miramos agitados—. No me meto en tu vida, ni en tu manera de hacer las cosas. Tú no te metas en las mías.

—Tú misma, pensando como siempre lo peor de mí.

Sale del lugar, ya frío como una losa, y yo me siento igual de fría. ¿De verdad pensaba que esto iba a salir bien? Saco el móvil de camino a clase y le escribo un «lo siento». Lo lee y no me responde.

Genial, ni veinticuatro horas hemos aguantado bien. No se puede estar con alguien cuando hay tantos secretos de por medio.

Las siguientes clases no van mejor. Llamo demasiado la atención y eso me inquieta mucho, me hace volver a aquel verano de mis dieciséis años. A la hora de la comida estoy agotada de tantas insinuaciones, pero merece la pena por la cara de Idelia al ver que la gente me mira más a mí que a ella. Y, aunque me he cambiado de ropa, la ropa escondida era casi toda la descartada. Llevo un vestido vaquero ajustado que mi madre me compró por si me decidía a usarlo algún día. Y, cómo no, tampoco ha acertado con mi talla. Y me marca demasiado.

—Cómo le jode tu tipazo —apunta Dafna.

—Es culpa suya. Yo era feliz con mi chándal horrible.

—¿Vas a volver a él? —pregunta Mina—. Porque ellos ya nos joden suficiente, está bien darles con su propia medicina.

—¿Nos vamos de compras? —insinúa Dafna divertida.

—Vale —añado sin saber muy bien si quiero entrar de lleno en este juego.

Dorian llega al comedor y se gana las miradas de la mayoría. Donde vaya siempre destaca y eso que muchas no lo han visto desnudo. Lo recuerdo entrando y saliendo de mí y esa forma de cuidarme. Es raro que de verdad le preocupe. Su mirada se cruza con la mía un segundo y la aparta.

—¿Y si comemos en la ciudad? —apunto antes de que hayamos cogido la comida.

—Eso es aún mejor. —Mina nos quita las bandejas y vamos hacia la puerta.

Marvin se nos acerca y se apunta. Con esto no contaba y tampoco con que me pase la mano por la cintura. Es mi amigo, pero me hace sentir incómoda su exceso de cariño.

—Estás muy guapa —me dice de camino a su coche. Se ha apuntado otro de sus amigos, Elias, que va detrás para mirarme mejor el culo.

Llegamos a su coche y voy algo incómoda. Entro detrás, en medio de mis amigas. No saco el móvil porque temo tener algo de Dorian que puedan leer. Ponen música y van demasiado rápido. Llegamos a la ciudad y vamos hasta una pizzería. Pedimos de todo un poco y pagamos a medias. Al acabar vamos a una tienda de ropa cercana y miramos prendas. Marvin y Elias se meten en la zona de probadores. Mina y Dafna les ríen las gracias porque se han pasado con las cervezas en la comida.

Entro en un probador y al poco Elias se mete dentro. Llevo solo el sujetador deportivo y las bragas.

—¡¿Se puede saber qué haces?!

—Nada... —Me devora el cuerpo con la mirada y me cuesta reaccionar por cómo me mira, pero me recuerdo que yo ahora soy más fuerte y no tengo que pasar por esto. Lo golpeo para que se marche—. Era solo por si querías —grita desde fuera y me pongo de nuevo la ropa, agitada y muy nerviosa.

Tomo aire para olvidar recuerdos amargos.

Me pongo el vestido. No quiero que esta gente me lastime. Mi madre siempre me dijo que yo no era culpable de que el mundo observara la belleza. A veces le hago caso. Ella ha pasado por esto. Sobre todo cuando actúa, mucha gente está más pendiente del movimiento de sus pechos o de cómo le queda el maillot pegado a su sexo que de sus acrobacias.

Salgo y voy a pagar. Proponen ir a tomar algo y miro a Marvin.

—Tenemos que trabajar.

—He avisado de que esta tarde no iremos.

—¿Cómo? ¡Yo no he dicho eso!

—Solo es una tarde. Era una sorpresa. —Me pasa la mano por el hombro y lo aparto para ponerme mejor el abrigo—. ¿Acaso quieres estar allí sin saber si te harán otra putada? Vamos a divertirnos lejos de todo eso.

—Yo me apunto —dice Mina—. Aún me duele la cabeza por la prueba de ayer.

—Estabais muy sexis colgadas. —Marvin golpea a su amigo.

—¿Formáis parte de los que ayudan? —pregunto y Marvin calla ante mi pregunta.

—Ya sabes lo que dicen, si no puedes vencerlos, únete a ellos —dice. Empiezo a irme—. ¿Adónde vas?

—¡No os importa!

Voy hasta la parada de taxis. Mina y Dafna me siguen sin decir nada. Pagamos el taxi a medias y voy derecha a mi trabajo, enfadada y sin saber cómo tomarme esta información. Cuando llego, odio la falda cada vez que tengo que agacharme, y guardo los libros con menos cuidado del que debería.

—¿A quién tengo que partirle la cara? —dice Dorian cuando se acerca a mi puesto al final de la biblioteca, casi a la hora del cierre.

—No estoy de humor. Y, dado que no tienes ganas de hablar, mejor te vas.

—Te he estado mandando mensajes, pero al parecer la que no quería hablar eras tú.

Me centro en observar el pasillo para evitar mirarlo y apreciar lo guapo que está y lo mucho que me pone ahí apoyado, con esa sudadera gris y los vaqueros.

Saco el móvil del bolsillo y leo sus mensajes:

> Eros:
> Odio cómo te toca ese capullo.
> ¿Puedo partirle la cara?

—¿De verdad, Dorian? —Sonríe y se acerca a ver qué leo.

—Es muy romántico. —Se pone a mi lado. Leo el resto:

> Eros:
> Idelia planea algo, no tengo ni idea de qué es, pero le están diciendo dónde estás y qué haces. Alguien cercano te está vendiendo.

—Son Marvin y Elias. Al parecer, ayudan con las putadas.

—¿Y por eso tu cabreo?

—¡Creí que era mi amigo!

—No se puede ser amigo de alguien que te mira como si te quisiera follar. —Lo miro enfadada y levanta las manos—. No la pagues conmigo, a mí no me extraña esto. No lo sabía porque los ayudantes van con la cara tapada, pero no me extraña. Lo que me sorprende es que a ti sí. ¿Sabes dónde estás metida?

—¡Si empiezas con tu insinuación de que me marche te tiro los libros a la cabeza! —Lo amenazo con los que tengo en la mano y me los quita antes de acercarse y abrazarme—. No voy a irme. —Me acaricia la espalda.

—Lo sé..., pero va a ser cada vez peor. Y más con tu numerito de hoy. Idelia te odia porque le haces sombra.

—No me da miedo esa Afrodita de pacotilla.

—Esto no es un mito, Abbi, es real...

—Voy a ir a muerte. —Me coge la cara entre sus manos y parece letal—. Odio que me miren. Lo odio, Dorian. —Se tensa—. No voy a esconderme. Voy a brillar hasta que le duelan los ojos a esa. Tengo que superar el pasado... y este parece un buen momento.

—Van a quebrarte. Te van a romper en pedazos... y puedo ayudarte.

Su ternura casi me hace llorar.

—No voy a pedirte ayuda. Puedo hacer esto sola. Pero, si no te gusta esto, tal vez deberías decir basta.

Calla porque, como ya sé, oculta algo. Y yo también. Ninguno de los dos entiende las razones del otro para seguir aquí y yo no le insisto con las suyas para que no indague en las mías. ¡Esto no va a ninguna parte!

Su móvil vibra y lo saca. Vemos que es un aviso de que alguien se acerca.

—¿Y eso?

—Bueno, se me da bien entrar en el sistema de seguridad y manipularlo a mi antojo. Ven a mi cuarto luego. Se me ocurren formas de quitarte el enfado.

—No puedo, seguro que esta noche van a por mí.

Se tensa y se marcha dejando claro lo poco que le gusta que sea tan cabezota y siga en este lugar. Si no fuera porque me parece ridículo, creería que de verdad se preocupa por mí.

Al poco aparece Idelia y me ve trabajando.

—Como te crees superior y te gusta que te miren, nos vamos de fiesta.

—No tengo ganas, gracias.

—Vamos, no seas así... En realidad, no tienes opciones.

Les hace señas a sus amigas y van contra mí. Lucho con ellas porque no quiero irme, pero me sacan a rastras de la biblioteca y nadie hace nada. Nada de nada. Los profesores que nos cruzamos lo ven y miran hacia otro lado. Este lugar es un puto infierno y, cuando mi abuelo Uriel consiga su herencia, espero que caiga.

Vamos hasta el sótano y me empujan.

—Vamos, baila. —Saca el móvil y me graba.

—¿Quieres un vídeo mío sexi para ponerte cachonda? —le digo retadora, sabiendo que Idelia irá a muerte.

—No, quiero que bailes para todos. Te gusta que te miren..., pues baila y todos te verán.

—¿Y se supone que eso va a joder? —En verdad, sí, pero no lo sabe.

—Eres patética. Todos lo verán a menos que me digas que pare.

—No, genial, me encanta ponerlos cachondos a todos y que cuando se acuesten contigo en verdad piensen en mí entre sus piernas.

Me cruza la cara.

—Solo eres una perra. Ellos saben la diferencia. Al fin y al cabo, a mí me consideran una diosa por algo.

Apunta con el móvil y pienso que esto no tiene sentido. Imagino música y bailo sin dejar de mirarla. No me inmuto cuando la falda se me sube y muestra más de lo que me gustaría. Si quiere jugar, juguemos. Odio esto, pero más odio a esta loca del coño.

Entonces sonríe y sobre mí cae algo pringoso.

¡Estaba claro, joder!

Capítulo 45

DORIAN

Estoy en la cafetería pensando qué cenar cuando a la gente le llega el mismo mensaje. Lo sacan unos y otros.

—Joder, está muy buena. —Saco el móvil sin muchas ganas y cuando veo el vídeo interno de la universidad pulso.

En el directo está Abbi bailando para la cámara. ¿Pero qué mierda es esta? Está claro que es cosa de Idelia. No dejo de ver el vídeo mientras ando hacia donde creo que están. De golpe, cae sobre ella algo pringoso que tiñe su ropa y su cara de color rojo. Ya era raro que solo quisieran que bailara.

Abbi se queda quieta.

Mierda.

Siento deseos de quemar este puto sitio cuando voy de un lado a otro y no la encuentro. Ella mira la cámara y echa el pelo hacia adelante y luego salpica a todos antes de danzar como una bailarina experimentada.

Se mueve como la vi bailar en la nave. Gira sobre sí

misma, alza la pierna y todos pueden ver sus bragas negras. No se detiene, está furiosa y quiere que todo se vuelva contra Idelia. Ella quería ridiculizarla, pero ha desatado a la fiera.

Llego donde están y, cuando entro, Abbi se está tocando los pechos por encima de la ropa y gime como si se fuera a correr. Quito el móvil enfadado y me vuelvo hacia Idelia.

—¿Acaso quieres convertirla en una diosa?

No lo he quitado por eso. Es porque odio que todos vean qué cara tiene cuando está excitada, aunque ahora está fingiendo y yo lo noto. No me gusta que la miren, que la deseen o que se pajeen pensando en ella.

—¡Largo de aquí! —grita Idelia a Abbi.

—¿No quieres ver cómo me corro? Todo esto me pone mucho, la verdad.

Abbi la mira retadora. Si no supiera que tiene un lado inocente, me preguntaría si no está jugando conmigo y usando lo que siento para, llegado el momento, destrozarme. Pero entonces veo cómo tiembla su mano y la esconde.

Se marcha con paso firme a su cuarto y miro a Idelia.

—¡Ese no era el plan! —dice fuera de sí—. Convoca reunión, tenemos problemas y gordos.

Lo hago y vamos hasta la sala de reuniones. Al llegar pienso en escribir a Abbi, pero siento una opresión en el pecho, como si algo de ella no me dejara ver la verdad. Trago con dificultad, agitado, y decido pensar en esto más tarde.

Hermes y Edey no tardan en venir y se dejan caer en sus sillas tras servirse una bebida.

—¿Qué pasa? Muy buen vídeo, por cierto. Me la acabo de cascar pensando en la becada, menudo par de tetas, joder, y mojadas... Madre mía, qué pezones más duros... —Tenso la mandíbula y aprieto los puños porque me cuesta mucho no partirle la cara a Edey.

—¡No sabía que supiera bailar así de bien!

—Se ha criado en un circo, Idelia —añade Hermes—. No es como el resto. Tiene una preparación diferente. Pasa todas las pruebas con nota..., es perfecta en casi todo. Lo tenemos jodido y parece que hasta es mejor que tú —me dice, pero no respondo nada.

—Mí padre me ha cancelado las cuentas hasta que consigamos que se marche —nos dice Idelia—. Nuestros abuelos tienen miedo de que tras Abbi esté la nieta de Nelson.

—Ese tío está muerto y nosotros llevamos haciendo el idiota todos estos años —añade Hermes.

—Como sea. Hasta que no se vaya a la puta calle, me pagáis todos mis gastos, y no pienso ser barata.

—Que te los pague tu futuro marido —añade Edey y me mira.

—Todos —apunta Idelia—. Y, ahora, a pensar qué mierdas hacemos para joder a esa zorra. Debe tener un talón de Aquiles.

Uno que yo sé: la oscuridad. Pero no lo digo, la protejo y me pregunto si estoy tomando la decisión correcta o todo esto era un plan perfecto para llegar hasta mí y tener ventaja.

No, Abbi no me haría eso.

Confío en ella.

Subo a mi cuarto tras proponer varias ideas. No me gusta ninguna, me aburre todo esto. Pero mi abuelo me llama y me dice que quiere verme pronto. Parece muy enfadado. Genial, no quiero verlo. No quiero estar cerca de él. Y mucho menos en su casa, donde murió mi padre.

Abro la puerta y Abbi está sentada en mi cama mirando el móvil. No dejé la escalera puesta, así que intuyo que saltó. No me gusta que haga eso, es peligroso.

—Debiste esperar...

—Odio este vídeo... y no dejan de mandarme mensajes. —Noto su gesto pálido—. Y he escalado por la fachada, no estoy tan loca.

Cierro la puerta y voy hasta su lado. Alza la mirada y parece de verdad agitada. Me olvido de toda esa mierda de pensar que me está utilizando, que todo es mentira y que va contra mí. Cojo su móvil y veo todos los mensajes que está leyendo. Son de la red de la universidad. No pueden salir de aquí porque fuera de este lugar está codificado y no pueden ver nada. Pero aquí la gente habla y comenta la de guarradas que le harían.

Tenso la mandíbula sabiendo que varios de esos capullos se van a tocar esta noche pensando en ella.

—¿Y por qué llegar hasta el final? Puedes conseguir más que todo esto, ser mejor que tu familia, sin pasar por estas humillaciones. Yo tengo contactos en la universidad de la ciudad. Puedo ayudarte a que entres.

No dice nada, solo me mira como si no la entendiera. Una parte de mi alma grita que le exija conocer todos sus secretos. Otra, la que gana, teme que tras esos secretos haya algo imperdonable.

Soy adicto a ella. A su sabor. A la curva de su cuello, a su piel suave y a los gemidos que emite cuando estoy dentro de ella. Soy adicto a su cuerpo. A tenerla cerca. Tal vez porque nunca he sentido que tuviera nada en mi vida, o porque nunca me he sentido querido como a su lado. Por eso la beso y nos olvidamos de todo y nos quitamos la ropa entre besos. Caemos sobre mi cama y entro en su cuerpo con fuerza y la follo con rabia sabiendo que más de uno ahora querría estar en mi lugar y odiando estos celos que me matan.

—¿Te gusta? —digo cuando giro y me pongo de espaldas para que me monte. Asiente—. Baila para mí.

Se muerde el labio hinchado por mis agresivos besos y apoya las manos en mi torso antes de contonear su cuerpo para moverse contra el mío. Con cada embestida siento cómo su interior me oprime. Mueve su cuerpo y se toca mientras no dejo de mirarla. No puedo hacerlo, estoy preso por ella. Por lo que siento cuando me mira. Por lo que siento cuando se toca y mi cuerpo arde por esta mujer.

Tira de sus pezones y gime con fuerza mientras abre las piernas para que me hunda más en ella. Se mueve adelante y atrás balanceando su cuerpo y luego se toca el clítoris mojado con los dedos. Lo hace hasta que no puede más y luego se lleva los dedos empapados a sus duros pezones y los moja con su esencia.

No puedo más y me alzo para atrapar sus pezones con mi boca. Los chupo y los lamo cogiendo sus caderas para clavarme más duro en ella. Muevo mi cuerpo para entrar y salir mientras ella se contonea sobre mí.

Joder, estoy perdido en esto.

—Eres mía, joder.

—Sí. Solo tuya. —Tira de mi pelo y me besa—. Y tú eres mío.

—Solo tuyo.

Esto es lo más cerca que he estado nunca de una confesión en mi vida. Es aterrador. La beso y la follo con fuerza para borrar de su cuerpo cada resquicio de cualquiera que la haya tocado. Estoy enfermo de celos. Ahora mismo solo quiero que me vean follarla para que todos esos cabrones sepan que es mía.

Nos movemos hasta corrernos con fuerza.

Cae sobre mí y la abrazo. No quiero soltarla. No puedo soltarla...

Si me falla... no quedará nada bueno en mí. Lo sé.

Capítulo 46

Entro a clase agitada por el vídeo de ayer. He estado toda la noche con Dorian. Me abrazaba como si temiera perderme y yo a él. Mentirle me está matando y no sé cómo contarle la verdad sin que esta se vuelva contra mí. No soy tan tonta para no saber que me he enamorado de él. Que esto va más allá del buen sexo, que es algo más profundo, algo que no he experimentado nunca.

Alzo la mirada y lo veo apoyado en su mesa sin querer mirarme. Contempla el móvil y los mechones rubios le caen sobre la frente. Antes de irme de su cama me alcé para acariciarle el pelo y se despertó. Me miró de una forma que hizo que mi corazón me latiera con fuerza en el pecho. Quería perderme en esa mirada cada día de mi vida. Y luego la realidad me golpeó con fuerza.

Él no sabe que soy la persona que buscan, por la que hacen las novatadas.

Alza los ojos un segundo y se tensa por algo que ve tras de mí. Seguramente algún capullo mirando mi culo o haciendo gestos obscenos. Llevo así desde que bajé a la cafetería.

Aparto la mirada cuando la suya se enciende y casi lo puedo imaginar yendo contra todos. Me gustaría que lo hiciera, que me pusiera por delante de todo este juego. Si lo hiciese, yo podría ponerlo por delante también sin miedo a que decirle la verdad condene a mi abuelo Hadrian.

Tengo miedo de abrirme a él y que, a la hora de la verdad, él elija a su abuelo.

Voy hasta mi mesa y me bajo la falda. Ayer me compré un chándal, pero ponérmelo es darle el triunfo a Idelia, por eso me guardo la angustia.

La clase empieza y dan las notas de los trabajos y los exámenes. Estoy por delante. Y así en el resto. Esto se va a poner feo. Van a ir a por mí a muerte. ¿Y si Dorian les ha contado mis miedos? No, él no me fallaría, pero si confiara en él ciegamente le habría dicho quién soy.

Algo oscuro y pesado se instala en mi pecho. No puedo respirar. Y esa sensación no se me va en todo el día. Nos dicen que en unas semanas nos dejarán irnos a casa para preparar los exámenes y las vacaciones de Navidad. Tenemos más de un mes de vacaciones y volvemos para los primeros exámenes, que en esta universidad son todos a principios de febrero. Soy consciente del tiempo que estaré separada de Dorian. ¿Cómo llevaremos eso? ¿Seguirá todo igual cuando regrese?

Más angustia. Y no se me va en todo el día. Al regresar a mi cuarto, Dafna está abriendo una caja de ropa que pedimos online a una de las tiendas. Me tiende mis cosas.

—No tienes buena cara. —Me pone su mano en la frente—. Fiebre no tienes.

—Solo son nervios por los exámenes. —Miro la ropa deportiva—. Creo que voy a bajar a hacer deporte.

—Con esas mallas grises vas a hacer que más de uno no lo logre.

—Esa es la idea —digo, y se ríe.

Voy hasta mi cuarto y me pongo uno de esos *leggings* que tienen como cuadraditos que resaltan el culo mucho mucho mucho. Me miro al espejo y tengo que quitarme las bragas para ponerme un tanga. Madre mía, parece que voy desnuda.

Me pongo un top deportivo a juego y no sé si podré hacer esto.

Tomo aire agitada y sé que no tengo opción, no puedo dejar que mis miedos me dominen y esto va a joder mucho a Idelia.

—Madre mía. Si me gustaran las tías te pediría follar. —Dafna me hace dar una vuelta—. Yo quiero uno de estos. A lo mejor mi culo deja de verse plano como una tabla.

—Pedí dos, te puedes quedar el negro. —Salta alegre y luego me abraza. Se remueve algo dentro de mí y le devuelvo el abrazo.

—Ahora, déjalos con la boca abierta. —Me tiende una toalla y una botella de agua.

Bajo hasta donde está el gimnasio y noto las miradas de la gente al pasar. Sonrío como si por dentro no me matara cada una de ellas. Entro y voy al fondo, donde están las cintas de correr. Dejo mi agua y me subo a una de ellas.

Oigo un revuelo y, cuando miro tras de mí, veo a varios tíos que, en vez de hacer deporte, solo me miran correr y cómo mi culo sube y baja en la cinta.

Al poco siento a alguien ponerse a mi lado y por lo que revolotea dentro de mí sé que es Dorian.

—Quieres joderme la existencia.

—A ti, no.

—Eros mataba con flechas, tal vez deba aprender a disparar con arco.

Me permito mirarlo y sonríe de medio lado de esa forma que hace temblar mis mariposas.

—No me mires así, Abbi, o la cagamos.

—Podrías no haberte puesto aquí.

—Es mi máquina, todos lo saben menos tú, al parecer.

Sigo corriendo y mirándonos de reojo. De nuevo subo mi velocidad para no ir por detrás de él.

—Ven a mi cuarto luego... sin cambiarte.

—Eres un pervertido.

—No me puedes culpar. Ese culo es mío, Abbi. —Lo miro y está fulminando con la mirada a los tíos de detrás—. No lo soporto.

—Sabes que el único que me tiene eres tú. Y ahora deja de ir de perdonavidas o nos vas a delatar, y te puedo asegurar que a quien van a putear no es a ti.

Me mira y se tensa. Luego para la máquina y se marcha, seguramente para no delatarse. Al poco oigo la voz de Idelia, que les dice a todos si no tienen nada mejor que hacer que mirarme. Vale, está rabiando. Pues que siga rabiando. Solo por eso merece la pena la ansiedad que siento por ser el centro de atención con estas ropas.

Al acabar salgo y voy con paso firme hasta que alguien me pone la zancadilla y caigo de bruces contra el suelo. Idelia se ríe y el resto la siguen. Me levanto como si fuera una jodida reina y la miro con una sonrisa que clama venganza.

Salgo del lugar y, antes de hacerlo, veo a Dorian apretando los puños, agitado. Compartimos una mirada y voy hasta la azotea. Ando hasta donde está su cuarto y veo la escalera puesta. Tal vez para evitar que escale de nuevo. Bajo por ella y entro en sus dominios.

Cojo varios libros mientras lo espero. No tarda en llegar y cuando me ve su mirada rezuma alivio, como si hubiera temido que no estuviese aquí.

—Ponte a cuatro patas en mi cama ya. —Parece agitado y nervioso, seguramente celoso.

Lo hago coqueta y se acerca. Me toca el culo sobre la ropa y lo aprieta. Luego me baja los *leggings* y me da un mordisco en el culo, que me encanta. Gimo y le pido otro.

—Eres una salida.

—Y tú hablas mucho cuando te mueres por estar dentro de mí.

Pasa sus dedos por mi sexo y los mete dentro tras apartar el tanga. Los mete y los saca con fuerza antes de reemplazarlos por su polla. Se clava dentro de mí hasta el fondo. Nos quedamos quietos sintiendo al otro.

—Me vuelves loco...

—Y tú a mí —admito, y gruñe.

Entra más hondo y no deja de moverse. Tira de mi tanga y eso hace que la fricción sobre mi clítoris aumente. Lo frota con la prenda mientras entra y sale de mí con fuerza. Lleva su mano a mis pechos y tira de la cremallera del top deportivo para liberarlos. Juega con ellos mientras no deja de entrar en mi cuerpo. Se agacha y me besa en el cuello. Hay mucha ternura en esos besos, como si venerara mi cuerpo.

Nos movemos juntos hasta que nos corremos y caemos sobre la cama.

—Que se jodan esos cabrones por no tenerte.

No puedo evitarlo, me río y luego lo beso, enamorada de él. Muy enamorada.

Capítulo 47

DORIAN

Abbi mira mis libros mientras yo dejo lo que he cogido para cenar de una de las máquinas. Lleva una de mis camisetas. Nos hemos duchado y luego he salido a por algo de comer.

—¿Tienes listos mis libros? —Los mira sobre la mesa de mi escritorio.

—No, no he anotado todo lo que quiero. ¿Y tú el mío?

—A medias. Aún estoy apuntando trucos de mi abuelo Hadrian. —Asiento—. Sabes, sé que la magia no existe, pero es bonito creer por unos segundos que sí. Es como cuando eres pequeño y crees en Papá Noel...

—Yo no he creído en eso nunca, en mi casa me dijeron la verdad desde pequeño.

Abre y cierra los ojos.

—¿Qué mierda de infancia has tenido?

—Una en la que ser niño no importaba. Vamos a cenar —digo incómodo. Se acerca y me coge la mano. Luego se alza y me pasa sus brazos por el cuello.

—¿Puedo hacerte un truco de magia después de cenar?

—Si tiene final feliz, sí.

—Eres tonto. —Sonríe y me mira de una forma que me detiene el corazón. Me pierdo en cada una de sus pecas. Las de las mejillas y las de sus ojos.

No sé qué tiene ella que no tiene nadie más en este mundo.

—Cenemos —digo algo agitado porque siento que si sigo mirándola podría decirle algo tan estúpido como que estoy enamorado de ella y quiero creer que esto no es amor..., ya que si lo es estoy bien jodido.

Cenamos viendo una película en la tele y al acabar me siento donde me dice y prepara todo para hacer magia. Solo he visto vídeos, nunca he ido al circo o a espectáculos. Todo esto es nuevo para mí.

Pone las luces adecuadas y prepara todo.

—Como ves, no tengo nada en las manos. Ni llevo mucha ropa para esconder nada.

—Me encanta que lleves poca ropa. —Se ríe y me regaña con la mirada—. Ya me centro.

Sigue y mueve las manos y de la nada aparecen monedas que mueve entre sus dedos y las hace desaparecer. Conozco el truco, pero por un segundo simplemente disfruto de su magia. Los ojos se le iluminan y parece otra. Más relajada. Más segura de sí misma. Más tranquila.

Se mueve y coge un pañuelo. Luego me mira.

—Me encanta la nieve. Ver caer los copos sobre mi cara y cómo el mundo que te rodea de golpe parece otro. ¿Quieres que haga nieve?

—Si lo consigues te daré algo.

—Un secreto. —Muerde su boca.

—Uno solo. —Asiente y toma aire. Pone música y se mueve hasta situarse ante la lámpara que desdibuja su cuerpo.

Muestra el pañuelo vacío y luego sus manos. Entonces lo mueve, sopla y salen un sinfín de papelillos blancos, que se esparcen por el cuarto y parecen nieve. Se ríe feliz por este momento y se mueve con ellos.

—Creo que me estoy enamorando de ti —le digo incapaz de callarme—. Ahí tienes tu puñetero secreto.

Me mira triste y sus ojos se llenan de lágrimas. Se acerca a mí y apoya su frente en la mía. Estoy temblando como un idiota por si se ríe de mí o me rechaza. Me siento como ese niño perdido que esperaba que su madre lo abrazara con fuerza y su padre dejara de ser un tipo horrible.

Tiemblo de miedo hasta que habla.

—Creo que yo también.

—¿Y por qué parece que eso te hace desdichada?

—¿Y por qué parece que a ti te pasa lo mismo?

—Porque esto no va a ninguna parte —añado sabiendo que no puedo estar con ella, aunque un día jure amarla.

—¿Qué tiene tu abuelo contra ti?

—Un secreto, becada. Ya he dicho demasiado hoy.

Agitado, me levanto para recoger todo. Me ayuda y no comentamos nada de cómo nos hemos abierto en canal. Solo nos miramos y sé que soy un iluso si pienso que solo es un puto «creo». Estoy loco por ella.

Entonces recuerdo quién es y que sigue aquí a pesar de todo. Y sé que oculta algo y eso me mata. Temo quedar como un tonto.

—¿Puedo dormir contigo?

—Eso no se pregunta.

—No pareces feliz. —Tiro de ella hasta mis brazos y me estrecha con fuerza.

—Los dos seríamos más felices si esto no hubiera pasado y lo sabes.

—Lo sé —dice y de nuevo me pregunto por sus motivos.

Le cojo la cara entre mis manos y la hago mirarme.

—Puedes confiar en mí.

—Por eso lo nuestro es oculto. Por eso estás ahí en cada putada…, por eso. —La beso.

—¡Joder! —Me aparto y voy hasta la ventana. Se pone tras de mí y me abraza.

—Me vale con esto.

—Pues a Psique vivir a oscuras no le fue suficiente y eso casi la mata —digo acariciándole la mano.

—Porque, a pesar de que Eros quería, es imposible vivir a oscuras. A veces hay que tomar decisiones…, aunque estas duelan.

Miro hacia la noche y la giro para ponerla delante. Empieza a llover y oímos un trueno cerca mientras un relámpago nos ilumina como si fuera una premonición de lo que está por venir. Suena mi móvil y lo cojo sabiendo que Idelia esta noche quiere joder a los becados.

Lo leo y Abbi me mira.

—No te vayas —digo cuando va hacia la escalera—. Es peligroso, Abbi.

Voy hasta ella y la bajo.

—¡Si no vas a ir contra ellos y ponerte de mi lado, déjame que haga las cosas a mi manera!

—¡Eres una puñetera cabezota!

—¡Como si no lo supieras! —Me quedo al pie de la escalera por si se cae y la veo irse. Antes de alejarse del todo me mira y sé que espera algo de mí y yo de ella.

De nuevo siento algo pesado en el pecho. Y me pregunto si soy como esos niños que creen en Papá Noel, aunque tienen la verdad delante, pero no quieren unir las piezas porque son más felices viviendo en un mundo irreal. Y tienen miedo de que descubrir la verdad les haga perderlo todo.

Capítulo 48

Abbi

Cuando vienen a mi cuarto ya estoy cambiada y lista para la aventura. No dejo de pensar en las palabras de Dorian, que cree estar casi enamorado de mí y a pesar de eso no se pone de mi parte. ¿Qué esconde? Porque sé que oculta algo. Su abuelo tiene algo contra él y si me lo contara tal vez yo podría explicárselo todo, sabiendo que podemos proteger los secretos del otro.

Pero no dice nada... y yo tampoco.

Salimos fuera y nos llevan a una zona de barro. No están los cuatro herederos. Solo sus pelotas, con la cara tapada, que nos dan órdenes de mover cosas y luego saltar. Tonterías que te agotan por el frío y la lluvia.

Estoy cansada, siento que no puedo más. Que quiero decir la verdad y acabar con todo. Pero no lo hago porque estoy aquí por el hombre que me crio como un padre. Mientras el frío me hiela los huesos, regreso al circo. A los aplausos, el color, las luces. La magia. Entonces veo a Dorian en mi mente mientras hacía magia para él y solo puedo verlo a él.

Al acabar estoy agotada. Dafna y yo vamos a nuestro cuarto abrazadas. De Mina no sabemos nada. No decimos palabra. No podemos. Nos están quebrando.

—Han despedido a mi padre —dice cuando entramos—. Si no aguanto, no tenemos nada.

—Puedes conseguir algo mejor en otra universidad.

—No, si pasas todas estas pruebas tienes trabajo seguro. Un buen trabajo. Y por mi padre tengo que hacerlo.

Rompe a llorar.

—Lo siento.

—¿Por qué dices eso?

—Siento que todo es por mi culpa.

—No seas tonta, no tienes la culpa de que estén medio locos y nadie haga nada.

Se va a su cuarto y yo al mío. Me doy una larga ducha y luego me meto en la cama bajo varias mantas. Cojo el móvil y veo un mensaje de Dorian:

> Eros:
> He dejado algo en tu armario.

Me levanto y voy al armario. Abro y veo que es una bolsa de agua caliente. Miro el lugar donde está la puerta del doble fondo. Sigue todo igual, no ha visto nada. Si lo hubiera visto no reaccionaría así. Lo sé.

Cojo la bolsa y me la meto en la cama. Le escribo:

> Abbi:
> Cuidado, que al final pensaré que estás loco por esta becada.

299

Eros:
En tus mejores sueños.
Descansa.

Abbi:
Y tú.
Gracias.

Eros:
Es una tontería.

No lo es, no. A pesar de todo, me cuida a su modo. Abrazo la bolsa caliente y lloro, por él, por mí. Por lo mucho que lo amo y por todo lo que no podrá ser mientras seamos nietos de dos enemigos.

Capítulo 49

ABBI

Entro a clase como otros días y la gente me mira. Sobre todo Dorian, al lado de Idelia. Ella le dice algo que escuchamos todos:

—Mi padre dice que podríamos anunciar pronto nuestro compromiso. —Se me detiene el corazón; sé que Dorian no la quiere, o eso me ha dicho.

¡Odio dudar de todo! Lo miro mientras voy a mi sitio a la espera de que diga que no, pero solo la mira sin hacer nada. O sí hace algo. No le dice: «No me gustas».

Sabía que esto era así, pero eso hace que mi secreto se me atragante más en la garganta. Quiero decirle quién soy, quiero contarle todo, pero así no puedo.

A la hora de comer, el rumor de que Dorian e Idelia pronto van a hacer oficial lo suyo ha corrido como la pólvora y él no lo ha desmentido. No ha hecho nada, tampoco me ha escrito tras confesarme ayer que está casi enamorado de mí. Lo veo entrar en la cafetería, seguido, cómo no, de sus amigos. Coge algo de comer. No me mira, pero parece tenso.

—Al final se casarán, como quieren sus padres —apunta Mina—. Al menos hacen buena pareja —dice sin saber lo que me duele eso.

—Yo no lo creo —añade Dafna—. Dorian no parece feliz con ella.

—Ya, claro, por eso se acuesta con ella siempre que puede. Se conocen desde niños. Siempre han sido amigos. Lo suyo estaba escrito desde antes de que supieran lo que era el amor.

Miro a Mina y me pregunto por qué de pronto parece tan defensora de Idelia. Dafna hace lo mismo y la miramos sin entender nada.

—¿Qué pasa? —dice Mina—. A veces no nos queda otra que jugar nuestras cartas y no son tan malos. Solo siguen tradiciones.

Esto no me gusta. No me gusta nada. Dafna se levanta y yo hago lo mismo.

—¡¿A dónde vais?! —dice Mina.

—Hemos perdido el apetito —le grita Dafna. Al salir me dice que quiere irse sola. La dejo ir. Creo que está asimilando que Mina seguramente se ha sumado al clan de los becados pelotas de Idelia.

A mí también me duele, no lo esperaba. ¿Lo sabrá Dorian? Claro que lo sabe, pero no me dice nada porque no confía en mí. Doy una vuelta por la universidad hasta la noche. No tengo nada de Dorian en mi móvil. No me dice que no crea los rumores. No dice nada.

Mina entra nerviosa y agitada en mi cuarto. Dafna la mira furiosa.

—¡Cómo puedes ser una de ellos! —le dice.

—¡No soy una de ellos, pero necesito el dinero, joder! Si juras que no sacarás buenas notas y firmas un contrato, las pruebas son menos jodidas.

—Pero te has rebajado —dice Dafna.

—¿Acaso no lo haces tú y todos por seguir en esta mierda de sitio por dinero? —Le suena el móvil—. Es Elias. Van a venir a por nosotras. Os interesa tenerme dentro. Así os puedo proteger.

No digo nada, ya no sé si creerla o no. Y menos hoy.

Miro el móvil a ver si Dorian sabe algo y me avisa. Que no lo haga me enfada. Se supone que estamos juntos. Se llame como se llame lo nuestro. Si fuera al revés, yo lo protegería. Yo le avisaría, yo le diría que todo lo que dice Idelia es mentira. ¡Joder!

Sé lo que me pasa: lo amo y el amor por él me hace débil. Me vuelve vulnerable y hace que pierda de vista mis objetivos.

Estoy enfadada mientras nos ponemos unas plantillas que compramos, que son de color piel, para así no lastimarnos los pies. Luego nos ponemos unos *leggings* calientes y arriba igual.

—Te van a llevar aparte, como siempre. —Mina y Dafna se cuidan la una a la otra siempre, pero yo no tengo esa opción.

—Marvin y Elias nos protegen..., pero a ti no pueden —añade Mina tras leer un mensaje—. Me ha dicho Elias que nos preparemos, que va a ser una putada gorda y que van a tratar de ayudarnos. Yo, si puedo, también lo haré. Estoy de vuestra parte —añade, pero dudo de sus palabras, ahora mismo estoy muy nerviosa por todo.

Las miro inquieta y de nuevo consulto mi móvil odiando la nada por parte de Dorian. Menos mal que no le he contado la verdad. Está claro que solo le intereso para follar.

«Creo que me estoy enamorando de ti...».

Mi mente lo repite una y otra vez mientras no comprendo cómo puedes amar a alguien a quien ves sufrir. A menos que me esté engañando. En el fondo siempre he sabido que lo nuestro tenía fecha de caducidad y que él era de ella...

Estoy celosa y los celos me están matando. Solo necesito una señal de que lo que siento es cosa de los dos.

Nos vamos a la cama inquietas. No puedo dormir. Estoy agitada porque tengo el presentimiento de que algo muy malo van a hacerme, y me descubro ya cansada de todo esto. Como si hubiera llegado a mi límite y no pudiera soportar más tanta tortura.

Me araño la piel por la ansiedad. Doy vueltas en la cama y cuando entran en mi cuarto a buscarme casi siento alivio porque al fin sabré qué esperan de mí.

Me sacan de la cama y, como siempre, nos ponen una capucha negra. Escucho mi respiración y un apretón.

—Soy Marvin. Te dejo algo en el bolsillo, ¿vale? —le digo vale en un susurro y mete algo en el pequeño bolsillo de mis *leggings*.

Estaba enfadada con él y, a pesar de todo, me está ayudando. Salimos fuera y se separa de mí. Andamos mucho y cada vez escucho menos gente. Solo oigo nuestros pasos y los sonidos nocturnos. Estamos en el bosque y hoy es noche sin luna.

Estoy aterrada y más cuando me empujan con fuerza contra el suelo y se marchan corriendo. Sin más, me quedo sola. Tiro de mi capucha y la oscuridad me rodea. No se ve nada.

El corazón se me agita. Las palmas me sudan. No consigo tranquilizarme y recordar mi preparación para esto. Y mientras trato de hacerlo pienso si él, Dorian, me ha vendido. Sabía el miedo que me daba la oscuridad. Y hoy se ha anunciado lo de Idelia y él, pero no me ha tranquilizado..., cuando otras veces sí lo ha hecho. Entonces recuerdo la bolsa de agua caliente y me pregunto si miró y vio algo allí que me delató.

Su posible traición me duele y si no me ha traicionado, de alguna forma sí lo ha hecho al no avisarme de esto...

No le importo...

Capítulo 50

DORIAN

No consigo dormir. No bajé a cenar porque no sé cómo lidiar con los celos que siento cada vez que oigo a un idiota hablar de Abbi y de todo lo que quiere hacerle. Y lo de Idelia me ha cabreado mucho. Lo peor es que no puedo decirle nada a Abbi porque siento que Idelia lo ha dicho para tenderme una trampa. Hoy me he sentido más observado que nunca. No he podido acercarme a Abbi para contarle la verdad.

Idelia está rara. Planea algo, pero como siempre. No es algo nuevo. Busco el móvil y escribo a Abbi. No responde y tampoco lo lee. Es raro porque suele dormirse mucho más tarde. Dudo, pero al final le escribo que es mentira lo de Idelia, aunque temo que mi móvil esté pinchado; no sería la primera vez que mi abuelo lo hace:

Dorian:
No creas nada..., no es real.

Doy vueltas en la cama y al final me visto para bajar a por algo de comer. Los pasillos están muy silenciosos. Al acudir a la zona de cafetería veo a algunas personas viendo la tele o estudiando. Casi todos son de segundo.

—¿Nueva putada? —dice uno de ellos y mira el móvil, donde Idelia sube lo que hacen en redes.

Miro y descubro que está en el bosque. Les quito el móvil y veo que hablan de una prueba. Pasar la noche en el bosque.

—¡¿A cuántos se los comerán los animales salvajes?! Esperemos que a ninguno. —Se ríe—. No hay.

—¿Por qué estás aquí? —me preguntan.

—Mi papel era vigilar que todos estuvieran allí.

Miento porque no es normal que, en una putada así, Idelia vaya por libre y me deje fuera. Sospecha que tengo algo con Abbi, hoy me dijo que odiaba cómo la miraba. Y tras decir eso espera que haga algo, lo que sea que le confirme que estoy de parte de Abbi e ir con el cuento a mi abuelo. Si sabe que he roto la regla de no enamorarse de becados, va a hacer de mi vida un infierno y de la de Abbi más, mucho más.

No sé cómo mierda la miro porque me esfuerzo por que nadie note lo que siento, pero tal vez sí se note. Pero la verdad es que Abbi me importa mucho y a lo mejor eso no se puede ocultar. Por eso Eros quiso vivir a oscuras. Para que nadie supiera lo que sentía por Psique.

Salgo hacia donde están y al llegar Idelia me mira alzando una ceja.

—¿Se puede saber qué haces? —le digo frío.

—Una prueba sin interferencias por culpa de tu polla, que no sabes dejarla quieta.

—No sé de qué hablas.

—Sé que te acuestas con Abbi —dice fría—. Anoche subí a la azotea a pensar en mi próximo juego, aunque todo el mundo odia este lugar y no suelen subir, y la vi bajando a tu cuarto. Avisé a una de mis chicas para que estuviera pendiente y la vieron subir de tu cuarto entre la lluvia. Así que deja de mentirme. Y sé que esto no es cosa de un día. Tú no repites porque nadie te hace sentir nada. La pienso destruir y ya he hablado con tu abuelo de esto. Mañana te recogerán para irte.

—Eres una zorra.

—Eres mío, Dorian, y no pienso dejar que me quites todo lo que me han prometido de niña por una cualquiera. Una cualquiera a la que, con suerte, esta noche le dará un puto infarto y se morirá sola en el bosque. Me han contado que odia la oscuridad.

—¿Quién?

—No voy a revelar mis fuentes.

Pienso en sus palabras, en que avisó a una de sus chicas y esta le dijo que Abbi salió de mi cuarto. Siento que una de sus compañeras es una traidora. Así es como Idelia consigue aliados. Les promete cosas para salvarlos de las putadas cuando tiene claro que no suponen una amenaza. Y les hace firmar un contrato comprometiéndose a que su nota nunca sea superior a un notable.

Hermes y Edey aparecen y me miran.

—Te has enterado de todo su plan —dice Edey.

—Si vamos a ir unos contra otros no sabéis lo que se os viene encima —les digo, harto de todos.

—No os interesa ir unos contra otros. —El rector se acerca y se apoya en el coche de Idelia, su hija—. Y menos a ti, Dorian. ¿Quieres que todo lo que pasó esa noche salga a la luz? No te conviene y menos por una mujer a la que apenas conoces. Eres tan patético como tu padre.

—¡¿Qué pasó?! Si nos contarais la verdad no iríamos a ciegas.

—No os importa. Solo saber que no podemos dejar que nadie nos supere por si acaso fueran nietos de Uriel.

Siento que tampoco sabe nada. Que solo saben lo de esa noche los que estaban allí.

—Deja de pensar con la polla y si quieres una puta con la que follar, te pagaré las mejores. Todos hemos tenido amantes que nos calentasen la cama. —Su forma de decirlo me hace arder y voy contra él, pero Edey y Hermes vienen a por mí y nos enzarzamos en una pelea. No puedo hacer nada. Tengo las manos atadas. Y cuando empiezan a regresar becados, mientras me limpio la herida del labio por el puñetazo de Hermes, me pregunto si Abbi superará esta prueba.

—A mí esa becada no me importa —digo porque no puedo revelar mis cartas o Abbi estará muy jodida—. Pero me jode que me dejéis fuera.

—A ver si es verdad —apunta Idelia y me mira como si esperara que saliese corriendo a por Abbi.

No hago nada porque no puedo; si quiero proteger a Abbi tengo que hacerles creer que no me importa. El rector levanta el móvil y sé que como me marche de aquí llamará a mi abuelo y tomará medidas. ¡Los odio a todos!

Me vibra el móvil y lo saco. Es un mensaje de Marvin:

> Marvin:
> Este es el código del localizador de Abbi, se lo metí en el bolsillo.
> Mina la ha traicionado.

Miro entre las sombras y veo a Marvin. Pongo el localizador en el programa de rastreo y veo que Abbi está cerca del acantilado. Si anda a oscuras puede caerse.

> Marvin:
> Me están vigilando para que no me mueva. Saben algo de mis padres...
> Si te importa, llega a ella. Porque Idelia la quiere muerta... en un accidente.

Marvin guarda el móvil y veo cómo otros del grupo lo vigilan. Ando por la zona sin que me dejen en paz. Veo a alguien acercarse y es Dafna. Voy hasta ella y no ven nada raro; eso debería alarmarme, pero ahora mismo solo quiero proteger a Abbi y no pienso de forma racional.

—Abbi está cerca del acantilado —le digo y me mira—. ¿Sabes llegar? —Mira tras de mí y asiente—. Te juro que te lo compensaré.

Toma aire y se interna de nuevo en el bosque. Miro el móvil y veo que Abbi cada vez está más cerca del acantilado. Estoy por mandarlo todo a la mierda cuando el punto del localizador se detiene y viene hacia donde estamos. Dafna ha llegado hasta ella. Pero, por lo que sé de Dafna, no tiene buena orientación y es torpe. Y ha encontrado a Abbi en tiempo récord. Miro a todos y sé que aquí más de uno miente.

Marvin se acerca a Idelia y le dice algo. Era una trampa y he caído.

—Vaya, has mandado a alguien a salvarla. De verdad, Dorian, creía que no eras de los que se enamoran.

Marvin sonríe; es un puto traidor.

—Ella no es importante para mí. Solo era una becada más que follaba bien. —Por desgracia, estas palabras las oye Abbi.

La siento tras de mí y veo el dolor en sus aterrados ojos marrones. Dafna la abraza, pero no me fío de ella.

No hago nada. Pero Abbi espera que lo haga, que diga algo, que salga en su defensa. No puedo, me tienen cogido por los huevos. Tenso la mandíbula y me quedo quieto mientras Abbi regresa a su cuarto, pálida como la noche. No puedo defenderla porque mi abuelo irá contra mí y contra ella.

—Genial, Dorian, has antepuesto todo esto a esa zorra. —El rector se me acerca—. Te espera un coche en la puerta. Tu abuelo quiere hablar contigo.

—Tengo que recoger mis cosas.

—Ahora, Dorian.

Asiento y me marcho hasta la entrada. Saco el móvil cuando me vibra:

Psique:
No te molestes en explicarme nada. Eres como Eros, que escondió a Psique porque no quería enfrentarse a su familia por ella... y vivir entre tinieblas era más fácil que tomar decisiones.
Si te importara..., hubieses bajado a los infiernos por mí.

Voy a responder, pero el rector me coge el móvil y lo tira contra el suelo.

—Eres una puta vergüenza...

—Tú sí que lo eres. Y un día todo esto será mío y me encantará ver cómo odias cada instante —le digo. Abre la puerta del coche y entro, donde me espera uno de los guardaespaldas de mi abuelo.

No puedo irme. No estoy preso..., pero casi, nadie lleva la contraria a mi abuelo si no quiere pagarlo caro.

Y algo me dice que si hago algo no irán contra mí, sino contra Abbi. Aunque ella no lo entienda, la estoy protegiendo de la ira de todos porque hay una norma clara: «Nunca te enamores de una becada», y yo siento algo muy fuerte por una de ellas...

Capítulo 51

Tengo el miedo aún anclado en los huesos. El agua ardiendo no me calma y menos las palabras de Dorian. Aunque pueden no ser ciertas, no lo tengo tan claro, dado lo que habían preparado, que casi me he caído por un puto acantilado.

Cuando me quise dar cuenta de dónde estaba, Dafna gritaba como una loca que me quedara quieta. Lo hice y poco a poco asimilé lo que tenía delante. Ella llevaba la linterna del móvil y vino a buscarme:

—Me envía Dorian. ¿Qué lío te traes con él?

Que la mandara Dorian me calmó, pero él no estaba allí, aun sabiendo que era jodidamente peligroso. Regresamos y lo oí decir esas cosas y todo me explotó en la cabeza.

Salgo de la ducha y veo a Dafna sentada en mi cama.

—Tengo malas noticias —dice—. Mina ha pedido un traslado, se va a un cuarto para ella sola en la zona de los pijos... Nos ha vendido, aunque dijo que estaba de nuestra parte... No entiendo nada. Y, bueno, está liada con Marvin y Elias. —Me siento a su lado—. Yo no quiero seguir..., este lugar ya empieza a dar miedo. Casi te matas...

—Lo sé. Por suerte me salvaste.

—No fue cuestión de suerte: mi padre es montañero, me he perdido muchas veces en el bosque de niña y al final me enseñó a orientarme porque le daba miedo mi torpeza. —Tiembla de miedo, pero siento que oculta algo, aunque tal vez vea cosas donde no las hay—. ¿Por qué seguir aquí?

—No puedo irme. No tengo esa opción, pero tú sí.

—Lo pensaré mientras me preparo para los exámenes, pero mi padre necesita que no pierda esto. He solicitado hacerlos en otra universidad. Tengo que pensar en esta locura. Y ver si puedo ayudar a mi padre de otra forma.

—Sí.

Y todo por mi culpa: creo que he despertado a la bestia. Que yo les planteo un desafío y la posibilidad de perderlo todo. La pregunta de qué le pasó hace años a mi abuelo no para de rondarme la mente. Hacer todo esto solo por dinero me parece exagerado. O no. La gente, por dinero, es capaz de todo.

Miro el móvil y veo que Dorian no me ha respondido. Está claro que me ha traicionado. Que tal vez lo que dijo era cierto, y duele.

Me he preparado para todo esto durante años, pero nunca nadie me preparó para enamorarme de uno de ellos y ver cómo le entregaba mi corazón en bandeja.

La esperanza de que todo tenga una explicación me late bajo la piel. Tal vez haya una. Pero tengo miedo..., miedo de la caída.

Capítulo 52

DORIAN

Llego a casa de mi abuelo tras viajar en su avión privado. Estoy agitado y nervioso y no tengo forma de comunicarme con el exterior. Me llevan hasta la biblioteca. Ese lugar que odio. Ese lugar donde vi a mi padre morirse sin dejar de mirarme a los ojos. Cuando murió, lloré y me dolió. Sentí liberación y dolor y luego la nada.

Fue mi culpa...

No pedí auxilio...

No podía haberlo ayudado. Su corazón dijo basta tras años y años de una vida desfasada. Pero yo no quería ayudarlo y eso me hizo pensar que era un monstruo. Cuando lo miraba morir me vi como él.

Miro el sitio donde mi padre exhaló su último aliento y es como si me viera a mí mismo. Mi padre tenía menos de treinta años. Somos muy parecidos físicamente y cada año que pasa, al mirarme al espejo, lo veo más a él.

—Eres como él —dice mi abuelo—. Un débil.

—¿Qué quieres de mí? —le digo cansado.

—Solo recordarte que no quieres ir a la cárcel. —Toca la carpeta que tiene en sus manos, que siempre está custodiada. La carpeta que refleja la única noche que no recuerdo en toda mi puta vida.

Si sale a la luz será mi ruina, aunque esa noche que no recuerdo se llevó lo poco bueno que quedaba en mí. Hasta Abbi. Desde que la conozco me he visto soñando con ser algo más. Alguien mejor. Mejor que toda esta mierda.

—¿Qué quieres? —repito.

—No me gusta esa tal Abbi Morris. No me gusta nada.

—Solo es una becada.

—Puede ser la nieta de Uriel.

—¿Y nunca te has parado a pensar que tal vez no sea uno de los becados? Tal vez sea uno de los hijos de los ricos y te dé la estocada al final.

—Los conocemos a todos, ya lo sabes, no seas idiota. No dejamos entrar a nadie que no sea de nuestro círculo social. Pero los becados no sabes bien cómo han llegado hasta ahí. Hay una parte en la historia de la señorita Morris que no me encaja. Quiero que la investigues. Que des con ello. Si quieres follártela, hazlo, pero tu compromiso con Idelia Harris será después de Navidad.

—¿Y eso por qué?

—Porque lo digo yo y punto. No te hagas el tonto ahora, Dorian, sabías que esto iba a pasar. Y sigues vivo gracias a mí. —Toca la carpeta—. Eres tan débil como tu padre. Y esa mujer para ti solo es una puta adicción, eres un enfermo que necesita droga sea como sea. Y ella es tu droga.

316

Lo miro con rabia, y lo peor es que está dando voz a mis miedos. No dejo de pensar que en el fondo siempre he visto a Abbi como una obsesión. No bebo, pero soy adicto a ella... ¿Me está cegando esto?

—Esa chica sabía cómo moverse. Está preparada. Muy preparada. Descubre por qué antes de que todo nos estalle en la cara. Y, tras la Navidad, haremos una fiesta de compromiso.

—¿Y si no lo hago?

—Siempre puedes irte... y yo entregar esto a la policía. No estás en la cárcel gracias a mí. —Lo miro tenso—. Y si vas a cometer el error de tener a una becada como amante..., al menos descubre quién es antes de que todo explote. Te creía más listo... o no, eres tan idiota como lo fue tu padre.

Lo miro con rabia, porque no para de repetir eso. Tiene el pelo blanco y siempre me dio miedo. Tal vez porque a la primera de cambio me cruzaba la cara. No lo hace desde que le saco una cabeza, pero tiene tanto poder que lo temo y más desde que pasó eso. Esa noche en que perdí el control.

Cuando desperté en mi cama no sabía cómo había llegado allí, pero mi abuelo, sí.

Solo tenía dieciséis años y desde entonces lo usa para recordarme que le debo todo una vez más.

—Vamos a comer, tengo hambre.

No le discuto, pero por dentro ardo de rabia. Llama a la madre de Idelia para contarle lo del anuncio tras la Navidad. Lo que me faltaba. Estoy tenso, agitado y nervioso y no dejo de pensar en Abbi y en qué esconde. Porque sé que esconde algo. Siempre lo he intuido, pero no he ahondado en ello porque yo también guardo secretos que tal vez la alejarían de mí.

Tengo que averiguar la verdad para saber si es aliada o enemiga. Como si existiera una posibilidad de, en vez de ir contra ella, ir contra el mundo juntos. No dejo de pensar en las palabras de que lo que siento por ella es solo adicción. Que no es nada más. Nunca he sentido amor por nada ni por nadie. Por eso no sé si lo que late en mi pecho es eso o algo más oscuro, más peligroso.

La obsesión.

Mi padre un día me dijo:

—Soy feliz bebiendo. Esto me da la vida. —Se bebió de un trago la copa y parecía feliz. Él no sabía que era adicto, murió sin saberlo.

No sabía que cuando bebía me pegaba porque nunca estaba sin beber. Era incapaz de vivir sin estar borracho.

Cuando regreso al internado estoy ansioso. Sobre mi escritorio hay un móvil nuevo y el viejo. Cambio la tarjeta y no veo nada más de Abbi. Solo el último mensaje, donde me acusaba sin esperar a escuchar mi versión.

No dejo de pensar en todo. En si ella miente o qué oculta. Tal vez porque no me fío de nadie o sobre todo no me fío de los becados.

Saco la llave maestra sabiendo que todo el mundo está en clase y voy al cuarto de Abbi. Una voz me dice que es mejor hablar las cosas. Otra quiere saber qué esconde en ese doble fondo de su armario del que me habló y si de verdad puedo confiar en ella.

Quiero apostarlo todo por ella, arriesgarme.

Si es mi puta adicción seré como mi padre, que no quería vivir un solo día sin lo que le hacía feliz.

Estos días separados no he dejado de pensar en ella,

en cuánto me gusta lo que soy a su lado. Lo que es ella conmigo. Si todo fuera falso, lo sabría, ¿verdad?

Entro en su cuarto y su perfume me recuerda esas noches con ella cerca. Todo está bien ordenado. Todo está en su sitio. Miro el armario y lo abro. Solo hay ropa y nada más. Pero paso los dedos buscando el doble fondo y lo encuentro. La pared del armario hace un ruido y se abre. Meto la mano y saco todo lo que hay dentro. Encuentro un diario. También ropa y un libro.

Abro el libro y veo que es un manual detallado de todas las pruebas que hemos hecho a lo largo de los años y cómo superar cada una de ellas. Algo que ya intuía porque ella repartió aquellos panfletos, pero cuando lo miro bien veo que es una copia de una recopilación de pruebas desde hace más de cuarenta y cinco años. Se me aceleran los latidos del corazón al darme cuenta de que la familia de Abbi lleva años investigando y recopilando todo. Y solo una persona haría algo así por un fin. Luego veo notas de los cuatro dioses, también mías. Con fotos de quién era yo fuera de este lugar. Madre mía... Abro el diario y leo la primera página:

He conocido a alguien que tal vez me ayude..., un aliado.

El abuelo quiere que use mis armas. ¿Podré usar la seducción con Dorian Wilson? ¿Sería capaz de seducir a alguien solo por llegar hasta el final?

No responde y no hay más notas. No hay nada más.

Veo también cartas de una tía. Vienen desde Londres. Hablan de tonterías, pero están aquí guardadas. Hago fotos de todo y las guardo en el móvil. De nuevo miro el libro donde aparecen todos los datos. Algunas de las cosas que relata son de cuando se abrió la universidad y empezaron las novatadas. Hay cientos de datos...

Guardo todo y me bajo a los archivos tras hacer fotos al libro. No he dejado pistas de que he estado ahí. Pero necesito saber. Saber si estoy en lo cierto. Si me ha usado. Porque solo una persona querría recopilar estos datos por un fin: Uriel Nelson.

Entro en los archivos de la universidad. Los primeros becados solo fueron dos. Sigo su trayectoria por redes. Y me llevan a familias sencillas. Me paso el día atando cabos. Buscando enlaces y poco a poco veo un patrón. Hay varios que no tienen relación con la familia paterna, que solo tienen contacto con la materna. Y así uno tras otro. Hasta Abbi. Cuyo padre no tenía trato con ella y que tenía muchos hermanos.

Paso fotos de los últimos becados y ninguno se parece a ella, pero hay varios que pasaron las pruebas y, aunque no sacaron buena nota, nunca pidieron piedad. Nunca, porque sabían cómo iba esto. Porque tenían un fin. Fueron expulsados por las notas. Al final, las pruebas sí les pasaron factura en los estudios.

Busco información de Abbi, de su abuelo, de su madre. Miro por Internet, donde todo se guarda y donde yo me sé mover muy bien, y encuentro una foto de su madre, en un periódico, dándose un beso con un hombre. Luego sale ella en otra foto sonriendo. Cojo la foto del hombre y coincide con uno de los que estudiaron aquí.

Tal vez Abbi solo quiso estudiar aquí porque su padre también lo hizo.

Tal vez solo es eso...

Tal vez el libro de pruebas lo compró. Joder, si tiene hasta fotos mías... Sé la verdad. Pero necesito dar con toda ella antes de ser consciente de que lo que siento por ella me estalla en la cara.

Siempre supe que ocultaba algo, pero lo que sentía a su lado me cegó. Me hacía sentir por primera vez parte de algo más grande que yo mismo. La soledad pesaba demasiado y con ella era feliz. Dejé todo a un lado por esa felicidad.

Imprimo las cartas de Abbi y regreso a mi cuarto. No dejo de mirarlas una y otra vez buscando patrones. Al final hilo dos palabras juntando las cuatro primeras letras. Y cuando hago lo mismo con todas me sale un mensaje:

Usa al joven Wilson para saber qué traman y luego destrúyelos a todos. No me falles, eres una Nelson y te debes a tu familia.

La confirmación de la verdad que ya sospechaba me golpea tan fuerte que es como si alguien me hubiera disparado contra el pecho. Es como cuando murió mi padre: no era capaz de reaccionar mientras veía cómo la poca humanidad que me quedaba se me iba.

Lo que sentía por ella se transforma en rabia y dolor. En venganza.

Y es que sé que, a pesar de todo, necesitaba más pruebas porque en el fondo quería una explicación, pero no existe.

Me ha usado.

Pienso destruirla. Pienso usar todo lo que sé para acabar con ella y hacerle pagar por haberme tomado por un idiota.

Abbi no sabe lo que se le viene encima.

Va a desear su muerte.

Todo lo que siento por ella se transforma de golpe en un odio visceral.

Es como cuando mi padre me pegaba; me duele tanto el alma que siento cómo muere lo poco bueno que había en mí. Porque es más fácil vivir sin sentir nada que sintiendo cómo las emociones te matan lentamente.

Capítulo 53

Nos dicen que han acabado las clases y nos esperan varios coches para llevarnos al aeropuerto. Recojo mis cosas y subo a la azotea, o esa era mi idea. Está cerrada con llave y han cambiado la puerta. Hay una cámara y sé que es cosa de Dorian.

Ha regresado, pero nadie lo ha visto. No sale de su cuarto. He esperado que me contactara. Pero no ha hecho nada. La angustia de que dijera la verdad no para de pasar por mi mente.

Voy hasta el coche nerviosa. Algo no va bien, lo intuyo.

Dafna me espera y cuando entramos al coche miro este lugar al que volveré en unas semanas, no me queda más remedio. Me cuesta irme. Como si sintiera que al alejarme cambiará todo. Siento que alguien me observa, pero no logro ubicar dónde.

Miro tras de mí cuando arrancan el coche. La sensación de angustia se expande. No puedo respirar.

—No sé si volveré —me dice Dafna, ya en el aeropuerto.

Nos abrazamos con fuerza. Y nos despedimos quedando en escribirnos. Si no vuelve, dudo que lo haga. Querrá seguir con su vida sin nada que le recuerde esta locura.

Voy hasta el avión y me siento tras guardar mi maleta. Saco el móvil y me llega un mensaje de Dorian. El texto no tiene sentido. Es un cuento sin pies ni cabeza.

Llega otro:

> Eros:
> He encontrado tus cartas... y tus secretos.

No necesita decirme nada más. Leo el anterior mensaje cogiendo una de cada cuatro letras del texto y uniéndolas:

Sé la verdad y pienso destruirte. Voy a vengarme de ti. Por suerte, de ti solo quería esto, saber quién eras. ¿De verdad creíste que me importabas? Solo era un plan para averiguar la verdad. Desde el principio sentí que ocultabas algo... y sé usar mis armas para lograr mis fines, ya sabes que el sexo para mí no es importante, me daba igual follar contigo que con otra... Gracias por unos polvos de mierda..., se me da muy bien simular que algo me importa. Hasta pronto, Abbi Nelson. Al fin puedo dejar de fingir que me importa alguien como tú. Nunca podrás estar a mi altura.

Me quedo helada y destrozada. Si le cuenta a alguien esto, estaré perdida. Hago el resto del viaje nerviosa.

Y al llegar me espera mi abuelo Nelson dentro de un coche negro.

—Dorian Wilson sabe la verdad. No puedo volver...

—Vas a volver y vas a destruirlos. Y si cuenta la verdad..., tengo un plan.

—Pero...

—¿Quieres que la gente sepa que el gran Hadrian es famoso por robar?

—Lo hizo para dar de comer a su familia.

—Y yo hago esto para recuperar lo que es mío. —Se lleva la mano al corazón y toma aire—. No puedo estresarme..., eres mi última oportunidad y voy a jugar con todas las cartas. Te vienes a casa conmigo, tengo que prepararte.

Noto cómo tiemblo solo de pensarlo. Odio su casa, lo odio a él y odio todo lo que tiene que ver con esto.

Pienso en mi madre, en que esperaba que pasáramos tiempo juntas, en mi abuelo, y por ellos no salgo corriendo.

Luego pienso en Dorian y la rabia y el dolor me hacen hablar. Porque duele mucho saber que todo lo vivido fue mentira. Ahora entiendo por qué no me contó la verdad de sus motivos para no irse. O por qué nunca me puso en primer lugar. Ahora entiendo que solo quería saber quién era para destruirme.

El amor que sentía por él se transforma en odio. Un odio visceral y hablo movida por el dolor y la rabia. Y eso hace que todo lo vivido cobre otro color, otro más macabro y negro.

—Destruyámoslos a todos. Dime qué tengo que hacer.

—Así me gusta, Abbigail. Siempre serás una Nelson. Y cuando todo acabe te recompensaré muy bien.

No digo nada, no hago nada, solo uso todo lo que siento por Dorian para planear mi venganza. Y, aunque no se lo digo a mi abuelo, pienso descubrir qué pasó realmente. Pienso saber la verdad... caiga quien caiga.

Antes iba contra todos... Ahora voy contra él.

Agradecimientos

A mi familia por estar siempre ahí y apoyarme en todo lo que hago. Os quiero.

A mi marido y a mi hijo, por ser parte de mi mundo, y porque mis alegrías sean las vuestras. Os quiero.

A Merche y a Natalia por estar siempre ahí, y por vuestro cariño para con cada libro.

A mis lectoras cero por ayudarme con cada libro y por haberme ayudado con este para que fuera perfecto; no sería lo mismo sin vosotras.

A Ediciones Click y a Booket por apostar por mis libros y creer en ellos siempre. Llevamos ya diez años juntos trabajando en nuevos proyectos.

En especial a Ade, mi editora, porque nada de esto sería posible sin ti.

¡A mis lectoras Vips por su ayuda siempre, y por apoyarme en cada libro!

A mis «Moruadictas» por estar siempre ahí y apoyarme en cada novela, sea del tipo que sea, y por hablar conmigo por Telegram y ser parte de mi mundo.

A todos los fans de mis MORUENADAS. Todos so-

327

mos conscientes de que sin ellas mis libros no serían únicos.

Y, sobre todo, a mis lectores, por ser el motor de mis libros. Sin vosotros nada de esto sería posible.

Instagram: @moruenae
Twitter: @moruenae
TikTok: @moruenae
Facebook: @MoruenaEstringana.Escritora